MIA WILLIAMS

PURE DESIRE

Zwischen uns

BAND 2

Roman

FISCHER Taschenbuch

MIX
Papier aus verantwortungsvollen Quellen
FSC® C083411
FSC
www.fsc.org

Originalausgabe

Erschienen bei FISCHER Taschenbuch
Frankfurt am Main, Februar 2019

Dieses Werk wurde vermittelt durch die Literarische Agentur
Thomas Schlück GmbH, 30827 Garbsen.

Satz: Pinkuin Satz und Datentechnik, Berlin
Druck und Bindung: CPI books GmbH, Leck
Printed in Germany
ISBN 978-3-596-70292-3

Kapitel 1

Ich habe Truckee und die Interstate 80 vor gut einer halben Stunde hinter mir gelassen. Seitdem schüttelt mich die brüchige Fahrbahnoberfläche des Highway 267 durch. Ich rede mir ein, dass ich nur wegen des schlechten Untergrunds so sehr schleiche, dass die Tachonadel hysterisch an der Vierzig-Meilen-Marke kratzt. Dabei könnte der Pick-up, den ich mir am Flughafen von Sacramento geliehen habe, vermutlich sogar mit achtzig querfeldein ans Ufer des Lake Tahoe gelangen, ohne größeren Schaden zu nehmen.

Der Typ im Toyota hinter mir betätigt gerade zum gefühlt tausendsten Mal die Lichthupe, was ich mit einem Stinkefinger kommentiere, den ich ihm aus dem Fenster entgegenstrecke. Soll der Idiot doch vorbeifahren, wenn er es so verdammt eilig hat in sein Ferienhäuschen am See zu kommen.

Ich für meinen Teil würde lieber noch langsamer fahren, denn die Pinienwälder, die bis jetzt die Straße gesäumt haben, lichten sich bereits. Dabei bin ich alles andere als bereit für das, was mich dahinter erwartet – der See, Pinewood Meadows, meine Schwestern, mein Zuhause.

Liebevoll restaurierte Holzhäuschen säumen die Straße, als ich das Ortsschild von Kings Beach passiere. Ich halte den Wagen an der verwaisten Kreuzung, die den North Shore Boulevard mit dem North Lake Boulevard verbindet. Daneben liegt noch immer der alte Reifenhändler Sierra Tires.

Jake und ich haben nachts oft auf den aufgetürmten Reifenbergen gesessen, Marihuana geraucht und geredet. Ich glaube nicht, dass er Liz je etwas davon erzählt hat. Sie hätte uns beiden die Ohren langgezogen, und so gern Jake sie hat, so mochte er doch, dass dieser wenig anziehende Ort, der starke Geruch nach Gummi, Dreck und Gras allein uns gehörte.

Ich schließe für einen Moment die Augen, weil mich das Gefühlschaos in meinem Inneren fertigmacht. Jake ist nicht mehr hier. Meinetwegen. Ich sollte nicht hier sein. Fünf Jahre war ich fort, und der Grund dafür, dass ich nie vorhatte wiederzukommen, verknotet meine Eingeweide.

Meine Hände umklammern das Lenkrad, mein Herz rast, und mein Atem stolpert. Ich atme tief durch und fahre an, als die Ampel endlich auf Grün schaltet. Egal, wie sehr ich mir wünschte, mich den Erinnerungen an Mom und Dad und damit meiner Schuld nicht stellen zu müssen, ich kann nicht länger weglaufen. Meine Schwestern brauchen mich, sonst hätten sie mich niemals gebeten, meine Zelte in Frankreich abzubrechen und die Küche des Lakeshore Diners zu schmeißen, bis Hank, der alte Grummel, wieder auf dem Damm ist.

Er hat sich beim Segeln die Hüfte gebrochen, und die Prognose bei einem so alten Knochen liegt bei mindestens sechs Monaten Genesungszeit. Die wird er vermutlich damit verbringen, die hübschen Krankenschwestern des Rehazentrums in den Wahnsinn zu treiben, anstatt Burger zu braten.

Liz hat laut eigener Aussage rund eine Million Vorstellungsgespräche geführt, ohne auch nur einen einigermaßen vernünftigen Koch aufzutreiben, der im Budget des Diners liegt. Ich bin ihre letzte Hoffnung.

Ich lasse mich grundsätzlich nicht zu etwas breitschlagen, was ich partout nicht möchte. Wenn die Sehnsucht nach dem Lake Tahoe, meinen Schwestern, Pinewood Meadows und dem Diner nicht sowieso seit Monaten in meiner Brust gewütet hätte, hätte ich nicht einmal einen Gedanken daran verschwendet, Liz' Bitte nachzukommen. Ich hätte einen meiner Kollegen empfohlen und mich weiter in Südfrankreich versteckt. Tatsache ist aber, dass neben all den schmerzhaften Gefühlen auch ein kitschiges Glücksgefühl in meiner Brust herumschwappt, als das erste Blau des Sees zwischen den Häusern hervorblitzt.

Ich spüre, wie mir die Tränen kommen. Mühsam schlucke ich sie hinunter. Wie von selbst biege ich direkt hinter der Transam-Tankstelle rechts ab, als wäre ich nur für einen Tag in Sacramento gewesen und nicht fünf Jahre auf einem anderen Kontinent.

Ich parke den Wagen auf dem ausladenden Parkplatz des Kings Beach. Der breite, goldgelbe Sandstrand, der dem Ort seinen Namen gegeben hat, liegt verlassen vor mir. Die Sommersaison ist fast vorüber, die Temperaturen bereits kühl, und der Wind tut sein Übriges, um die Sonnenanbeter vom Strand zu verjagen. Der Herbst ist schon immer meine liebste Jahreszeit gewesen. Ich mag den Wind, die Einsamkeit des Sees zwischen den beiden Hauptsaisons, wenn alle durchatmen. Sogar der Lake Tahoe selbst, mit seinen piniengesäumten Ufern und kleinen, verlassenen Buchten.

Ich öffne die Autotür. Sofort packt der Herbstwind meine dunklen Locken und verwirbelt sie vor meinem Gesicht. Ich lächle, weil sich alles so vertraut, so sehr nach Heimat anfühlt, die ich längst auf die Liste verlorener Dinge gesetzt hatte.

Tief atme ich den Geruch nach Zedernholz, Pinien und Wasser ein, während ich bis ans Ufer schlendere. Ich setze mich nah ans Wasser. Die Kühle des Sandes dringt durch den Stoff meiner Jeans, aber ich beachte sie gar nicht. Ich sehe über den See, lasse meine Augen über das weitentfernte Westufer gleiten, konzentriere mich auf die seichten Wellen, die am Strand lecken.

Erst als ich bereits am ganzen Körper zittere, stehe ich auf und kehre zum Wagen zurück. Die Sonne ist hinter den Bergen verschwunden, und die einsetzende Dämmerung legt Stille über den See und Ruhe in mein Gefühlschaos. Ich fühle mich so bereit, wie man eben sein kann, mich Pinewood Meadows zu stellen. Liz, die Mom so sehr ähnelt, dass ich sie liebe und gleichzeitig dafür hasse. Hazel und Grace, die mich mit ihrem verdammten siebten Zwillings-Sinn in den Wahnsinn treiben, und Amber, meine süße, kleine, widerborstige Schwester, die ich verloren habe, weil ich gegangen bin.

Ich starte den Motor, weil ich lieber nicht über Amber nachdenken will, die mir so ähnlich ist, dass ich mir verteufelt gut vorstellen kann, wie sie auf meine Rückkehr reagieren wird. Auf den Menschen, der ihr am nahesten stand, der sie einfach und ohne ein Wort verlassen hat und nie wiedergekehrt ist. Bis jetzt. Denn mich trennen nur noch etwas mehr als zwanzig Meilen von Pinewood Meadows, meiner verrückten, kleinen, starrköpfigen Schwester und dem Rest meiner Familie.

Es ist Dienstag. Während der Saison hat der Diner nur mittwochsvormittags geschlossen, aber zwischen der Sommer- und der Wintersaison machen wir den Diner an diesem Wochentag komplett zu. Das war schon immer so. Und meine vor Jahren neu eingeführte Tradition der Dienstags-Caipirinha-Abende scheint von meinen Schwestern sehr gewissenhaft fortgeführt und ausgeweitet worden zu sein.

Schon auf der Zufahrtsstraße nach Pinewood Meadows höre ich die typischen Partygeräusche – leises Stimmengewirr, das von der Terrasse den leicht ansteigenden Weg hinaufweht. Gelächter, das sich mit Countrymusik mischt. Und ich nehme den Geruch nach frisch Gegrilltem wahr.

Auf dem Parkplatz vor dem Haus steht nicht nur unser altersschwacher Buick, sondern auch ein bulliger Pick-up, ein unverschämt teuer aussehender Mercedes Sportwagen, einige andere Autos und Gretas knatschgelber Daihatsu Sirion. Ich kann nicht glauben, dass sie das hässliche Ding noch immer nicht verkauft hat. Dafür zieren noch mehr Blumenaufkleber als vor fünf Jahren den ausgeblichenen Lack der Reisschüssel. Ich bin allerdings nicht sicher, ob das eine Verbesserung darstellt.

Für einen Moment zögere ich. Ich bin normalerweise nicht der Typ, der eine so emotionale Sache wie das Wiedersehen mit meinen Schwestern vor Publikum durchzieht. Andererseits werde ich im Trubel der Party vielleicht um einen ausführlichen Bericht der letzten fünf Jahre herumkommen. Zumindest vorerst.

Ich straffe meine Schultern und folge dem Weg, der von Astern gesäumt ist und um das Haus bis auf die Terrasse führt. Bunte Lichterketten schwingen im Wind hin und her und tauchen die Holzbohlen des Terrassendecks in farbige

Lichtpunkte. Ein betörender Duft nach Steaks und Maiskolben steigt von einem neuen Smokergrill auf.

Im Grunde weiß ich nicht, ob er wirklich neu ist. Er könnte bereits fünf Jahre alt sein, ohne dass ich das Ungetüm aus Chrom und Edelstahl kennen würde.

Davor steht ein Typ, den ich ebenfalls nicht kenne. Er kann nicht von hier sein. Da bin ich sicher.

Er ist groß, vielleicht ein Meter neunzig, und sieht verdammt gut aus. Markantes Gesicht, dunkle Haare, akkurat geschnitten, so dass nicht einmal der Wind, der vom See heraufweht, sie zerzausen kann. Er trägt eine dunkle Chinohose und ein enges Longsleeve, das seine Muskeln umspielt. Aber das alles ist nicht, was mich dazu bringt, einen Schritt auf ihn zuzumachen, obwohl ich mich bis eben noch gefragt habe, ob ich nicht einfach bis zum Ende der Party im Dunkeln des Gartens ausharren könnte. Es ist sein Lachen. Einnehmend. Warm. Und mitreißend. Ich spüre, wie es an meiner Anspannung und meinen Mundwinkeln zupft.

Aber dann kommt Grace aus dem völlig überfüllten Wohnzimmer und bugsiert einen Teller für das fertige Fleisch nach draußen. Dabei stolpert sie fast über ihre eigenen Füße, und mein Herz setzt aus. Ich habe meine Schwestern so sehr vermisst. Grace und Hazel, Liz und Amber. Ich versuche, tief durchzuatmen, aber ihre Nähe schnürt mir die Kehle zu. Mein Brustkorb fühlt sich an, als würde ein Riese darauf Polka tanzen. Ich schlinge die Arme um meine Mitte und sehe Gracie zu, wie sie zum Grill torkelt und dem Kerl unbeholfen den Teller aushändigt.

»Du hättest vielleicht etwas essen und erst dann mit der Vernichtung der Caipis anfangen sollen«, sagt er mit einem Grinsen und wendet sich wieder dem Fleisch zu. Grace setzt sich währenddessen stöhnend auf einen der Baumstammhocker.

Vermutlich dreht sich ihre Welt gerade wie eine Achterbahn. Sie ist schön wie immer, ein wenig Elfe und noch mehr ungestümer Labrador. Ihre ehemals langen Haare sind einem fransigen schulterlangen Schnitt gewichen, der gleichzeitig frech, aber auch weiblich und sexy wirkt. Es steht ihr und lässt sie, genau wie die hellblau gemusterte Bluse über einer knallengen Jeans, reifer wirken. Vielleicht sind es aber auch einfach die fünf Jahre, die ich Grace nicht gesehen habe, die sie erwachsen haben werden lassen.

Der Typ tätschelt Grace' Kopf, während er routiniert die Steaks wendet. Sein Blick erfasst mich, und für einen Moment fühle ich mich ertappt, aber dann schwappt wieder dieses Lachen über seine Lippen – leise diesmal – und gibt mir die vollkommen unlogische Sicherheit, dass das Wiedersehen mit meinen Schwestern gut verlaufen wird. Ich halte mich an dieser Zuversicht und seinem Lächeln fest und will gerade auf Grace zusteuern, als sich ein blonder Adonis zwischen mich, meine Schwester und meinen Willkommenslächler schiebt.

Nach Liz' Beschreibungen zu urteilen, muss das Cole sein. So verliebt, wie sie ist, war sie derartig genau in ihren Ausführungen, dass ich das Gefühl habe, ich würde ihn schon ewig kennen. Dabei habe ich die große Liebe meiner ältesten Schwester noch nie gesehen. Cole nimmt seinem Kumpel die Grillzange ab, klopft ihm auf die Schulter und betrachtet dann fachmännisch das Fleisch, während der Dunkelhaarige ins Innere des Hauses verschwindet.

Die Holzwand von Pinewood Meadows schmiegt sich mit seinen Astlöchern gegen meine Haut, und ich habe plötzlich das Gefühl, mir würde die Kraft fehlen, um meine Schwestern zu begrüßen und die Flut an Fragen zu ertragen, die dann über mich hereinbrechen wird.

Normalerweise packe ich unangenehme Dinge lieber sofort an, dann habe ich es wenigstens schnell hinter mir, aber das hier ist anders.

Nichts ist mehr so wie vor meiner Flucht vom Lake Tahoe. Ich habe kein Recht zu erwarten, dass alles beim Alten geblieben ist, während ich jahrelang durch Europa getingelt bin. Trotzdem wäre es leichter, wenn sich nicht alles so verflucht fremd anfühlen würde.

Mein Blick schweift über die fast leere Terrasse bis ins Innere des Hauses, wo die Gäste in kleinen Grüppchen zusammenstehen, sich unterhalten, trinken und lachen. Viele Gesichter sind mir bekannt, und dennoch kommen sie mir verändert vor.

Da ist Mira, die eine Zeitlang im Diner ausgeholfen hat und mit Liz in eine Klasse ging. Sie ist nach ihrem Abschluss weggezogen, aber offensichtlich irgendwann in den letzten Jahren an den See zurückgekehrt. Sie sieht glücklich aus, und schwer verliebt. In einen Typen, der sie mindestens genauso sehr anhimmelt wie sie ihn.

Gavin steht mit mehreren Männern in einer Ecke des Wohnzimmers. Er war die gesamte Middle School über in Liz verknallt, die ihn jedoch nie erhört hat. Mittlerweile ist er verheiratet, hat zwei Kinder und laut Liz den Dachdeckerbetrieb seines Vaters übernommen. Mark, Kevin und George, die früher in meine Klasse gingen, arbeiten für ihn. Sie alle sind so verdammt erwachsen geworden. Ich meine, Gavin trägt einen Vollbart und hat ein Kreuz wie ein Bär. Ich muss lächeln, und dann kommt Greta, Liz' beste Freundin, die fast wie eine weitere Carson-Schwester mit uns aufgewachsen ist, aus dem Haus und schiebt dabei eine riesige Babykugel vor sich her, die sie von Zeit zu Zeit unbewusst streichelt.

Ich habe Greta nie als Mutter gesehen. Dafür war sie immer ein wenig zu bunt, zu feierlustig – und eine Spur zu chaotisch. Aber die Schwangerschaft steht ihr. Jetzt, wo ich sie so sehe, fällt es mir gar nicht mehr schwer, sie mir als liebevolle Mom vorzustellen, und das, obwohl ihre Haare wie immer zu einem wilden Wirrwarr hochgesteckt sind, in dem Buntstifte aller Art stecken, und ihre Fingernägel in zehn verschiedenen Farben leuchten.

Sie bückt sich zu Grace hinunter, redet leise mit ihr und gibt Cole einen Klaps, als er einen Witz auf Kosten von Grace macht.

Ich atme tief durch. Irgendwann muss ich zu ihnen gehen. Wenn ich es jetzt tue, habe ich zumindest die Chance, Greta und Grace zu begrüßen, ohne dass die komplette Partymeute Zeuge unserer Wiedervereinigung wird.

Ich steure auf die beiden zu und beschließe, dass ein einfaches »Hi« als Begrüßung genau richtig ist. Ich weiß, keine meiner Schwestern hat angenommen, ich würde wirklich kommen, noch dazu so umgehend. Und jedes weitere Wort meinerseits würde dies unterstreichen.

Grace steht eine Spur zu schnell für ihren Promillepegel auf, wankt, und umarmt mich dann so überschwänglich, dass sie mich fast zu Fall bringt. Ich kann den Rum in ihrem Atem riechen, als sie dicht an meinem Ohr »Fi!« quietscht.

Ich sage nichts, weil mir dank ihres Klammergriffs schlicht die Luft für jede Form von Antwort wegbleibt. Trotzdem fühlt es sich warm, vertraut und gut an. Richtig, auf eine merkwürdig vollkommene Weise.

Hazel ist nie weit entfernt von Grace und stößt zu uns, noch bevor Grace gewillt ist, mich wieder aus ihrer Umarmung zu entlassen. Hazel schlingt ihre Arme kurzerhand von hinten um mich und seufzt zufrieden, als wäre endlich alles so, wie es immer hätte sein sollen, während ich mich wie ein plattgedrücktes Schwesternsandwich fühle. Ein glückliches plattgedrücktes Sandwich.

Greta verschwindet und taucht wenig später mit Amber und Liz im Schlepptau wieder auf. Im Gegensatz zu meiner kleinen Schwester schlingt Liz ihre Arme, ohne zu zögern, um den schmalsten Punkt von uns allen – unsere Hälse – und sorgt dafür, dass ich noch weniger Luft bekomme.

Amber hingegen bleibt einige Schritte entfernt stehen und versucht, mich mit einem tödlichen Blick unschädlich zu machen. Obwohl ich mich in der Regel überhaupt nicht von so etwas beeinflussen lasse, setzt mir meine kleine Schwester mühelos zu.

»Das letzte Blatt des legendären fünfblättrigen Kleeblatts ist also zurück. Es ist schön, dich kennenzulernen«, höre ich Cole neben mir sagen, spüre, wie er meine Hand schüttelt, die irgendwo aus dem Knäuel Schwestern herauslugt. Ich sehe, wie er zufrieden grinst. So als würde es ihm tatsächlich etwas bedeuten, dass ich hier bin. Dabei kennen wir uns gar nicht.

Ich schließe die Augen und atme den holzigen Geruch des Blockhauses ein, den man nur wahrnimmt, wenn man nicht täglich hier ist, die klare frische Luft, die vom See herüberweht, der schwache Duft nach dem Mandelöl, das Liz immer benutzt.

Greta streicht mir über den Kopf, weil ihr immenser Bauchumfang es ihr nicht erlaubt, ebenfalls ihre Arme um das Knäuel aus uns Schwestern zu schlingen. Nur Amber hat sich keinen Millimeter auf uns zubewegt.

Ich blinzele sie vorsichtig durch einige von Liz' langen dunklen Haarsträhnen an, die vor meinem Gesicht tanzen. Grace hüpft indes auf und ab wie ein hyperaktiver Terrier, und das obwohl sie durch Hazel und Liz' Umarmung ebenso eingequetscht ist wie ich.

»Ich glaube, ich habe noch etwas Dringendes vor«, sagt Amber kühl, dreht sich um und zieht sich im Weggehen einen Pullover über, der aussieht, als wäre sie darin von einem Zug erfasst worden. Er passt sehr gut zu den zwei Kilo dunklem Kajal, der ihre Augen umrahmt, dem Undercut und den klobigen Bikerboots, die das Ensemble aus schwarzen Klamotten vollenden.

Cole hält sie auf, indem er Amber in seine Arme zieht. Wenn er hier wohnt und sich auch nur ein bisschen mit Amber beschäftigt hätte, wüsste er, dass Amber sich nicht in den Arm nehmen lässt. Nie. Selbst bei Liz und mir hat sie jedes Mal einen Mordsaufstand gemacht, wenn wir sie trotzdem gedrückt haben.

Zu meinem Erstaunen hält Amber bei Cole jedoch still. Ein flüchtiges Lächeln stiehlt sich auf ihre Lippen, als er ihr etwas zuflüstert, und dann erwidert sie die zärtliche Geste von ihm sogar. Ich fühle mich irgendwie betrogen, obwohl das idiotisch ist.

»Meinst du nicht, dass du bleiben könntest?«, fragt er und zuckt mit den Schultern. »Könnte dein Geburtstagsgeschenk für mich sein.«

Amber sieht Cole nicht an, sondern richtet ihren Blick wieder auf mich und schüttelt trotzig den Kopf.

»Kriegst was anderes«, sagt sie knapp.

Deswegen sind also so viele Leute hier. Das hier ist keine ausufernde Caipirinha-Party, sondern Coles Geburtstagsfeier. Warum hat Liz mir nichts davon gesagt? Ich krame in dem Wust aus Gesprächsfetzen unseres letzten Telefonats herum und schüttle leicht den Kopf. Wahrscheinlich hat sie es mir sogar erzählt, und ich habe der Information einfach nicht die nötige Beachtung geschenkt.

»Okay, ich verstehe«, sagt Cole und seufzt. Ich frage mich, was zum Henker er versteht. Als wüsste ausgerechnet er über Ambers und meine komplizierte Beziehung Bescheid, nur weil er was mit meiner großen Schwester hat.

Mit einem Mal fühlt sich der Platz inmitten meiner Schwestern nicht mehr geborgen an, sondern erinnert an den armen Mann beim Football, der nach einem Homerun unten liegt, während sich die gesamte Mannschaft oben drauf wirft.

»Ruf mich an, dann hole ich dich später bei Titus ab.«

Wer zum Henker ist Titus? Und warum holt Cole sie ab und nicht Liz oder eine der Zwillinge? Dass Cole sich gut in die Familie integriert, ist super, aber seine Art, einen auf Vater zu machen, reißt eine Wunde auf. Die Wunde, von der ich gehofft hatte, sie würde sich nicht öffnen, solange ich hier am Lake Tahoe bin.

Dad sollte Amber fahren. Er würde sie abholen können, wenn ich damals nicht so eine verdammte, egoistische Idiotin gewesen wäre.

Ich schließe die Augen und versuche die Erinnerungen wegzuschieben, die mir die Luft abschnüren. »Meine Sauerstoffsättigung liegt bestimmt schon unter achtzig Prozent«, quetsche ich verkrampft hervor und verschweige, dass nicht die feste Umarmung meiner Schwestern dafür verantwortlich ist, sondern die Erinnerungen, die mich heimsuchen. Ich befreie mich unter einiger Anstrengung aus dem Knäuel aus Armen und Beinen und murmle: »Ich bin jetzt ja eine Zeitlang da. Kein Grund, mich gleich am ersten Abend zu zerdrücken.«

Ich zwinge ein Lächeln auf mein Gesicht, während sich mein Magen verkrampft und mein Puls einen neuen Weltrekord im Sprint aufzustellen versucht. Ich habe das Gefühl, mich jeden Moment übergeben zu müssen.

Erschrocken schiebt Grace mich eine Armlänge von sich und mustert mich prüfend. »Zu viel? Zu doll?«, fragt sie so zerknirscht, dass ich unwillkürlich lächeln muss. Ich liebe sie und die anderen, und ich habe sie vermisst.

»Ein bisschen«, gebe ich zu und ringe mir ein weiteres Lächeln ab.

»Okay, wir setzen uns jetzt alle ganz brav hin. Außer mir, denn ich mache dir einen Gracie-Spezial-Caipirinha, und dann musst du alles erzählen. Von den Restaurants, in denen du gearbeitet hast, von den sexy Franzosen und Italienern und …« Sie verdreht genießerisch die Augen. »Und den Spaniern.«

»Ich war nie in Spanien, Gracie«, sage ich schwach, aber sie winkt nur ab.

»Egal, erzähl einfach alles!« Grace lächelt leicht angeschlagen, was mit Sicherheit den Caipis geschuldet ist, die sie zwar für andere gemixt, aber offenbar selbst vernichtet hat.

Ich nicke, weil mir klar ist, dass ich nicht Nein sagen kann, deute aber in Richtung Obergeschoss.

»Ich gehe nur mal eben ins Bad, wenn das in Ordnung ist«, quetsche ich hervor und versuche, meine Panikattacke im Zaum zu halten. »Bin gleich wieder da. Ach, und Cole, herzlichen Glückwunsch zum Geburtstag. Ich hatte das nicht mehr auf dem Schirm.«

Ich warte die Reaktion meiner Schwestern und die von Cole nicht ab, sondern kämpfe mich durch das Erdgeschoss bis zur Treppe durch.

Immer zwei Stufen auf einmal nehmend, rette ich mich ins Badezimmer und knalle die Tür hinter mir zu. Das Blut rauscht in meinen Ohren, und Übelkeit lässt meine Eingeweide flattern. Ich schließe die Augen und lehne mich von innen gegen die Tür. Die Hände presse ich gegen meine Schläfen und zähle im Stillen von Null aufwärts.

Früher hat Dad mein Gesicht so umfasst, und wir haben gemeinsam gezählt, wenn ich wegen irgendetwas Panik bekam. Dad brauchte nie weiter als bis fünf zu zählen, und es ging mir wieder gut. Ich bin bereits bei elf angekommen, ohne dass es besser wird, als mich eine dunkle, warme Stimme aus dem finsteren Strudel aus Schuld und Erinnerungen reißt.

»So schlimm?«

Ich reiße erschrocken meine Augen auf. Hier oben sollte niemand sein. Für die Gäste steht das untere Badezimmer zur Verfügung, und alle Personen, die hier oben etwas zu suchen hätten, hocken zusammen auf dem breiten Ecksofa und haben wahrscheinlich kein anderes Thema als meine überraschende Rückkehr.

Ich blicke direkt in ein Paar tiefdunkle Augen, die mich halb besorgt, halb belustigt mustern und zu dem Willkommenslächler von vorhin gehören.

»Was hast du hier oben zu suchen?« Ich weiß, dass ich mich kratzbürstig anhöre, aber der Typ, seine schmelzenden Schoko-Augen und sein lässiges Lächeln bringen mein sowieso schon durcheinandergewürfeltes Inneres besorgniserregend aus dem Konzept.

Allerdings ebbt die Panik durch den Schreck, nicht allein zu sein, ein wenig ab, und ich habe das unpassende Gefühl, ihm dafür dankbar sein zu müssen. Dabei ist mein Hirn mit Sicherheit einfach nur damit beschäftigt, wütend zu sein, weil ein Wildfremder durch unser Bad rennt und die Dreistigkeit besitzt, mich anzulächeln, anstatt anstandshalber das Weite zu suchen.

»Dasselbe könnte ich dich fragen«, sagt er und kneift in bester Sherlock-Holmes-Manier die Augen zusammen, was ihm einen leicht überheblichen, supersexy Look gibt. Ich beiße mir auf die Lippen und versuche, angemessen wütend zu bleiben.

»Ich wohne zufällig hier«, stelle ich kühl fest und sehe, wie er stutzt. Wahrscheinlich, weil er mich hier noch nie gesehen hat und die Tatsache, dass ich hier wohne, deswegen zu Recht anzweifelt.

»Seit wann das denn?« Er klingt belustigt, und ich frage mich, warum ich irgendeinem Typen Rede und Antwort stehen sollte, den ich nicht kenne und der wahrscheinlich noch heute Abend, spätestens aber morgen, zurück nach Sacramento, Modesta, San Francisco oder wo auch immer er herkommt, verschwindet. Es steht außer Frage, dass er einer von Coles Juppi-Freunden ist, und es geht ihn überhaupt nichts an, dass die Antwort »seit zwei Minuten« lautet. Ich kneife die Lippen zusammen und sehe demonstrativ zur Tür. Aber anstatt zu verschwinden, wedelt er mit seinem iPhone vor meiner Nase herum.

»Ich brauchte nur für fünf Minuten meine Ruhe«, sagt er. Diese Worte in Zusammenhang mit dem Telefon, das er in seiner rechten Hand flippen lässt, soll wahrscheinlich klarmachen, dass er in unserem Bad steht, weil er überaus wichtig ist und äußerst bedeutende Telefongespräche zu führen hat, wovon Normalsterbliche wie ich keinen blassen Schimmer haben.

Ich habe da mal eine Neuigkeit für ihn: Es gibt kein Telefongespräch der Welt, das ihn berechtigt, im Obergeschoss von Pinewood Meadows herumzuirren, egal wie unwiderstehlich er lächeln kann. Aber anstatt ihm genau das zu sagen, verhaken sich die Worte in meinem Hirn, als er einen Schritt auf mich zumacht.

»Cole sagte, es wäre okay, wenn ich mich kurz hierher zurückziehe«, lenkt er ein, deutet auf den geballten Wahnsinn rosafarbener Töpfchen und Tiegelchen, den meine Schwestern in den Regalen des großen Badezimmers angehäuft haben, und grinst dabei zufrieden.

»Na, wenn Cole das sagt«, bemerke ich spitz und blitze ihn wütend an. Als hätte er das Recht, in unserem privaten Bad seinen blöden Telefonaten nachzugehen und dabei wie beiläufig zu erfahren, welche Tamponmarke Liz benutzt, nur weil Cole so tut, als hätte er das Sagen in Pinewood Meadows.

»Es ist nicht okay«, zische ich ihm zu.

»Sagt wer?« Seine Stimme ist dunkel und warm, und ich bin mir nicht sicher, ob er eine offensive Taktik fährt, um meinen Namen zu erfahren, oder ob er einfach nur schlagfertig ist.

»Fiona Carson«, bringe ich hervor. Irgendetwas läuft hier verdammt verkehrt. Ich wollte ihn verunsichern und aus dem Bad schmeißen. Auf keinen Fall wollte ich ihm meinen Namen verraten oder ihm die Hand reichen, wie ich es jetzt gerade tue. Einfach, weil ich so überrumpelt bin.

»Hätte mir auch gleich auffallen können. Du siehst Liz wirklich verdammt ähnlich. Die sagenumwobene Fi, also.« Er gluckst, und ich bin mir nicht sicher, ob mir der Unterton in seinen Worten gefällt. Er impliziert, dass ich mir mindestens von der Hälfte der Informationen, die er vermutlich von Cole hat, wünschen würde, er hätte sie nie erfahren.

»Evan«, stellt er sich vor und streckt mir seine Hand entgegen.

Irgendwo in meinem Kopf klingelt etwas bei dem Namen, aber ich komme nicht darauf, wo ich ihn schon einmal gehört habe. Er scheint ein Freund von Cole zu sein, und Cole ist seit Monaten das Zentrum jeder Geschichte, die Liz von sich gibt. Gut möglich, dass er Teil einer dieser Geschichten gewesen ist.

»Ist alles okay?« Evan tritt näher an mich heran, und ich kann seinen Blick auf mir spüren. »Du siehst aus, als ginge es dir nicht besonders.«

Ich sollte lügen und ihm sagen, dass es mir super geht. Es geht ihn schließlich nichts an, dass ich gerade dabei bin durchzudrehen, weil ich nach fünf Jahren an den Ort zurückgekehrt bin, der alles verändert hat. Der Ort, an dem meine Eltern gestorben sind und an dem ich alle zurückgelassen habe, die ich liebe.

Ich fühle mich verloren und zerbrechlich. Gefühle, die nicht zu mir passen und mit denen ich nicht umgehen kann.

Als ich ihm eine Antwort schuldig bleibe, tritt Evan so nah an mich heran, dass seine harten Bauchmuskeln den Arm streifen, den ich um meine Mitte geschlungen habe.

Die Berührung durchbricht meine Gedanken. Der Schmerz in meinem Inneren weicht einem leisen Kribbeln, und meine Gedanken konzentrieren sich wie von selbst auf den leichten, aber sehr anziehenden Geruch nach Holz, Wald und Frische, den Evan verströmt. Ich bin so dankbar für diese Form der Ablenkung, dass ich ihm ein vorsichtiges Nicken schenke. Eines, das nicht erzwungen ist.

»Gut«, murmelt er leise, und das Vibrieren seines Brustkorbs bringt meine Eingeweide zum Summen. Ich spüre die Wärme seines Körpers, seinen Atem auf meiner Haut. Und dann legt er seine Hand auf meinen Arm, als wäre es das einzig Richtige, was er jetzt tun könnte. Es ist eine zurückhaltende Berührung, die trotzdem Stärke vermittelt und gleichzeitig warm und tröstlich ist. Ich sehe ihn an, und er tut dasselbe, ohne seine Hand von meinem Arm zu lösen oder den Moment durch Worte zu zerstören.

Was zum Henker stimmt nicht mit mir, dass ich mich allen Ernstes frage, wie es wohl wäre, den kompletten Abend hier mit ihm zu stehen und dem Kribbeln nachzugeben, das von seiner Berührung ausgehend mein Innerstes flutet und so viel besser ist als die Kälte zuvor? Ich sollte schleunigst nach unten zu meinen Schwestern gehen, aber die Antwort ist: Alles. Mit mir stimmt so ziemlich alles nicht.

Wahrscheinlich bleibe ich deswegen stehen und lasse zu, dass sich der Moment zwischen Evan und mir ausdehnt wie das Firmament am Nachthimmel, wenn man auf dem Steg der Halfmoon Bay liegt und die Sterne über dem Lake Tahoe betrachtet.

Evan lächelt, als wäre er sicher, er könnte meine Welt allein mit dieser winzigen Geste wieder geraderücken. Dabei sollte er nicht einmal ahnen, dass dies notwendig ist.

Ich mache mich mit meinem merkwürdigen, gefühlsduseligen Verhalten unendlich angreifbar. Dabei mache ich mich nie und für niemanden angreifbar. Von meinen Schwestern mal abgesehen.

Ich straffe die Schultern und reduziere den Moment mit einer aufreizenden Berührung meiner Finger an seiner Brust zu etwas rein Körperlichem. Das ist es, was ich immer tue. Ich berühre seine Schulter, folge den festen Muskeln bis zu seinem Nacken und ziehe ihn näher an mich. Meine Lippen berühren seine. Allein diese winzige Berührung ist wie eine Miniexplosion, die all die dunklen Erinnerungen auslöscht.

Ich spüre, wie er zögert, kaum merklich zurückweicht, bevor er nachgibt. Es gefällt ihm, dass ich in die Offensive gehe und ihn herausfordere. So lange, bis er sich nicht mehr zurückhalten kann und die Führung übernimmt.

Evans Kuss vertreibt auch die letzten zerfaserten Schatten der Erinnerungen. Und auch wenn es nur ein Ablenkungsmanöver war, will ich nicht, dass er aufhört. Das würde bedeuten, meine Gedanken an diesen dunklen Ort in mir zurücktrudeln zu lassen, und wenn die Alternative dazu ist, mit diesem heißen Typen zu knutschen, weiß ich, wofür ich mich entscheide. Es ist das, wofür ich mich seit fünf Jahren entscheide. Ich flirte, ich knutsche, ich vögle mit Typen, die mir nichts bedeuten, um zu vergessen. Und Evan scheint heiß genug, um so ziemlich alles zu vergessen.

Ich presse meine Lippen fester auf seine, und Evan reagiert genau so darauf, wie ich es beabsichtigt habe. Er drängt mich gegen die Badezimmerwand, vergräbt seine Finger in meinen Haaren und küsst mich tief und fordernd.

Die Art, wie seine Lippen meine finden, wie seine Zunge in mich eindringt und mir den Atem raubt, ist einzigartig, verschlingend und berauschend. Ein High, nachdem mich die Vergangenheit noch Minuten zuvor zu Boden gedrückt hat.

Ich lasse mich von dem Verlangen treiben, das durch meinen Körper schnellt, und beiße ihm leicht in die Unterlippe. Ich sauge daran, und es macht mich an, wie er darauf reagiert, indem sich sein Mund zu einem Grinsen verzieht, bevor er sich in den nächsten Kuss stürzt. Ein dominanter, wilder Kuss, der mich dazu bringt, mit ihm zu stürzen.

»Wir sollten das nicht tun. Nicht hier, nicht wir beide«, flüstert Evan atemlos, küsst mich aber weiter, als wäre ihm generell scheißegal, was von ihm erwartet wird. Dabei schiebt er seine Hand unter mein Shirt und liebkost meinen Rücken.

Er berührt nur meinen verdammten Rücken, und ich wünschte, er würde so viel mehr tun. Hier und jetzt, obwohl das im Grunde inakzeptabel ist. Aus so vielen Gründen. Da hat Evan recht. Ich schnappe atemlos nach Luft, als er sich von meinen Lippen löst und sein Atem heiß gegen meinen Hals prallt.

»Mein Bruder wird mich umbringen«, knurrt er, die Hände in meinen Haaren vergraben.

Es dauert zähe, lange Sekunden, bis seine Worte in mein Hirn vordringen und mir klar wird, woher ich Evans Namen kenne. Die Erkenntnis lässt mich abrupt innehalten, während Evans Atem noch immer meine Haut streift.

Er ist nicht der Surfertyp wie Cole. Eher die Heißer-Geschäftstyp-Variante, aber mir hätte auffallen müssen, dass sein Bruder und er dieselben markanten Gesichtszüge haben. Die Art, sich zu bewegen, ist ähnlich, sie haben dieselben tiefdunklen Augen und dieses Lächeln, das Kontinentalplatten verschieben könnte. Er ist einer der Harris-Brüder. Wieso ist mir das nicht früher aufgefallen?

Liz hat mir von ihm erzählt. Ich schließe die Augen, während Evans Atem noch immer meinen streift.

Evan hat Pinewood Meadows gerettet, aber ich werde nicht vergessen, dass Cole und er nur rein zufällig zu Helden geworden sind. Sie wollten uns unser Zuhause wegnehmen. Das war der Plan. Und soweit ich weiß, hätte Evan das Ding durchgezogen, wenn Cole nicht plötzlich sein Gewissen wiedergefunden hätte.

Ich lege meine Hand gegen seine Brust und schiebe ihn von mir.

»Was ist denn los?« Er sieht verwirrt aus und versucht, die Distanz zu überwinden, die ich geschaffen habe, aber ich tauche unter seinem Arm durch, bevor Evan mich noch einmal küssen kann.

»Komm schon, Fiona!« Er hebt verzweifelt und fragend die Hände, aber ich schlüpfe durch die Tür in den Flur, anstatt ihm eine Erklärung zu geben. Ich werde mich auf nichts einlassen, was meinen Aufenthalt noch mehr verkompliziert. Und mit dem Arschloch-Bruder meines zukünftigen Schwagers abzustürzen dürfte die Lage verdammt verkomplizieren.

Obwohl ich zugeben muss, dass ich es bedaure, dass Evan als Ablenkung tabu sein wird, denn sein Lächeln, seine dunklen Augen und seine Küsse eignen sich verteufelt gut, um Dinge zu vergessen, die an diesem Ort unweigerlich nach oben gespült werden.

Kapitel 2

Als ich am nächsten Morgen wach werde, schlafen alle anderen noch. Ich setze mich in meinem Bett auf und reibe mir stöhnend über die Schläfen. Ein beißender Kopfschmerz spaltet meinen Schädel, und das liegt nicht nur an Gracies Caipirinha-Mischungen, die es echt in sich hatten und von denen ich definitiv mehr getrunken habe, als ich sollte.

Der gestrige Abend war viel, vielleicht zu viel. Grace war unerbittlich in ihrem Kreuzverhör. Sie ist wirklich gut darin, Fragen zu stellen, die unter die Haut gehen. Sie hätte Detective werden sollen. Liz, Greta und Hazel haben sich etwas mehr zurückgehalten, aber mir wäre allein die geballte Aufmerksamkeit auch ohne Fragen schon zu viel gewesen. Ich bin es nicht mehr gewohnt, jemandem so nah zu sein, wie meine Schwestern es seit jeher sind. Früher hat es mich nie gestört, dass wir selbst die ekligsten Date-Geschichten und die peinlichsten Momente geteilt haben. Aber das hat sich, wie so vieles, geändert. Ich bin all die Jahre ein Einsiedlerkrebs gewesen, der jetzt mitten in einen temperamentvollen Haufen geschmissen wird.

Die einzige Möglichkeit, aus der Nummer rauszukommen, war, meine Schwestern so weit abzufüllen, dass ihre Fragen unartikulierter wurden. Und selbst so viel zu trinken, dass mir die Antworten irgendwann verdammt leicht über die Lippen kamen. Ich hoffe wirklich, ich habe keine allzu pikanten Details verraten.

Ich krabble aus dem Bett, schlüpfe in eine weiche Baumwollhose und ziehe mir eine dicke Strickjacke über das Tanktop, in dem ich geschlafen habe. Dann schleppe ich mich die Treppe herunter, um an die überlebensnotwendige Dosis Koffein zu gelangen.

Von der Party sind nur noch einige leere Flaschen und sechs schmutzige Gläser übrig, die ordentlich übereinandergestapelt auf der Kücheninsel stehen. Die Geschirrspülmaschine zeigt an, dass sie durchgelaufen ist und ausgeräumt werden will. Eine meiner Schwestern muss gestern Abend noch in der Lage gewesen sein, das Chaos der Party zu beseitigen und die Maschine anzustellen, was mich tief beeindruckt.

Ich erinnere mich hingegen nur noch bruchstückhaft an den Ausgang des Abends und daran, wie ich in mein Zimmer gelangt bin. Grace' Mischungen sind echt tödlich, weswegen ich mich jetzt folgerichtig todkrank fühle.

Ich lehne mich gegen die Arbeitsplatte und halte meinen Kopf fest, der sonst vermutlich einfach herunterfallen würde. Umständlich stopfe ich ein Pad in die Kaffeemaschine und stelle sie an. Der Lärm, den das Gerät verursacht, ist ohrenbetäubend und nicht mit dem winzigen Resonanzkörper des modernen Apparats zu erklären. Als der Becher endlich voll ist, schnappe ich ihn mir und verlasse das Haus.

Die Luft, die mir entgegenschlägt, ist kalt und eiskristallklar. Sie friert den Kopfschmerz ein, wie erhofft. Ich schlinge meine Strickjacke fester um mich, vergrabe meine Hände in den Ärmeln und nehme einen tiefen Schluck, während ich den atemberaubenden Anblick der Bucht wie einen Schatz für den Moment abspeichere, wenn ich wieder weit fort von hier sein werde.

Der Lake Tahoe ist mit nichts zu vergleichen. Die Halfmoon Bay ist ein zwischen hohen Pinien versteckt liegendes Juwel, das trotz des verhangenen Morgens und all der dunklen Erinnerungen ein Lächeln auf mein Gesicht zaubert. Ich schlendere die Holzstufen bis zum Steg hinab. Der kiefernnadelgesäumte Erdboden wird sandiger, das Gras spärlicher. Schließlich geht es ganz in feinpudrigen Sand über, und der Steg beginnt. Ich folge ihm bis zum Ende und setze mich mit meinem Kaffee auf die wettergegerbten Holzbohlen.

Meine Hose ist eigentlich zu dünn, und die Kälte sticht unangenehm durch den Baumwollstoff, aber meinem Kopf und meiner Seele tut der kühle, stille Morgen gut.

Früher bin ich jeden Morgen hier rausgekommen, und ich spüre, wie sehr mir dieses Ritual gefehlt hat. Nebel hängt über dem See. Das Wasser wirkt grau, fast schwarz, weil die Wasseroberfläche die Launen des Wetters spiegelt. Sobald die Wolken später am Tag aufreißen, wird der Lake Tahoe erneut die unnatürlich blaue Farbe annehmen, für die er so bekannt ist.

»Schon wach?«

Ich zucke zusammen. Evan schlendert hinter mir den Steg herunter, und ich spüre, wie der Frieden meines Morgens durch seine Nähe zerbricht.

Ich erwidere nichts und hoffe, er versteht den Wink mit dem Zaunpfahl.

Aber anstatt zu verschwinden und mich in Ruhe zu lassen, setzt er sich neben mich und lässt seine Beine über der Wasseroberfläche baumeln. Er trägt einen schweineteuer aussehenden, grauen Wollpullover, den er bis zu den Ellenbogen hinaufgeschoben hat und der dadurch ein helleres Longsleeve zeigt, das seine muskulösen Unterarme umspannt. Komplettiert wird das ganze durch eine gleichfarbige Stoffhose, die aussieht, als hätte er einfach das teuerste Stück aus einem Männermodemagazin erstanden.

»Kopfweh?«, fragt er mit einem leisen Lachen und zeigt auf meinen Kaffeebecher.

Ich schüttle den Kopf, was definitiv ein Fehler ist, denn es fühlt sich an, als würde mein Hirn lose in meinem Schädel herumpoltern. »Ich trinke einfach gern Kaffee«, presse ich hervor und versuche, den Schmerz wegzuatmen. »In Ruhe und allein!«

Er nickt, bleibt aber sitzen, als würde er die Information, dass ich keine Gesellschaft wünsche, gar nicht auf sich beziehen. »Grace mischt wirklich die besten Drinks. Ihr solltet die unbedingt in die Karte des Diners aufnehmen.«

»Wir sind kein Nachtclub.« Wenn wir die Karte des Diners um Cocktails erweitern würden, könnten wir aufgrund der Lage direkt am Ufer des Sees, und dank der großzügigen Außenterrasse, die halbe Nacht trinkwütige Touristen bedienen. Das Problem ist, dass wir eine weitere Schicht niemals abdecken könnten. Außerdem fehlt uns die Lizenz, Alkohol ausschenken zu dürfen. Aber die Beweggründe für Entscheidungen rund um den Diner gehen Evan überhaupt nichts an, also spare ich es mir, etwas dazu zu sagen.

»Allerdings sind sie so gut, dass man Gefahr läuft, komplett abzustürzen«, redet Evan unbeirrt weiter und deutet auf mich. »Echt gefährlich, wie man sieht.«

»Hör zu!« Wenn er taub ist für eine subtile Abfuhr und selbst den Wink mit dem Zaunpfahl nicht versteht, muss ich eben deutlicher werden. »Das gestern mit uns im Bad, das war …« Mir fällt kein geeignetes Wort ein, das nicht verraten würde, wie speziell dieser Moment zwischen uns war. »Ich brauchte Ablenkung«, fasse ich zusammen. »Das war alles etwas viel, und du warst da, aber das war es auch.«

Ich sehe ihn an und verliere mich sekundenlang in seinen Augen, die heute karamellfarben erscheinen und nicht so dunkel wie gestern Abend, bevor ich mich zusammenreiße und fortfahre mit dem, was ich ihm zu sagen habe. »Du bist bestimmt ganz nett und so.« Wobei ich bezweifle, dass er wirklich nett ist. Ich habe Liz' Geschichten über ihn und seinen Bruder nicht vergessen. Er wollte einen hässlichen, chromglänzenden Hotelklotz in die Halfmoon Bay setzen. »Aber ich habe kein Interesse, mich hier auf irgendetwas einzulassen und dich näher kennenzulernen.«

Ich seufze und verdeutliche meine Aussage, indem ich sage: »Ich bin nur sechs Monate hier und habe nicht vor, in der Zeit etwas anderes zu tun, als zu kochen.«

»Nicht mal schlafen?«, fragt er, und ich kann das zweideutige Blitzen in seinem Blick sehen.

Ganz sicher nicht mit ihm. »Das geht dich überhaupt nichts an«, erwidere ich spitz. »Und nur um das klarzustellen: Ich will meinen Kaffee trinken, die Ruhe genießen und zwar allein, wenn das für dich in Ordnung ist.« Ich hole tief Luft, um noch etwas zu sagen, aber das Grinsen, das sich auf Evans Gesicht ausbreitet, lässt mich verstummen.

Ich habe dem Typen gerade unmissverständlich klargemacht, dass er verschwinden soll, dass unser Kuss eine einmalige Sache war und ich keinerlei Interesse an ihm habe. Also warum grinst er, verdammt nochmal, so bescheuert?

»Du bist ziemlich hinreißend, wenn du in Rage bist«, sagt er amüsiert.

Das hat er jetzt nicht wirklich gesagt. Ich gebe auf und akzeptiere, dass mein einsamer Morgen auf dem Steg mit Evans Auftauchen ein jähes Ende gefunden hat. Er wird nicht gehen, also werde ich es tun. Als ich aufstehe, hält er mich jedoch zurück. Auf dieselbe bestimmte Art und Weise, wie er mich gestern geküsst hat. Zu allem Überfluss jagt es mir ein Kribbeln durch die Adern. Mein Körper könnte ruhig etwas loyaler sein. Mit einem Ruck mache ich mich von ihm los, aber Evan gibt nicht so schnell auf.

»Jetzt warte doch mal, Fi!«

»Ich heiße Fiona«, stelle ich klar. Fi nennen mich nur meine Schwestern, Greta, Hank und Jake. Ganz bestimmt nicht Evan, den ich kaum kenne.

Er deutet auf den Platz neben sich, wo ich bis eben gesessen habe. »Ich verspreche, dass ich die Klappe halte. Wirklich.« Er überlegt kurz und sagt dann leise: »Ich sitze einfach gern morgens eine Weile hier und denke nach.«

Ich verstehe nicht, wieso er das ausgerechnet in der Halfmoon Bay tun muss und warum er nicht in seiner eigenen vermutlich schweineteuren Bude bleibt, die er sich hier am See gemietet hat.

Am wenigsten verstehe ich allerdings, warum ich zögere, anstatt ihm zu sagen, er solle sich gefälligst an seinen eigenen Strand verziehen und mich in Ruhe lassen. Ich stehe wie angewurzelt in der Morgenkälte und denke darüber nach, auf wie viele Arten dieses kratzige »Wirklich« von ihm sexy ist. Und wieso es mich berührt, dass er ebenfalls morgens am See sitzt und den Tag auf genau dieselbe Art beginnt wie ich.

Er macht eine stumme Kopfbewegung, die mir bedeutet, mich endlich zu setzen. Er sieht nicht aus, als würde er daran zweifeln, dass ich es tun werde. Ich bin versucht, ihm das Gegenteil zu beweisen, aber irgendetwas hält mich ab.

Ich rede mir ein, dass ich einfach zu stur bin, um ihm meinen Platz auf dem Steg zu überlassen. Immerhin scheint er dasselbe Ritual zu haben wie ich, und damit geht es nicht nur um heute, sondern darum, generell klarzustellen, wer morgens das Recht hat, hier allein seinen Gedanken nachzuhängen.

Ich weiß, ich belüge mich selbst.

Vorsichtig lasse ich mich neben ihn sinken und sehe ihn von der Seite an. Er erwidert meinen Blick nur kurz, bevor er erneut über den See schaut.

»Ich sehe das anders«, sagt er fest und grinst.

»Anders?« Mir ist nicht klar, wovon er redet, und es vergeht ein Moment, bevor er auf meine hochgezogenen Augenbrauen reagiert und mich aufklärt.

»Ich rede von deiner Einschätzung, dieser Kuss wäre eine einmalige Sache und dass wir uns von jetzt an nicht mehr sehen sollten.«

Ist der Typ wahnsinnig? Es ist ja nicht so, dass ich sein Einverständnis bräuchte, um mich von ihm fernzuhalten.

»Du kannst dir gar nicht vorstellen, wie öde es hier werden kann, wenn der einzige genetisch zur Sympathie verpflichtete Mensch durchgehend auf Wolke sieben schwebt und dich der Rest der Menschen am See so misstrauisch beäugt, als hättest du versucht, ihren Tümpel trockenzulegen.« Er zuckt mit den Schultern. »Dich gucken sie übrigens genauso an.«

Evans Worte klirren durch mein Innerstes. Sie treffen mich, weil er recht hat. Sie sehen mich an wie ihn. Wie eine Aussätzige, die schuld daran ist, dass die von allen geliebte

Mary Carson und ihr Mann Dan auf so tragische Weise starben. Ich bin die, an der der Tod haftet, als wäre er eine ansteckende Krankheit. Ich bin die Carson-Tochter, die nichts als Ärger bedeutete, und Evan ist der reiche Bonze, der für alles steht, was die Einheimischen hassen. Skrupellosigkeit, Profitgier und fehlende Wertschätzung für das Wunder, das dieser See darstellt und das man nicht einfach so zerstören darf.

»Ich kenne die ziemlich legendären Geschichten über dich und deine Art zu feiern. Damit bist du mit Abstand das Interessanteste, was im letzten halben Jahr hier passiert ist. Abgesehen von dem ungelösten Mordfall an einem Elch vorletzte Woche.« Er lacht leise. »Also bin ich absolut anderer Meinung. Wir sollten dringend zusammen ausgehen und es krachen lassen.«

»Nein«, bringe ich schwach hervor.

»Wenn du nicht mit mir ausgehst, lasse ich am Ende wieder meinen Bart wachsen und trage Holzfällerhemden.«

Ich sehe ihn zweifelnd an, aber er zuckt nur die Schultern.

»War eine sehr dunkle Phase, die bis letzte Woche anhielt und an die ich mich lieber nicht erinnern will. Es liegt in deiner Hand. Ich meine, du schläfst sowieso nicht, und ich erwarte nicht mehr, als einen Drink nach deiner Schicht. Ein wenig Spaß. Etwas, das mich von der Verlockung abhält, schwitzige Baseballcaps, Vollbart und Flanellhemden zu tragen.«

»Du wolltest deine Klappe halten«, erwidere ich leise, und es liegt nicht halb so viel Kraft in meiner Stimme wie wahrscheinlich nötig ist, um Evan davon abzuhalten, seine Frage nach einem Date so lange zu wiederholen, bis ich ja sage.

Zumindest für den Moment nickt er aber und sagt nichts mehr. Stumm sehen wir zu, wie die Wolken aufreißen und der noch immer warmen Oktobersonne Platz machen, wie der See und das Haus in unserem Rücken langsam zum Leben erwachen.

Irgendwann steht Evan auf, streift in einer flüchtig erscheinenden Bewegung meine Schulter, verharrt sekundenlang und entfernt sich dann mit langen Schritten.

Ich warte, bis ich den Motor seines Wagens anspringen höre, bevor ich ebenfalls aufstehe und meinen Kaffeebecher in die Küche bringe, um vor meinem ersten Tag am Lake Tahoe heiß duschen zu gehen. Dabei dreht eine Frage in meinem Kopf endlose Kreise: Wieso bin ich nicht gegangen, solange mich nichts mit Evan verbunden hat, als ein heißer, überfallartiger Kuss? Dad hat immer behauptet, dass ein gemeinsam erlebter Sonnenaufgang am Lake Tahoe wie ein Versprechen ist. Die Frage ist nur: worauf? Wenn ich darin involviert bin, dürfte es ein Versprechen auf Chaos sein.

Als ich das Haus betrete, höre ich, wie Hazel und Grace mit Amber um die Badezimmerzeiten streiten. Ich muss unwillkürlich lachen. Der ewige Kampf um das Bad ist anscheinend nach wie vor derselbe. Ich decke den Tisch mit Grace' Lieblingstellern. Weißes Porzellan mit zarten hellrosa Blumenranken und Hazels Pendant an Bechern. Weiß mit roten Punkten. Gerade weil das Geschirr nicht zueinander passt, macht es das Ensemble besonders.

Ich leere den Kühlschrank bis auf eine Ananas und zwei Joghurts, auf denen Hazels Name klebt. Das mit den Klebezetteln hat schon damals nicht funktioniert, und ich bezweifle, dass sich auch nur eine meiner Schwestern darum kümmert, wie Hazel versucht, ihr Joghurtterritorium abzustecken.

Die Ausbeute ist spärlich. Ein Stück Käse, eine angebrochene Packung Putenbrust und drei Scheiben ziemlich staubig aussehendes Brot. Nicht gerade das, was ich mir unter einem guten Frühstück vorstelle.

Ich durchforste die Vorratsschränke und nehme mir vor, sie bei nächster Gelegenheit aufzufüllen. Von was ernähren sich die Mädels eigentlich? Ich kenne die Antwort zwar, sie essen im Diner, aber sie gefällt mir nicht. Also kratze ich aus den letzten Winkeln der Küchenschränke etwas Mehl, eine halbe Packung Eier und einen Rest Olivenöl zusammen, der einsam in einer Flasche herumschwappt, und stelle alles auf die Arbeitsplatte. Dann hole ich den nicht angebrochenen Joghurt aus dem Kühlschrank und durchstöbere die Schränke nach einer Rührschüssel. Unter einer Vielzahl an Jutebeuteln werde ich schließlich fündig. Die gepunktete Rührschüssel ist vollkommen unbenutzt, aber diesen Umstand werde ich gleich ändern.

Ich mische Joghurt, Mehl, Eier und den Rest Öl zusammen. Dazu kippe ich eine halbe Packung Backpulver und knete alles durch. Frische Hefe gibt es nicht, da muss man eben erfinderisch werden. Dann schmecke ich den Teig mit Salz und Pfeffer ab. Irgendetwas fehlt noch.

Hazel kocht zwar genauso wenig wie die anderen, aber sie hat ein Faible für Grünzeug jeder Art – Blumen, Bäume, Sträucher und Kräuter. Zumindest früher gab es einen kleinen Kräutergarten neben der Terrasse. Und tatsächlich stehen säuberlich aufgereiht in einem kleinen Hochbeet am hinteren Ende der Terrasse Schnittlauch, Petersilie, Minze und Basilikum.

Grace nutzt ab und zu etwas Minze für ihre Cocktails. Ansonsten wachsen die Kräuter völlig unbehelligt, was vermutlich erklärt, warum das satte Grün so üppig ist, dass es fast den Pflanzkorb sprengt.

Ich rupfe etwas Petersilie und ein wenig Schnittlauch ab und kehre damit zurück in die Küche. Es dauert nicht lange, bis ich die Kräuter fein zerhackt und dem Teig beigemengt habe. Das wird eine schöne frische Note geben. Ich forme kleine runde Laibe und verfrachte sie in den Backofen. In zwanzig Minuten werden wir frische, warme Brötchen haben. Etwas gesalzene Butter dazu … Et voilà.

Ich spüre, wie mein Magen knurrt. Ich verhungere. Das geht mir immer so, wenn ich getrunken habe. Kaffee wird mich retten, bis die Brötchen so weit sind. Ich stelle meinen bereits benutzten Becher unter die Maschine und wechsle das Pad aus, um mir einen weiteren Becher zu gönnen. Aber bevor ich den Automaten anstellen kann, drückt Amber bereits den Knopf.

Ohne ein ›Guten Morgen‹ oder irgendeine Form von schlechtem Gewissen schnappt sie sich meinen Becher und zieht damit auf die Terrasse ab. Ich folge ihr und sehe meiner kleinen Schwester zu, wie sie sich mit angezogenen Beinen auf einen der massiven Holzstühle kuschelt. Die graue Jeans ist an den Knien zerrissen, und Amber hat irgendwelche Songtexte mit Edding auf den Stoff geschrieben. Dazu trägt sie ein schwarzes Tanktop und eines von Dads Flanellhemden, das mit seinem roten Karomuster farblich nicht zu ihrem Gothiklook passen will. Sie trinkt gierig meinen Kaffee, ohne mich zu beachten.

»Das war mein Becher«, bemerke ich, einfach weil ich keine Ahnung habe, wie ich mit so viel Ablehnung umgehen oder was ich sonst sagen soll.

Amber zuckt die Schultern. Ist ihr offensichtlich egal. Und noch offensichtlicher will sie nicht mit mir reden. So war es nie zwischen uns. Sie war meine kleine Amby Lamby und ich ihre große Schwester, ihr Vorbild. Auch wenn ich als solches weder jetzt und erst recht nicht damals taugte.

Liz war immer Muttterersatz, ich die große Schwester, mit der sie Unsinn ausheckte. Ich weiß nicht, wie viele Nächte wir überhaupt in getrennten Betten verbracht haben. Eigentlich schlüpfte jede Nacht eine von uns in das Bett der anderen. Meistens Amber in meines, aber unzählige Mal habe auch ich mich an ihren kleinen Körper gekuschelt. Wir haben einander gebraucht, und ich habe das kaputtgemacht, indem ich gegangen bin und sie allein gelassen habe. Sie hat jedes Recht der Welt, wütend zu sein. Trotzdem wünschte ich, sie würde es mir nicht so schwermachen.

»Es tut mir leid«, sage ich leise, aber Amber reagiert nicht. Ich bin nicht sicher, ob sie mich überhaupt gehört hat. Wir müssen darüber sprechen, also versuche ich es erneut.

»Ich musste damals hier weg.« Und Amber muss verstehen, wieso. Dass ich geblieben wäre, wenn ich gekonnt hätte.

Ambers Körper versteift sich. »Und jetzt bist du wieder hier, backst ein paar Brötchen, springst für Hank ein, und alle fallen dankbar vor dir auf die Knie?«

Das wäre die Idealvorstellung, aber das Leben verläuft selten ideal. »Die Brötchen sind reiner Selbstschutz«, erkläre ich. »In eurem Kühlschrank kann man ein Echo erzeugen, und ich bin am Verhungern.«

Amber sieht stur geradeaus, auch wenn ihr Magen ebenfalls eindeutige Geräusche von sich gibt.

»Ich erwarte nicht, dass du mir einfach vergibst, Amby. Ich wäre an deiner Stelle auch sauer, aber gib mir bitte eine Chance.«

»Nenn mich nicht Amby. Ich bin keine zehn mehr.« Sie funkelt mich wütend an, bevor sie wieder in ihre Scheißegal-Pose verfällt. »Und du gehst bald wieder. Warum also sollte ich mir die Mühe machen, dir eine Chance zu geben?«

Ich sehe die Hoffnung in Ambers Augen, ich würde sagen, dass ich bleibe. Aber das kann ich nicht, also zucke ich nur hilflos mit den Schultern.

»Ich wollte nicht, dass Liz dich bittet zu kommen«, stellt Amber klar, und ihr Gegenschlag tut weh. »Wir brauchen dich hier nicht.«

»Ihr braucht einen Koch, und ich bin zufällig eine verdammt gute Köchin«, kontere ich, und es ärgert mich, dass meine Stimme verrät, wie sehr mich Ambers Aussage trifft.

»Cole kocht gut genug, um den Diner am Leben zu halten, bis Hank wieder da ist.«

»Cole?« Ich fasse nicht, dass Amber ausgerechnet ihm die Küche überlassen will. Vielleicht bin ich auch nur eifersüchtig, dass sie ihm ganz offensichtlich bereits mehr als die Küche überlassen hat. Sie liebt Cole, während sie mich hasst. Dabei sollte es anders herum sein. Außerdem sieht Cole nicht so aus, als hätte er irgendwann in seinem Leben schon mal einen Kochlöffel in der Hand gehabt.

»Wie gesagt, er kocht total super, und er hat genügend Zeit. Kein Mensch hat wirklich damit gerechnet, dass du kommst. Ergo hat dich auch niemand vermisst oder eingeplant.« Sie starrt mich an und macht dann eine Handbewegung, als würde sie eine lästige Fliege verscheuchen. »Kapierst du es nicht? Wir kommen ohne dich klar, also verpiss dich einfach wieder.«

Cole ist nur eingesprungen, weil er seit Monaten arbeitslos ist. Genau genommen, seitdem er sich mit seinem Vater überworfen hat, um Pinewood Meadows zu retten. Liz hat mir erzählt, er und sein Bruder würden nach einem neuen Betätigungsfeld suchen. Anscheinend lassen sie sich dafür jede Menge Zeit, aber spätestens, wenn sie etwas gefunden haben, wird er wohl kaum neben seinen ultrawichtigen Geschäften auch noch die Küche des Diners schmeißen. Sobald die Brüder also wieder arbeiten, werde ich sehr wohl gebraucht.

»Liz hat mich gebeten zu kommen, und ich habe zugesagt, so lange zu bleiben, bis Hank wieder fit ist. Ich werde mich also nicht verpissen, nur weil du denkst, Cole wäre der nächste Starkoch. Was ist das eigentlich mit dir und Liz' Freund?«, frage ich. Amber hat bisher jeden Verehrer von Liz in die Flucht geschlagen. Cole hingegen begegnet sie vollkommen unkritisch.

»Er ist …« Sie verstummt, und die Art, wie sie das erste Mal an diesem Morgen unsicher mit dem Fuß auf dem Boden scharrt, macht deutlich, wie viel er ihr bedeutet.

Cole hat an Liz' Seite Dads Stelle eingenommen. Ein Platz, der so viele Jahre unbesetzt war. Uns allen hat eine Vaterfigur gefehlt, aber Amber war so viel jünger als wir. Sie hat viel dringender als wir einen Vater gebraucht, aber keiner von Liz' Freunden hat je ihre strengen Prüfkriterien überstanden. Cole schon. Und das sichert ihm meinen Respekt, wenn auch widerwillig und mit der Einschränkung, dass ich ihm den Arsch aufreiße, sollte er meine Schwestern enttäuschen.

»Du magst ihn?«, frage ich unnötigerweise, denn ich kenne die Antwort bereits.

Sie sieht mich an und kneift ihre Augen zusammen. »Mehr als dich auf jeden Fall.« Sie steht auf, drückt mir den halbleeren Becher in die Hand, und ich erwarte fast einen weiteren verbalen Tiefschlag. Stattdessen sehe ich Zuneigung in ihren Augen. Liebe, die ich enttäuscht habe. Tränen zerteilen den schwarzen Kajal, den sie großzügig um ihre Augen aufgetragen hat. Abrupt dreht sie sich um und eilt nach drinnen, wo sie sich ein heißes Brötchen direkt aus dem Ofen schnappt und im Flur verschwindet.

Ich gehe ebenfalls nach drinnen, schalte den Backofen aus und öffne die Klappe, damit die restlichen Brötchen abkühlen können.

Amber schlüpft gerade in einen weiten schwarzen Mantel, bindet sich ihre Stiefel zu und schultert einen bunten Rucksack, der sich farblich mit dem Flanellhemd beißt. Dann verlässt sie türknallend das Haus.

»Sie hat Cole über ein halbes Jahr nur Arschloch genannt«, bemerkt Liz, die gerade die Treppe hinunterkommt und wohl zumindest einen Teil unseres Gesprächs mitverfolgt hat.

Liz sieht wunderschön aus. Ich kann mich immer noch nicht daran gewöhnen, wie ähnlich sie Mom in den letzten Jahren geworden ist. Ihre Haare sind dunkelbraun, wie die unserer Mutter, und ergießen sich in weichen Wellen bis zwischen ihre Schulterblätter. Ihre Haut ist zart gebräunt, und ihr Lächeln gleicht dem von Mom so sehr, dass ich jedes Mal heulen könnte, wenn ich sie ansehe.

»Arschloch?« Ich nicke. »Nett.«

»Wir reden von Ambs.« Liz schüttelt den Kopf. »Ich liebe

sie, aber nett ist nicht ihre Stärke. Was zum Henker riecht hier so gut?«, wechselt sie in einem Atemzug das Thema und schnuppert in Richtung Backofen.

»Das sind italienische Brötchen.« Ich deute zum Backofen. »Ich hatte Hunger, und ihr habt nichts im Haus.«

»Ja, das bemängelt Cole auch immer. Er kocht …«

»… total super«, beende ich den Satz.

Liz lacht. »Amber wollte allen Ernstes, dass ich Cole in die Küche des Diners stelle, weil er ganz passable Aufläufe hinbekommt.«

»Warum hast du es nicht getan?« Allmählich komme ich mir überflüssig vor, wenn jeder in diesem Haus der Meinung ist, Cole könnte einen ebenso guten Job erledigen wie ich.

»Wir haben dich vermisst.« Sie zuckt die Schultern, als wäre das allein Grund genug, mich hierherzubitten. Vielleicht ist das alles, inklusive Hanks Unfall, nur ein Riesentheater, um mich an den Lake Tahoe zurückzubekommen. Scheint nicht so, als hätten sie wirklich händeringend nach einem Koch gesucht. Ich spüre, wie mein Puls schneller geht und Wut in mir aufkeimt.

»Wir haben dich nicht nur gebeten zu kommen, weil Cole auf Dauer eine Katastrophe in der Küche wäre und wir innerhalb einer Woche pleite, sondern weil wir dich unbedingt wieder bei uns haben wollten. Das solltest du wissen. Du warst viel zu lange weg.«

So herum klingt es wesentlich netter, aber ich bin mir nicht sicher, ob ich Liz glauben kann. Deswegen sehe ich sie zweifelnd an.

»Cole kocht gut, ja«, gibt sie zu. »Aber nur zweieinhalb Gerichte, und er braucht so lange, dass die Gäste verhungert sind, bevor wir servieren können.« Sie zuckt mit den

Schultern. »Er ist in den Tagen eingesprungen, nachdem Hank sich verletzt hatte und du noch nicht da warst, aber auf Dauer geht das wirklich nicht. Cole ist vieles, aber kein Koch. Ich kann seine Hilfsbereitschaft und die Geduld unserer Gäste nicht ewig strapazieren. Außerdem glaube ich, ein bisschen frischer Wind von deiner Seite täte dem Diner gut.« Sie blinzelt mich an. »Was meinst du?«

Kapitel 3

Liz hat mich um meine Einschätzung des Diners gebeten, und ich hatte wirklich Angst, es gäbe viel zu bemängeln. Tatsache ist: Die Karte des Diners ist bodenständig, aber gut. Die Küche ist sauber und aufgeräumt. Die grundlegende Struktur, die die Abläufe in einer Küche effektiv machen, stimmen. An dem Status quo braucht nichts verändert zu werden.

Allerdings stimmt es, was Liz sagt. Es fehlt ein wenig frischer Wind. Die Gerichte sind seit Jahren dieselben. Das muss nicht schlecht sein. Ich weiß, viele Stammgäste schätzen genau das am Lakeshore Diner. Wie Sam Hunter, Jakes Dad, der laut Liz jeden Morgen kommt, seinen Kaffee hier trinkt und dreimal die Woche eine Portion Hackbraten mit Kartoffelmash bestellt. Wenn ich etwas an dem Angebot des Diners verändern will, muss ich es subtil tun. Damit festgefahrene Knurrhähne wie Sam nicht mal bemerken, dass etwas anders ist.

Die Lage des Diners ist einzigartig, der Gastraum von Hazel und Grace modern, aber wohnlich und wirklich hübsch gestaltet worden. Die Preise sind moderat.

Liz dürfte also recht haben, es läge an der leicht angestaubten Karte, dass wir zwar schwarze Zahlen schreiben, uns aber gegen die anderen Restaurants am Lake Tahoe nicht behaupten können. Liz schafft es, die laufenden Rechnungen mit den Einnahmen zu zahlen und sich und meine Schwestern durchzubringen, aber Rücklagen für anfallende Reparaturen oder dringende Investitionen fehlen vollständig.

Ich werde mich jetzt erst einmal um die Vorbereitungen für das Alltagsgeschäft kümmern. Morgen früh auf dem Steg kann ich mir dann überlegen, welche Änderungen sich gut umsetzen lassen. Immer vorausgesetzt, Evan taucht nicht wieder dort auf und raubt mir den letzten Nerv.

Ich schiebe das blödsinnige Gefühl weg, es hätte mir gefallen, als er heute Morgen neben mir saß. Ich meine, wem gefällt es schon, wenn ein Mann sensibel wie ein Pinienstamm ist? Ich hatte schon immer das Talent, mich auf die größten Idioten einzulassen. Verändert hat sich nur, dass ich seit geraumer Zeit nur noch äußerst oberflächliche Beziehungen führe und mich so nicht wie früher in sich ständig wiederholenden Katastrophen verheddere. Warum also denke ich ständig an Evan? Das läuft nicht gerade unter oberflächlich.

Mit einem lauten Knall zerteile ich einen Champignon und pfeffere ihn gegen die gekachelte Wand. Er kullert einmal um die eigene Achse und bleibt dann liegen.

»Wie gut, dass ich kein Champignon bin!«

Wenn man vom Teufel spricht. Ich drehe mich um und sehe, wie Evan die Küche betritt, als wäre das sein angestammtes Recht. Seine Haare sind nicht zurückgekämmt, sondern fallen ihm locker in die Stirn. Er trägt ein enganliegendes Longsleeve und darüber ein kariertes Flanellhemd, als hätten er und Amber sich abgesprochen, heute im Partnerlook zu gehen. Will er mir jetzt ein schlechtes Gewissen machen und mir die Schuld daran geben, dass er zum

Hinterwäldler mutiert, weil ich ihm ein Date verweigere? Schade nur, dass das Hemd ein schweineteures Markenteil ist, was seinen Auftritt eines markigen Holzfällers total versaut.

»Hi«, begrüßt er mich fröhlich.

»Wir haben geschlossen«, sage ich knapp und frage mich gleichzeitig, wie er eigentlich hier reingekommen ist und warum es mir so schwerfällt, ihm einfach ebenfalls einen guten Morgen zu wünschen und ihn dann zu ignorieren.

Evan hält einen Schlüsselbund hoch und grinst breit. »Liz hat mir einen Schlüssel gegeben und mir erlaubt, hier zu arbeiten, auch außerhalb der Öffnungszeiten. Die Telefongesellschaft schafft es seit Wochen nicht, den neuen Breitbandanschluss in Sierra Shores zu legen.«

Er wohnt also in Sierra Shores. Das riesige Anwesen ein Stück die Küste hinauf passt zu ihm. Es ist exklusiv, teuer und hat keine Seele. »Liz ist aber nicht da«, sage ich knapp, drehe mich um und beginne die Artgenossen des traurig daliegenden Champignons in gleichmäßige, schmale Scheiben zu schneiden. Dann bugsiere ich sie in einen der Edelstahlbehälter, wo sie verwahrt werden, bis ich sie später weiterverarbeite.

»Ich brauche sie nicht unbedingt zum Arbeiten.« Evan lacht. »Ich bin schon groß, ich schaffe das allein.«

Natürlich. Deswegen hat er ja einen Schlüssel, weil er so nicht darauf angewiesen ist, dass Liz hier sein muss. Ich kann kaum verlangen, dass er diese Vereinbarung aufgibt, nur weil es mir unangenehm ist, wenn wir die nächsten Stunden allein im Diner sind.

»Ich dachte, Cole und du wärt arbeitslos?«, rutscht es mir heraus. Wenn ich Evan auf Abstand halten will, ist ihn auszuhorchen und ihn dadurch in ein Gespräch zu verwickeln nicht gerade die ideale Strategie.

Er fasst sich an die Brust und tut so, als hätte ihn meine Frage getroffen. »Bei dir hört es sich an, als würde ich auf der Straße sitzen und Flöhe im Vollbart züchten. Cole und ich hatten beruflich ein bisschen Pech in letzter Zeit, aber wir sehen uns um, wägen ab. Wir sind in Gesprächen mit Sam Hunter.« Er wirkt plötzlich unerwartet ernst. »Es gibt also Pläne.«

»Der Sam Hunter?« Ich bin verwirrt. Für mich war immer klar, Jakes Vater würde ihm die Werft vererben und Jake ihr eines Tages wieder zu altem Glanz verhelfen. »Ich meine, ich wusste nicht, dass er überhaupt verkaufen will.«

Evan zuckt die Schultern und hebt beschwichtigend die Arme. Offensichtlich hat er den Anflug von Sorge in meiner Stimme gehört. »Es ist noch nichts spruchreif, aber Sam fressen die Kosten auf. Der Zustand der Werft wird nicht besser, je länger sie brachliegt. Und ich glaube auch, der alte Mann ist es müde, auf seinen Sohn zu warten. Er hat genug. Cole und ich haben uns entschieden, in ein Geschäft zu investieren, das direkt mit dem See zu tun hat und gut für Cooper Springs und die Wirtschaft hier ist. Es ist also eine Win-win-Situation für alle.«

Für alle außer Jake. Ich sehe Evan stumm an und versuche, meine Gedanken zu sortieren und ihn nicht direkt anzufahren. Sie können das nicht tun. Sie dürfen Jake die Werft nicht nehmen. Das ist sein Leben. Aber dann wird mir klar, dieses Gefühl ist egoistisch und hat wenig mit Jake zu tun. Ich bin es, die will, dass er zurückkommt und die Werft übernimmt. Weil es bedeuten würde, dass alles wieder so wäre wie vor dieser verdammten Nacht vor fünf Jahren. Wenn Jake wieder hier wäre, sein Talent nicht wegschmeißen würde und es ihm gutginge, müsste ich mir keine Vorwürfe mehr machen. Ich wäre nicht schuld daran, dass die Hunter-Werft bald eine Harris-Werft sein wird. Aber Tatsache ist, Jake ist nicht hier, und er hat laut Liz auch nicht vor zurückzukommen. Ich weiß längst nicht mehr, was ihm wichtig ist. Die Dinge haben sich verändert, und das ist meine Schuld. Ich atme tief durch und sehe Evan wieder an.

»Alles okay?«, fragt er und lehnt sich gegen den Türrahmen. »Cole hat viel mit Liz über diese Möglichkeit gesprochen. Sie hat in etwa so reagiert wie du jetzt.« Er macht eine kurze Pause, und ein schiefes Lächeln umspielt seinen Mund. »Aber es ist nicht so, dass wir Jake etwas wegnehmen. Wenn wir nicht investieren, wird in ein, zwei Jahren nichts mehr da sein, wohin er zurückkehren kann. Und wir sind uns bewusst, dass er und sein Talent das Herzstück der Werft gebildet haben. Sollte er zurückkommen und wieder dort arbeiten wollen, würden wir ihn mit Kusshand einstellen.«

»Nur ist Jake viel zu stolz, um als Angestellter in seiner ehemaligen Firma und für euch zu arbeiten.«

»Das sagte Liz auch, aber selbst wenn er jetzt zurückkäme und es allein versuchen würde, er hätte niemals genug Geld, um die Werft wieder wettbewerbsfähig zu machen.«

Er hat recht, das weiß ich, aber trotzdem verknotet sich mein Magen bei dem Gedanken, dass Jake die Werft verliert und damit unwiderruflich eine Zukunft zerstört wird, deren Boden ich vor Jahren verseucht habe.

»Hey«, durchbricht Evan meine Gedanken und berührt mich leicht am Oberarm. »Noch ist nichts spruchreif, und die Verhandlungen mit Sam sind zäh, also wer weiß.« Mit den Worten verlässt er die Küche und setzt einen Kaffee auf.

Ich höre das Klappern routinierter Handgriffe, während ich versuche, die Neuigkeiten zu verarbeiten.

Wenig später zieht der herbe Geruch nach einer feinen brasilianischen Röstung durch den Diner, und ich entwickle einen abartigen Kaffeedurst. In den Gastraum gehen und dabei erneut Evan über den Weg laufen will ich aber nicht. Also ignoriere ich die ersten Koffeinentzugserscheinungen und widme mich mit geradezu manischer Begeisterung den Vorbereitungen, indem ich Gurken, Karotten und Co zerschneide. Ich bin vollkommen in meine Arbeit vertieft, als mich Evan plötzlich an der Schulter berührt. Ich fahre herum und säbele ihm dabei um ein Haar die Nasenspitze ab.

»Woah«, stößt er hervor und hebt abwehrend die Hände. In der rechten hält er einen Becher mit Kaffee, der durch die ruckartige Bewegung überschwappt und sich dabei über seinen Unterarm ergießt.

»Fuck«, entfährt es ihm. Er reicht mir den Becher, hält sich den Arm und dreht sich einmal um die eigene Achse, als ich ihm das heiße Gebräu eilig abnehme.

»Alles in Ordnung?« Ich deute auf seinen Unterarm, aber er winkt nur ab.

»Ja, klar! Ich dusche immer mit heißem Kaffee. Kein Problem.« Er ringt sich ein Lächeln ab. »Wirklich, geht schon. Ich wollte dir auch nur den Kaffee bringen. Will gar nicht länger stören.«

Seit wann das denn nicht? Eigentlich ist das doch seine Hauptfreizeitbeschäftigung. Ich sehe ihm zweifelnd hinterher, als er durch die Schwingtür in den Gastraum verschwindet, und höre, wie er leise flucht, sobald er außer Sichtweite ist.

Obwohl ich noch jede Menge vorzubereiten habe, ist mir

klar, dass Evan sich gerade in dem Versuch verbrüht hat, nett zu sein. Also schnappe ich mir meinen Becher, eine Packung Quark aus der Kühlung und befeuchte ein unbenutztes Küchentuch, bevor ich ihm ins Halbdunkle des Gastraums folge.

Evan sitzt in einer der Nischen, direkt unter Bob, dem Elch. Ich versuche, nicht daran zu denken, was demnach Tradition wäre. Ihn erneut zu küssen ist mit Sicherheit keine gute Idee, auch wenn ich diesen dämlichen Brauch selbst ins Leben gerufen habe.

Er hat die Augen geschlossen und umschlingt mit seiner Hand die Stelle am Unterarm, wo der brühend heiße Kaffee seine Haut verletzt hat.

»Das muss gekühlt werden.«

Er öffnet die Lider und schließt sie direkt wieder. »Ach ja?«

»Ja.« Er hätte den Arm längst unter fließendes Wasser halten müssen.

»Ich habe doch gesagt, es ist halb so schlimm«, versucht er mich zu verscheuchen, aber so leicht lasse ich mich nicht vertreiben. Nicht, wenn sich jemand meinetwegen und vor allem in meiner Küche verletzt hat.

Ich schiebe mich zwischen Tisch und Eckbank, so dass ich Evan gegenübersitze. Es erscheint mir irgendwie sicherer, wenn uns die Tischplatte voneinander trennt. Nur falls mein Selbstregulierungsmechanismus in seiner Nähe erneut ausfällt.

Ich stelle die Packung Quark auf den Tisch und lege das

angefeuchtete Tuch daneben. »Jetzt hab dich nicht so!«, sage ich und strecke fordernd meine Hand nach ihm aus. Und tatsächlich gibt er auf und reicht mir seine. Ich ergreife sie und ziehe vorsichtig seinen Arm näher zu mir, bis unsere Hände unmittelbar vor meiner Brust liegen und ich seinen Unterarm verarzten kann, ohne mich zu verrenken.

Mit der freien Hand schiebe ich den Pullover ein Stück nach oben und betrachte erst einmal den Schaden. Es hat ihn wirklich ganz schön erwischt. Die Haut unterhalb des Handgelenks ist stark gerötet, und ich bin ziemlich sicher, es werden sich Brandblasen bilden, wenn wir nicht schleunigst etwas dagegen unternehmen.

Ich öffne den Quark und beuge mich etwas weiter vor, um ihn auf der betroffenen Stelle aufzutragen. Als ich die gereizte Haut berühre, zuckt Evan zusammen, sagt aber nichts. Nur seine Hand umklammert meine ein wenig fester. Es fühlt sich merkwürdig an, sie in meiner zu spüren und dabei an Worte wie »warm« und »vertraut« zu denken.

Mir ist klar, dass das hier in eine völlig falsche Richtung läuft, und ich beeile mich, den provisorischen Verband anzulegen, indem ich das feuchte Küchentuch um die Quarkmasse wickle.

»So, fertig«, sage ich eine Spur zu laut und endgültig, aber ich habe meine Rechnung ohne Evans Immunität gegenüber subtilen Anspielungen gemacht.

Er denkt gar nicht daran, mich loszulassen und diese verdammte Intimität zu beenden, die sich zwischen uns breitmacht. Stattdessen sieht er mich eindringlich an und sagt »Danke«. Das Problem ist, dass es kein einfaches »Danke« ist. Es ist rau. Dunkel. Und sexy.

Ich brauche eine Spur zu lange, bis ich mich räuspere und

ihm meine Hand entziehe. »Gern geschehen«, murmle ich. »Immerhin war das auch irgendwie meine Schuld. Du hast mir einen Kaffee gebracht, und ich hätte dich zum Dank fast in zwei Teile zersäbelt.«

»Wie den Champignon?« Er lächelt, und ich lächle zurück. Mit einem dämlichen Kribbeln im Magen, das ich auf die körperliche Anziehung schiebe, die Evan auf mindestens achtzig Prozent der weiblichen Bevölkerung der Nordhalbkugel haben dürfte.

»Wie den blöden Pilz«, bestätige ich, und plötzlich lachen wir beide.

»Noch einen Kaffee?«, fragt Evan, aber ich schüttle den Kopf. Ich muss arbeiten. Das versuche ich mir zumindest einzureden.

Evan deutet auf mich, ihn und den Raum der zwischen uns steht, weil ich ihm eine erneute Abfuhr gegeben habe. »Das entwickelt sich wohl zu unserem Ding.«

Ich sehe echte Enttäuschung mit einem anziehenden Schalk in seinen Augen tanzen und lächle unwillkürlich.

»Okay.« Ich verstehe nicht, wieso ich das sage. Wieso ich nachgebe, wo ich hart bleiben und das Weite suchen sollte. Vielleicht weil mit Evan zu feiern bedeuten wird, den Kopf frei zu bekommen, die Gedanken zu stoppen, die sich seit meiner Ankunft in meinem Kopf drehen. »Ich habe um zehn Schluss. Hol mich dann ab, aber das wird kein Wir-essen-zusammen-und-schauen-uns-tief-in-die-Augen-Date, nur damit das klar ist.«

»Ich nehme, was ich bekommen kann.«

Das klingt verdammt zweideutig, und das ist Evan vollkommen bewusst.

Ich verdrehe die Augen. »Und warte um Himmels willen

im Wagen, und park nicht direkt vor dem Diner. Ich habe keine Lust, dass uns irgendjemand zusammen sieht.«

»Ein geheimes Date?«, fragt Evan schmunzelnd. »Gefällt mir.« Er klingt eine Spur zu zufrieden.

»Bilde dir bloß nichts darauf ein. Ich habe einfach nur Lust feiern zu gehen, und du bist der Einzige hier, der dafür in Frage kommt.« Damit lasse ich Evan allein im Gastraum zurück und hoffe inständig, dass ich nicht dabei bin, einen saudämlichen Fehler zu machen.

Grace weht wie ein frischer Wind in die Küche. Sie sieht nicht aus, als hätte sie Hunderte hungriger Kunden bedient. Eher so, als wäre sie gerade erholt aus ihrem Bett gefallen. Sie hatte schon immer ein unerschöpfliches Temperament. Sie stellt mir einen Eistee mit frischen Zitronenscheiben hin. Das Glas ist türkisfarben, retro und bricht das grelle Küchenlicht in türkisfarbene Lichtkegel, die auf der Granitplatte tanzen. Ein pinkgestreifter Strohhalm dümpelt in der Flüssigkeit herum, und ich sauge gierig daran. Die kühle Flüssigkeit ist süß, gleichzeitig frisch und tut verdammt gut.

Grace setzt sich mit einem lilafarbenen Glas auf die Arbeitsfläche.

»Und was ist bei dir so los?«, frage ich, weil Grace zwar ständig Fragen stellt, wie es mir die letzten Jahre ergangen ist, aber bisher so gut wie nichts von sich erzählt hat.

Die Geräuschkulisse des vollen Gastraums ist verebbt, und ich nehme an, die meisten Gäste sind bereits auf dem Heimweg oder sitzen in dicke Wolldecken gehüllt auf ihrer Veranda, um die letzten schönen Abende des Herbstes zu genießen. Dieser Eindruck wird dadurch unterstrichen, dass Liz sich zu uns gesellt, mit Grace und mir anstößt und sich im Schneidersitz neben Grace setzt.

»Genau, was ist eigentlich bei dir los, Gracie?«, nimmt sie meine Frage wieder auf und zieht dabei eine ihrer Augenbrauen in die Höhe. Es ist klar, Liz spielt auf etwas Bestimmtes an.

Grace verzieht ihr Gesicht und nimmt einen tiefen Schluck Eistee, anstatt zu antworten. Das übernimmt dafür Hazel, die jetzt auch in meine Küche einfällt und sich zwischen mir und dem Waschbecken positioniert. Mir ist nicht ganz klar, wie ich die Küche sauber bekommen soll, wenn mehr Schwestern darinstehen, als Kacheln an der Wand kleben.

»Der Paddler hat sie sitzengelassen«, erklärt Hazel lapidar.

»Der Paddler war ein außerordentlich gutaussehender, intelligenter Kajakprofi«, weist Grace sie zurecht.

»Ich sag ja: ein Paddler.«

»Wie lange ging das mit euch?« Ich wusste nicht, dass Grace eine Beziehung führt. Sie hat nie etwas gesagt. Weder am Telefon, wobei ich gestehen muss, dass ich ihr auch von keiner meiner Bekanntschaften erzählt habe. Meine waren es einfach nicht wert, erwähnt zu werden, aber bei Grace scheint das anders gewesen zu sein. Liz, Hazel, Greta und vermutlich auch Amber, Cole und vielleicht sogar Evan wussten über den Typen Bescheid. Es muss also etwas Ernsteres gewesen sein.

»Eine halbe Kaffeelänge.« Hazel lacht. »Gracie kann sich bei all den sexy Sportlern, die ihr bei ihren Fotoarbeiten über den Weg laufen, nicht so recht entscheiden, und das Carson-Schwestern-Gen ist jetzt auch nicht berühmt-berüchtigt dafür, uns besonders beziehungskompatibel zu machen.« Sie lacht und stupst unsere Schwester liebevoll in die Seite.

Grace erwidert den Stoß mit ihrem ganzen Körper, lächelt aber. »Siehst du, Lizzie, ich kann gar nichts dafür. Das sind die Gene.«

Wir alle wissen, es sind nicht die Gene, wegen der wir Schwestern vor Beziehungen zurückschrecken. Es ist eher das Leben, das uns in diese Position gebracht hat, aber keiner von uns spricht aus, dass ich dafür verantwortlich bin.

»Ich mochte ihn, aber mehr war da nicht.« Grace gluckst leise. »Ich meine, ich plane mit Sicherheit keine Zukunft mit jemandem, der sein Sportgerät mehr liebt als mich. Ich teile das Bett ungern mit einem Kajak.«

»Er hat sein Kajak mit ins Bett genommen?« Hazel starrt sie ungläubig an.

»Stell ich mir irgendwie unbequem vor«, stellt Liz pragmatisch fest und tut so, als würde sie etwas in den Rücken pieken. Sekundenlang herrscht Stille, bevor wir laut losprusten.

Als wir uns wieder beruhigt haben, erzählt Liz von Peter, ihrem Exfreund, und seiner Macke, jeden Morgen eine Stunde Yoga in wirklich schrecklichen Leggings zu machen, die besser in den Achtzigern geblieben wären.

Ich kenne Peter nicht, aber das Bild, das sich von ihm in meinem Kopf bildet, ist so komisch, dass ich in das Gelächter meiner Schwestern mit einstimme. Hazel hat sich ebenfalls einen Lappen geschnappt und hilft mir mit dem Saubermachen.

»Erinnerst du dich noch an den Smartie-Mandala-Mann?«, fragt sie und kichert ungehemmt los. Liz fällt fast von der Arbeitsfläche. Der Typ muss sehr unterhaltsam sein.

»Lacht ihr nur«, sagt Grace mit gespielt düsterer Miene. »Ich hatte echt Angst. Ich meine, wer ahnt denn, dass hinter der Fassade eines gutaussehenden Triathleten solche Abgründe lauern?«

»Was hat er getan?« Ich werfe Liz den Lappen zu und fange das trockene Handtuch, das sie mir im Gegenzug zuwirft, damit ich die Oberflächen nachwischen kann.

Grace senkt die Stimme. »Er hat zwanghaft Mandalas aus Smarties gelegt.« Sie schüttelt den Kopf und sieht ehrlich betroffen aus, aber ein Lächeln zerstört ihren todernsten Auftritt. »Ich meine Smarties – ehrlich? Er hat sich getrennt, weil ich seinen Vorrat an roten Schokolinsen aufgegessen habe.«

Meine Schwestern blödeln weiter miteinander herum, während ich mich aus meiner Kochjacke und den langen Hosen schäle, die ich in der Küche trage, um mich vor Fettspritzern zu schützen. Ich verstaue beides in meinem Spind, der neben der Tür zum Hinterhof steht, und ziehe eine kurze Jeanshose daraus hervor, moderne Cowboyankleboots und ein leichtes Top, das meiner Figur schmeichelt. In der Countrybar, in die ich mit Evan gehen werde, ist es warm genug für das sommerliche Outfit, aber für den Weg dahin habe ich mir eine weite Strickjacke eingepackt.

Dann löse ich das Gummi, mit dem ich meine Haare bei der Arbeit zu einem strengen Knoten am Hinterkopf zusammengezwungen habe. Meine dunklen Locken fallen in störrischen Wellen über meine Schultern.

Dad hat immer gesagt, dass meine Haare Ausdruck meines Charakters wären. Warum sollten sie sich bändigen lassen, wenn ich es nicht täte? Meine Haare würden da eine sehr konsequente Linie fahren, hat er behauptet, mir über den Kopf gestrichen und jedes Chaos, das ich anrichtete, mit einer stoischen Ruhe hingenommen.

»Willst du noch irgendwo hin?« Hazel sieht mich neugierig an. Ihr ist mein Versuch, mich aufzuhübschen, nicht entgangen.

Ich nicke. Auch wenn ich vorhin noch dachte, es wäre eine schlechte Idee, mit Evan feiern zu gehen, bin ich gerade ziemlich dankbar, dass ich die nächsten Stunden von Erinnerungen an Mom, Dad und Jake abgelenkt sein werde.

»Du hast den ganzen Tag gearbeitet. Willst du dich nicht ein wenig ausruhen? Und mit wem gehst du überhaupt weg?«

Liz geht in ihrer Mutterrolle total auf. Sie hat wohl verdrängt, dass ich siebenundzwanzig bin und sehr gut selbst weiß, was ich gerade brauche. Oder dass es sie überhaupt nichts angeht, mit wem ich ausgehe.

Ich lächle sie an. »Ich bin ein Nachtmensch. Und ich bin alt genug, um den Weg nach Hause zu finden.« Sonst wäre ich wohl kaum hier. Mit einem Grinsen füge ich hinzu: »Ich verspreche auch, nicht allzu spät zu kommen, und sollte ich doch die Sperrstunde überschreiten, werde ich standesgemäß über das Pflanzgitter in mein Zimmer klettern, damit es sich für dich authentischer anfühlt.« Die Frage nach meiner Begleitung ignoriere ich gekonnt und gebe Liz stattdessen einen Kuss auf die Wange.

Liz schlägt mir gegen die Schulter. »Wirklich witzig.« Sie streckt mir die Zunge raus, wie sie es immer getan hat, als wir noch Kinder waren.

Ich erinnere mich daran, dass ihre Zunge unsere halbe Kindheit lang in ständig wechselnden Farben leuchtete, weil sie ein manisches Faible für die Farblollis aus dem Grocery Store gegenüber des Diners hatte.

»Brauchst du den Buick?« Sie sucht bereits in ihrer Handtasche nach dem Schlüssel. »Ich kann Cole fragen, ob er uns abholt. Er müsste eh auf dem Rückweg von South Lake Tahoe hierher sein.«

»Schon gut.« Ich lege Liz die Hand auf den Arm und bringe sie dazu, ihre Suche aufzugeben. »Ich habe den Mietwagen noch für eine Woche. War ein Off-Season-Angebot. Und danach werde ich mir eine eigene alte Kiste kaufen.«

Wir können uns auf keinen Fall zu fünft ein Auto teilen. Das ist ja schlimmer als die Sache mit dem Badezimmer. Außerdem traue ich dem altersschwachen Buick keine fünf Meter über den Weg.

Ich drücke Liz an mich, werfe den anderen beiden eine Kusshand zu und schlüpfe aus der Küche. Meine Schwestern albern weiter miteinander herum, als ich die Eingangstür aufdrücke und in die empfindlich kalte Herbstluft hinaustrete.

Kapitel 4

Es ist bereits zwanzig nach zehn, und Evans dunkler Sportwagen steht sicher schon eine ganze Weile dreißig Yards die Straße hinunter am Straßenrand. Ich kann die Umrisse seiner Gestalt gegen das fahle Mondlicht erkennen, schlinge die Strickjacke fester um mich und gehe zu seinem Wagen hinüber.

Als ich den Bonzenschlitten erreiche, klopfe ich gegen das Fenster und warte, bis er es hinunterlässt. »Kommst du?«

Evan sieht mich irritiert an, und ich helfe ihm auf die Sprünge, indem ich den Schlüssel des Mietwagens in meiner Hand schwenke.

»Ich dachte, ich sollte dich zu diesem Date abholen. Dazu gehört in meiner Welt, dass ich fahre.«

Ich fahre immer selbst. Weil es mir ein trügerisches Gefühl von Kontrolle gibt. »Das ist so ein Klischee, der Kerl hätte die Frau abzuholen und in seiner Penisverlängerungs-Kutsche zur Party-Location zu transportieren.« Ich lache, weil Evans entsetzter Gesichtsausdruck zeigt, dass er sich das tatsächlich in etwa so vorgestellt hatte.

»Ich sehe nichts Verwerfliches daran, eine schöne Frau abzuholen und sie hinzufahren, wo auch immer wir heute hinwollen.« Er mustert mich von Kopf bis Fuß. Dabei bleibt sein Blick nicht halb so lange an meinen knappen Shorts hängen wie an meinen Cowboyboots. Er zieht eine Augenbraue nach oben, sagt aber nichts, obwohl sein Hemd und die Chinohose absolut nicht zu meinem Cowgirl-Look passen.

»Ich hab's nicht so mit Klischees, und ich fahre sehr gern Auto.« Ich zucke die Schultern, wende mich um und tue so, als würde ich ohne ihn zu dem Parkplatz direkt am Ufer des Sees gehen, dabei würde ich den Plan zum jetzigen Zeitpunkt nur höchst ungern umwerfen und allein ins Crosby's fahren.

Endlich höre ich, wie sich die Autotür hinter mir öffnet und kurz darauf wieder schließt. Evan holt mich mit wenigen langen Schritten ein. Ich mag es, wie der Schatten seiner großen, breiten Gestalt meinen zierlichen überdeckt, als würde er mich einhüllen, ohne mich dafür berühren zu müssen.

»Und nur um das klarzustellen, nichts an mir hat eine Verlängerung nötig«, sagt er, und ich höre ein leises Lachen in seiner Stimme, gemischt mit einem Hauch von angekratztem Ego.

Ich sehe ihn an, und sein Lächeln zupft auch an meinen Mundwinkeln, bis ich ebenfalls grinse. Ich betätige den Türöffner, und der Wagen antwortet mir mit einem dumpfen Piepen und einem Blinken der Lichter. Evan umrundet den Jeep und rutscht auf den Beifahrersitz. Das Leder knarzt leise unter seinem Gewicht.

Ich atmete tief durch, bevor ich ebenfalls in den Wagen klettere, den Motor starte und mich in den Verkehr einfädle, der um diese Uhrzeit bereits spärlich ist. Schweigend lassen wir Cooper Springs hinter uns.

Im Wagen ist es still. Eine angenehme Stille, die mir Evans

Nähe überdeutlich bewusst macht. Sein Aftershave erfüllt den Raum zwischen uns. Eine herbe Note, die sich mit seinem ganz eigenen Geruch mischt und mich anzieht.

Er hat schlanke, muskulöse Hände, mit denen er das Radio andreht und die Stille durchbricht. Ein Countryklassiker dringt aus den Boxen und wirkt in dem modernen Wagen nostalgisch unpassend. Trotzdem umarmt mich diese Musik, wie sie es schon immer getan hat. Die Vorliebe für diese Musikrichtung wurde uns allen in die Wiege gelegt, auch wenn nur Amber Dads Musikalität geerbt hat.

Evan hingegen kann mit dem alten Song nichts anfangen, betätigt den Sendersuchlauf, und ich werde von plötzlich einsetzender Elektromusik aus meinen Gedanken gerissen.

Unwillig schalte ich zurück und sehe Evan strafend an. »Der Fahrer bestimmt die Musik. Carson-Regel, sorry!«

Er hebt abwehrend die Hände und fügt sich in sein Schicksal, indem er sich entspannt in seinem Sitz zurücklehnt. Ich konzentriere mich wieder auf die Straße, die sich bis zum Eagle Point hinaufschraubt, nur um sich danach sanft bergabwärts zu schlängeln. Zwischen dem dichten Pinienbestand erahne ich selbst von hier aus das Licht von Pinewood Meadows, an dessen Zufahrt wir vorbeikommen.

»Verrätst du mir, wo wir hinfahren?« Evan sieht mich an und deutet auf das Radio. »Ich denke langsam, ich hätte mein Holzfällerhemd anziehen sollen.«

»Wäre keine schlechte Idee gewesen«, kontere ich. Mit seinem jetzigen Outfit wird er in der Country-Bar auffallen wie ein bunter Hund. Offensichtlich ist diese Art von Location so gar nicht sein Ding. Ich bin gespannt, wie er damit umgehen wird.

»Im Crosby's spielen heute Abend verschiedene Livebands. Wundervoller Country«, sage ich und singe betont begeistert den Refrain des Lieds mit, das den Wagen erfüllt.

»Das Crosby's also«, sagt er angemessen angewidert. »Das hört sich so an, wie ich noch vor ein paar Wochen aussah – nach Vollbart und Holzfällerhemden.«

»Und Holzspänen auf dem Boden, vermischt mit Erdnussschalen«, bestätige ich seine schlimmsten Befürchtungen.

Als Evan verzweifelt die Augen verdreht, setze ich nach. »Jede Menge Erdnussschalen und warmes Bier, aber die beste Stimmung diesseits der Rocky Mountains.«

»Ich freue mich jetzt schon.« Er lehnt sich in seinem Sitz zurück und sieht mich zweifelnd an, während wir die Stadtgrenze von Kings Beach erreichen. »Ich freue mich wirklich«, wiederholt er leise, und die Dunkelheit seiner Stimme kratzt an meinem Inneren. Ich zwinge meinen Blick auf die Straße, weil es mich nervös macht, dass er mich noch immer unverwandt ansieht.

Als ich den Wagen vor dem Crosby's parke und den Schlüssel aus dem Schloss ziehe, geht die Innenbeleuchtung an, und Evan setzt sich unvermittelt auf. Er klopft sich auf die Schenkel, schnallt sich ab und springt aus dem Wagen.

Seufzend schnalle ich mich ebenfalls ab, werfe den Schlüssel in die kleine Hippie-Umhängetasche, schäle mich aus dem Ungetüm aus Strick, das mich bis jetzt gewärmt hat, und will gerade die Tür öffnen, als Evan mir zuvor kommt.

Gentlemanlike hält er mir die Fahrertür auf und bietet mir zu allem Überfluss seine Hand an, um mir aus dem Wagen zu helfen. Ich ignoriere ihn, springe allein auf den Kies des Parkplatzes und puste mir die Locken aus dem Gesicht.

»Keine Klischees, schon verstanden«, kommentiert Evan die fehlende Wertschätzung seiner guten Erziehung, wirft die Tür zu und folgt mir zur Bar. Und obwohl mein letzter Korb gerade einmal dreißig Sekunden her ist, überholt er mich und hält mir formvollendet die Eingangstür des Crosby's auf. Ich sehe ihn mit einem Augenverdrehen an, muss aber insgeheim lächeln.

Er zuckt entschuldigend die Schultern, als könnte er nichts gegen seine Erziehung ausrichten, die ihn zu einem wandelnden Klischee macht, und ich muss zugeben, es ist eigentlich ziemlich süß.

Ich schlüpfe unter seinem Arm in das Innere der Bar, wo uns ein ohrenbetäubender Lärm aus Gläserklingen, Gesprächsfetzen und dem harten Beat eines mitreißend schnellen Countrysongs empfängt. Das Crosby's ist brechend voll, und die Stimmung bereits auf ihrem Höhepunkt. Ich hatte gehofft, mit der Bartür würde sich auch eine andere Welt öffnen, und das Crosby's lässt mich nicht im Stich.

Der Boden des Ladens besteht aus einem Gemisch aus Sägespänen, verschütteten Getränken und Erdnussschalen, die achtlos auf den Boden geworfen wurden und denen gerade Evans schweineteure Designerschuhe zum Opfer fallen. Innerhalb von Sekunden kleben Späne und Staub daran.

Sympathischerweise kümmert es ihn kein Stück. Er sieht sich interessiert um, lässt seinen Blick über die bunten Lichterketten und die vielen liebevoll ausgesuchten Details der Bar gleiten und wippt im Takt der Musik mit seinem anbetungswürdigen Körper. Es ist eine intuitive Reaktion auf die Musik, die bei jedem normal fühlenden Menschen ausgelöst wird, und es freut mich, dass Evan offenbar zu dieser Sorte Mensch gehört.

Am liebsten würde ich mir direkt die Seele aus dem Leib tanzen. Stattdessen deute ich auf einen freien Stehtisch ganz in der Nähe der Tanzfläche, an dem wir unsere Basis einrichten können, und Evan nickt.

Er bahnt uns einen Weg durch die ausgelassen feiernde Menge und nimmt wie selbstverständlich meine Hand in seine. Natürlich nur, damit wir uns in dem Gewühle nicht verlieren. Trotzdem starre ich auf unsere Hände, die zwischen uns baumeln und von zig fremden Körpern berührt werden, ohne einander zu verlieren.

Als wir den Tisch erreichen, gibt Evan mich wieder frei, deutet auf die Bar und lässt mich allein, um uns etwas zu trinken zu besorgen.

Ich berühre meine Hand, in der bis eben noch seine gelegen hat, und reibe sie, um das sanfte Vibrieren zu vertreiben, das sich von dort aus noch immer durch meinen Körper stiehlt. Ich lasse sie erst fallen, als Evan mit zwei Flaschen Bier in der einen Hand und zwei Shots in der anderen wieder auftaucht.

Er stellt die Getränke höchst feierlich vor mir ab und wartet, bis ich das kleine Glas hochhebe. Dann stößt er mit mir an und kippt die Flüssigkeit mit einem Schluck hinunter. Ich tue dasselbe und spüle mit etwas Bier nach.

»Wollen wir tanzen?«, frage ich, aber meine Stimme ist über die Musik kaum zu hören.

Ich deute auf die Tanzfläche, wo eine Gruppe Junggesellenabschied feiert. Die Frauen tanzen allein, obwohl jede Menge Männer mit ihnen flirten. Genau das werde ich auch tun, denn Evan zögert, sich mit mir in die Menge zu begeben, und ich will mich nicht fragen, wieso. Ich will einfach nur tanzen, vergessen, die Realität ein paar Stunden aussperren.

Ich nehme noch einen tiefen Schluck aus meiner Flasche

und gehe auf die Tanzfläche. Die schneller werdenden Klänge eines Banjos geben einen berauschenden Takt vor, von dem ich mich einfangen lasse. Ich tanze, und ein befreites Lachen entfährt mir, als ich mich um die eigene Achse drehe und die Musik schneller und schneller wird.

Mit einem letzten Akkord endet der Song schließlich, und ich taumle atemlos, ziellos und lachend gegen Evan, der neben mir auftaucht.

Er sieht mir tief in die Augen, ergreift meine Hand und dreht mich in einem perfekten Bogen von sich weg und wieder an sich heran. So nah, dass sich unsere Körper berühren.

Die Musik setzt wieder ein, aber anstatt uns wie die anderen Paare zu bewegen, stehen wir reglos voreinander. Ich spüre seinen Atem auf meiner Haut und wünsche mir entgegen aller Vernunft, er würde mich in diesem Moment küssen. Bevor es jedoch dazu kommen kann, zieht Evan mich an sich, schlingt seinen Arm um meine Hüfte, ergreift meine linke Hand und legt sie an seine Brust. Und dann dirigiert sein Körper meinen über die Tanzfläche. Ich spüre seine Hüfte an meiner, seinen muskulösen Oberkörper, seine Arme, die mich führen. Ich atme seinen Geruch ein, während die Musik uns durch den Raum trägt. *Wayfaring Stranger* – ein langsames, melancholisches Lied, das mich schon immer berührt hat.

Ich habe das unpassende Bedürfnis, meinen Kopf gegen Evans Brust zu lehnen, und normalerweise tue ich immer genau das, was ich will. Jetzt widerstehe ich dem Drang, der etwas anstoßen würde, das mit Sicherheit unglaublich wäre, aber gleichzeitig alles verkomplizieren würde.

Der Song verebbt, die Band auf der Bühne ist mit ihrem

Set fertig und verabschiedet sich unter dem Gejohle und Geklatsche der Gäste. Auch Evan und ich stimmen mit ein. Diese Aufgabe überlagert das sehnsüchtige Ziehen, das meinen Körper durchläuft, als wir uns voneinander lösen.

Die nächste Band betritt die Bühne und spielt zum Auftakt einen schnellen, harten Südstaatensong, der keinen Platz für fragile Emotionen lässt. Evan packt meine Hand, bevor ich es mir anders überlegen kann, und wirbelt mich über die Tanzfläche. Wir stoßen mit anderen Tanzenden zusammen, lachen, drehen uns im bunten Lichterregen, bis wir vier Lieder später zum Tisch zurückkehren und ich durstig mein Bier leere. Evan tut es mir gleich, und ich bestelle zwei weitere.

»Wir können mit dem Taxi zurückfahren«, sage ich, bevor er ablehnen kann. Den Wagen kann ich morgen mit Hazel holen. Sie hat frei. Und wenn ich ihr frisch gebackene Brötchen als Bestechung liefere, fährt sie mich sicher vor meiner Schicht her.

Evan stößt mit mir an. Seine Haare sind durch das Tanzen zerzaust, und einige Strähnen fallen ihm leicht in die Stirn. Ich trinke einen Schluck, anstatt sie ihm aus dem Gesicht zu streichen. Das übernimmt er nur Sekunden später selbst und sieht dabei unverschämt lässig und gut aus.

Ich leere die Flasche halb und schiebe mich rückwärts zurück zur Tanzfläche. Dabei blitze ich Evan herausfordernd an, aber der hebt nur die Arme.

»Ich brauche eine kurze Pause.« Er schenkt mir ein halbes Grinsen, und ich drehe mich lieber um und lasse mich in die Musik fallen, anstatt das Prickeln zu analysieren, das mich dabei durchläuft.

Ich spüre, wie sich mein Herzschlag mit dem Rhythmus

der Songs in die Höhe schraubt, und lasse zu, dass mich ein wildfremder Typ packt und über die Tanzfläche wirbelt. Ich lache und quietsche, als er mich beim Übergang zum Refrain seinem Kumpel übergibt. Andere machen es ihm nach, und schon bald gibt es bei jedem Tempowechsel auch einen Partnerwechsel. Ich tanze mit Alten, Jungen, Männern, Frauen, und ich habe so viel Spaß, dass ich Evan fast vergesse, aber nur fast. Denn ich spüre seinen Blick die ganze Zeit auf mir.

Das Lied endet, und meine Tanzpartnerin, eine ältere Dame, bedankt sich bei mir für den Spaß. Ich bedanke mich ebenfalls, indem ich sie noch einmal in meine Arme ziehe und ihr kurz hinterhersehe, als sie mich allein auf der Tanzfläche zurücklässt. Dann drehe ich mich zu Evan um.

Er lehnt noch immer an unserem Tisch. Das Bierglas in seiner Hand ist leer, und er stellt es auf die zerkratzte Resopaloberfläche. Seine Miene ist unergründlich, ernst. Seine Augen dunkel und hungrig. Ohne seinen Blick von mir zu lösen, stößt er sich von seinem Platz ab, bahnt sich einen Weg durch die Menge und kommt geradewegs auf mich zu. Ich bin nicht sicher, ob es klüger wäre, zu flüchten, aber ich bleibe wie angewurzelt stehen und genieße das heiße Ziehen, das er in mir auslöst.

Unmittelbar vor mir bleibt Evan stehen. Still und vollkommen ruhig, während die Menge um uns tanzt, wogt und feiert, als das nächste Lied auf seinen Höhepunkt zusteuert.

Ich sollte mitspringen, tanzen, vergessen. Stattdessen gebe ich der verdammten Anziehungskraft nach, die er auf mich ausübt, und ergreife seine Hand, die er mir auffordernd hinhält. Er zieht mich quer durch die Menge zu einer Tür, die absolut und unmissverständlich klarmacht, dass wir dahinter nichts zu suchen haben. Der Schriftzug »Nur für Personal« darüber ist wie eine neongelbe Warnung, mich nicht auf das einzulassen, was sich den ganzen Abend abgezeichnet hat. Vielleicht schon, seitdem wir uns im Bad das erste Mal berührt haben.

Evan ignoriert das Verbotsschild, als gelte es für ihn nicht, öffnet die Tür und zieht mich in den Flur dahinter.

Es ist dunkel, und nur die bunten Lichter der Lichtanlage, die durch zwei kleine Bullaugenfenster fallen, erhellen den Raum, in dem wir stehen, Evans markantes Gesicht, seinen angespannten Kiefer, als er wenige Schritte von mir entfernt stehenbleibt. Ich spüre den Putz der Wand kühl in meinem Rücken, das Wummern der Bässe, das wie ein lebendiges Wesen in jedem Winkel der Bar sitzt, und meinen Körper, der vor Verlangen flirrt, als ich sehe, wie Evan näher kommt. In jedem Lichtblitz ein kleines Stück, bis er so dicht vor mir steht, dass sein muskulöser Oberkörper mich bei jedem Atemzug berührt.

Er sagt kein Wort, steht einfach da, bis er plötzlich seine Hand in meinen Nacken legt, mich an sich zieht und mir mit einem harten Kuss die Lippen verschließt.

Es ist, als wüsste er instinktiv, was ich bräuchte.

Mir entfährt ein leises Stöhnen, als seine Zunge in meinen Mund vordringt. Ich erwidere das aufreizende Spiel seiner Lippen und bin mir dabei nur allzu bewusst, dass uns gerade einmal eine Mauer und eine Tür von Dutzenden Menschen trennt. Jeden Moment könnte uns jemand dabei überraschen, wie wir im Halbdunkeln miteinander rummachen. Das sollte mich vermutlich abschrecken, aber stattdessen macht es mich an.

Und Evan ganz offensichtlich auch, denn seine Hand gleitet an meiner Hüfte abwärts. Er teilt meine Schenkel und schiebt sich dazwischen. Ich spüre, wie hart er ist, und keuche leise. Mit meinen Händen folge ich den Muskelsträngen seines Rückens bis hinunter zu seinem Arsch und presse ihn fester an mich. Seine Erregung reibt mich, Evan bewegt sich an mir, während er mich um den Verstand küsst, und für einen Moment lässt er zu, dass meine Hände an seinem Hintern den Rhythmus bestimmen. Doch als ich den Reißverschluss an seiner Hose hinunterschiebe, zwingt er meine Arme sanft nach oben und drückt sie mit einer Hand über uns an die Wand.

Er zögert nicht, öffnet mit seiner freien Hand meine kurze Jeans und gleitet in meinen Slip. Ich halte ihn nicht auf. Weil ich Evan will. Ich will mich in ihn fallen lassen, wie zuvor in die Musik.

Sekundenlang halte ich die Luft an, beiße mir auf die Lippe, als er beginnt, mich zu reiben.

»Evan«, stöhne ich brüchig.

Er reagiert nicht, erlöst mich nicht. Sein Körper ist etwa einen Schritt weit von meinem entfernt, was eindeutig zu viel Abstand bedeutet.

Er berührt nur meine Handgelenke, liebkost meine vibrierende Mitte und sieht mich dabei an. Und allein dieser dunkle, hungrige Blick macht mich wahnsinnig.

»Ich will, dass wir das hier wiederholen«, sagt er plötzlich und verschließt mir mit einem einnehmenden Kuss den Mund, nur um mich direkt wieder auf Entzug zu setzen. Seine Hand ruht zwischen meinen Beinen.

»Okay«, bringe ich schwach hervor, auch wenn er ein echter Mistkerl ist, weil er schamlos ausnutzt, dass ich ihn will.

Das Problem ist, ich mag genau dieses Mistkerl-Gen, diese leicht dreckige, dunkle Seite. Wahrscheinlich, weil er mir damit ähnlicher ist als sonst jemand am Lake Tahoe. Dabei sollte uns nichts verbinden, außer vielleicht heißem, belanglosen Sex.

»Okay«, wiederholt er meine Antwort und zieht mir aufreizend langsam die Hose hinunter. Seine Lippen finden meine, und seine Zunge dringt im selben Moment wie seine Finger in mich ein.

Ich ringe nach Atem und balle die Hände zu Fäusten, als er meine Handgelenke loslässt und über meine Brüste streicht, während seine Finger im Rhythmus der Musik in mich gleiten.

Es ist ein fast schon schmerzhaftes Lustgefühl, das mich vollkommen überwältigt. Unbestimmt wühle ich in der kleinen Tasche, die ich noch immer bei mir trage. Sie ist nach hinten gerutscht, und es dauert etwas, bevor ich neben dem Bargeld und meinem Handy das Notfallkondom finde.

Ich ziehe es heraus und halte es schwer atmend hoch. Ohne es anzusehen, nimmt Evan es mir ab, küsst mich weiter, reibt mich, liebkost meine Spitzen.

Erst als sich die Lust bereits in meinem Unterleib zusammenballt, reißt er die Verpackung ungeduldig mit seinen Zähnen auf. Er sieht mich an und ich ihn, während er sich das Kondom überstreift und mich dann hochhebt. Sein Atem an meinem Hals beschleunigt meinen Puls, und seine starken Arme umgeben mich, als er schließlich in mich eindringt. Er füllt mich aus, und ich schlinge meine Schenkel um seine Hüfte, um ihn noch tiefer in mich aufzunehmen.

Ich lege meinen Kopf in den Nacken, schlinge meine Arme um seinen Hals, als er beginnt, mich mit harten, ungeduldigen Stößen zu nehmen. Meine Lippen fühlen sich geschwollen an, mein Körper ekstatisch. Das hier ist eine Million Mal besser als Alkohol oder tanzen. Es ist reiner, purer Sex, der alles relativiert. Evan nimmt mich – atemlos, schnell und hart. Ohne Zärtlichkeit, Liebe oder irgendeinen Quatsch, den keiner von uns gebrauchen kann.

Seine Bewegungen werden drängender, und ich spüre, dass er kurz davor ist zu kommen. Zitternd beantworte ich jeden seiner Stöße und gebe dem Verlangen nach, das sich in mir zusammenbraut wie eine Gewitterwolke. Ich liebe Gewitter, den Donner, die Blitze, die die Dunkelheit in mir erhellen, wie der Orgasmus, der mich mit sich fortreißt, als Evan in mir kommt.

Evan und ich haben das Crosby's schweigend verlassen. Wir haben nicht geredet, als wir mit dem Taxi nach Hause gefahren sind, nicht, als ich ihn an seinem Wagen abgesetzt habe, und auch nicht, als er sanft meine Hand berührt hat, bevor er ausgestiegen ist. Wir haben überhaupt nicht geredet, und vielleicht ist das gut so.

Man kann Dinge zerreden, sie zu einem Problem machen, alles kaputt diskutieren. Und wenn ich eins nicht will, dann ist es, dieses Erlebnis zu einem Problem zu degradieren. Evan und ich sind erwachsen. Wir hatten Sex. Es hat sich seit unserem ersten Aufeinandertreffen darauf zubewegt. Es war gut. Und das ist alles.

Als ich auf dem Parkplatz von Pinewood Meadows aus

dem Taxi steige, hüllt mich kalte Nachtluft ein. Ich atme tief durch und sperre alle Gedanken aus.

Das Haus liegt still und dunkel da. Kein Geräusch dringt durch die Wände, nicht einmal Ambers Musik, die man sonst rund um die Uhr hört. Nur in der kleinen Hütte auf dem Steg brennt Licht, das sanft durch die Fenster bis auf den See hinaus fällt.

Liz steckt mit Sicherheit zwischen zwei Buchdeckeln, denn Cole ist nicht da. Er übernachtet heute in Sierra Shores, obwohl er sonst fast jede Nacht hier verbringt. Er und Evan haben morgen in aller Herrgottsfrühe einen Termin. Ich vermute, sie treffen sich mit Sam Hunter.

Ich laufe den öffentlichen Trampelpfad zum Strand hinunter und klettere dann seitlich auf den Steg. Das Häuschen liegt ganz am Ende, wo sich die Bretter zu einer Plattform verbreitern. Ich klopfe leise an und warte, bis Liz mich hereinbittet. Das hier ist ihr Rückzugsort, den sie mit zig Büchern teilt und den keine von uns Schwestern unaufgefordert betritt.

Die meisten Bücher sind aktuelle Bestseller, aber da sind auch abgeliebte Teile, alte Klassiker, die ich früher in der Schule lesen musste und gehasst habe, und ein paar unserer liebsten Kinderbücher. Ich habe *The Wizard of Oz* gemocht, der direkt neben *The Cat in the Hat* auf dem Regal neben der Tür steht. Ich fahre mit dem Finger über die Einbände, als ich eintrete, und setze mich dann zu Liz in den Haufen aus Decken und Kissen auf dem Boden.

»Hi«, sagt sie und klappt das Ende einer der Decken hoch, während sie das Buch beiseitelegt, in dem sie gelesen hat.

Ich schlüpfe darunter und lehne mich an sie.

»Hi«, sage ich, und eine Zeitlang sitzen wir einfach nur

da, lauschen dem Glucksen des Wassers, das gegen die Pfeiler des Stegs schlägt, und sehen dem Flackern der Kerze zu, die in einem Glas neben der Tür steht. Der Geruch von Zimttee erfüllt den Raum.

»Wie war es?«, fragt Liz schließlich, und ich schlinge die Decke fester um mich, um Zeit zu schinden.

»Ganz gut«, antworte ich dann zögerlich. »Die Musik war der Hammer. Ich habe viel getanzt.« Und Sex mit Evan gehabt. Natürlich spreche ich das nicht laut aus. Liz würde das verurteilen, und in diesem Fall hätte sie sogar recht. Es war bestimmt nicht die klügste Idee, mich ausgerechnet auf ihn einzulassen.

Ich erinnere mich daran, wie sie und ich früher zusammen am Strand gesessen haben und sie mir von ihrem ersten Kuss mit John, dem einzigen Sohn von Molly, erzählt hat. Der lebt heute in Kentucky, hat Frau und Kinder, und vermutlich küsst er immer noch genauso schlecht wie damals. Liz hat es mir demonstriert, und es sah aus, als würde sie ein Breitmaulfrosch verschlingen wollen. Da war es dann auch egal, dass seine Mutter Molly die besten Waffeln der Welt macht.

Schon damals waren Liz' Erfahrungen süß, unschuldig und absolut gesellschaftsfähig. Ganz im Gegensatz zu meinen. Ich habe ihr nur Bruchstücke meiner Erlebnisse anvertraut, weil ich immer das Gefühl hatte, sie könnte sonst ein schlechtes Bild von mir bekommen.

Als Liz mit John herumgeknutscht hat, hatte ich bereits mein erstes Mal mit Greg aus dem Senior Year der Cooper Springs High hinter mir. Während einer Feier und nach zu viel Alkohol hatten wir im Zimmer seines kleinen Bruders herumgemacht. Ich war neugierig, fand es spannend, eher im wissenschaftlichen als im erotischen Sinne, aber ich wollte mit Greg schlafen in dieser Nacht. Der Moment passte. Greg war nett. Wir waren zu dem Zeitpunkt so etwas wie ein Paar. Aber gefühlt habe ich nichts. Absolut nichts. Und ich hatte Angst, dass Liz verurteilen würde, was ich getan hatte. Für sie gehörte zum ersten Mal Klaviermusik, Kerzen und echte, große Gefühle. Mir war das egal. Ich wollte nur wissen, wie es ist.

Greg zog im Sommer weg, nach Texas, aber nach ihm kamen andere. Ich habe Sex immer als ein Ventil genutzt, um Stress abzubauen, Probleme zu vergessen und Spaß zu haben.

Liz' erstes Mal hingegen war mit einem Jungen namens Eli, der den Sommer am Lake Tahoe verbrachte, als sie siebzehn war. Sie hat lange mit sich gerungen, und ich habe ihr den Rat gegeben, es endlich zu tun. Eli war nett, rücksichtsvoll, und er hat Liz geliebt. Auch wenn klar war, dass ihre Liebe nach dem Sommer enden würde, fand ich, dass er der Richtige war. Den Sommer über schwebte Liz auf Wolke sieben, nur um sich dann den kompletten Herbst die Augen aus dem Kopf zu heulen. Nach diesem Erlebnis hat sie sich geschworen, nie wieder etwas mit einem Touristen anzufangen, und Liz ist, was so etwas angeht, sehr konsequent. Nur Cole konnte diese selbstauferlegte Grenze sprengen.

Ich habe Liz nie von Greg erzählt, nie von den anderen Männern in meinem Leben und erst recht nie von der dunklen, wilden Zeit, direkt, nachdem ich fortging.

»Früher warst du oft mit Jake im Crosby's.« Liz schließt die Augen und lehnt ihren Kopf gegen meinen.

Jake. Ich habe ihn immer als Bruder gesehen, als Freund, bis ich merkte, dass er mehr wollte. Von da an war es komisch zwischen uns, und als ich nach Moms und Dads Tod weggegangen bin, hat ihm das den Rest gegeben.

Am Tag vor meiner Abreise habe ich mich mit ihm verabredet. Er wusste als Einziger Bescheid. Ich weiß nicht, wieso ich mich ausgerechnet ihm anvertraut habe. Ich weiß es wirklich nicht. Wir haben uns auf dem Gelände von Sierra Tires getroffen, wo wir früher ab und zu Gras zusammen geraucht hatten. Seitdem Jake sich in mich verknallt hatte, waren wir nicht mehr hier gewesen, aber jetzt saß er da, und ich sah Hoffnung, die über die Trauer in seinen Augen zog. Er hoffte, ich hätte meine Meinung über uns geändert.

Ich erinnere mich, wie der Schnee unter meinen Füßen die Geräusche schluckte, als ich über das weitläufige Gelände auf ihn zuging. Wie ein schwarzes Loch. Nur in hell. Ich habe den Schnee gehasst, weil er an allem schuld war und weil ich noch viel sicherer wusste, dass eigentlich ich an allem schuld war.

Jake hatte schon geschlafen, als ich ihn anrief. Seine Haare waren zerstrubbelt, wie damals, wenn er bei uns übernachtete. Er sah so unglaublich jung aus.

»Was willst du, Fi?«, fragte er, und ich blieb stumm, weil ich genau wusste, was er hören wollte, und weil ich ihm das genaue Gegenteil sagen musste. Ich erinnere mich daran, wie Jake vor Kälte gezittert hat und wie er ganz ohne Worte begriff, was ich nicht aussprach.

»Fi«, war alles, was er sagte, und ich sah, wie die Hoffnung in seinen Augen einer resignierten Trostlosigkeit wich. Er wusste, dass ich gehen würde, egal was er sagen oder tun würde.

Ich bin gegangen, und nur drei Wochen später, nachdem ein Streit mit seinem Dad eskaliert war, verließ auch Jake den

Lake Tahoe. Wenn ich geblieben wäre, hätte er niemals sein Zuhause verlassen und seine berufliche Karriere als Bootsbauer beendet. Es ist meine Schuld, dass er jetzt in Afrika sitzt und sein altes Leben von den Harris-Brüdern aufgekauft wird.

»Weiß er von den Plänen seines Dads?«

Liz ist für den Bruchteil einer Sekunde überrascht, dass ich davon weiß, fängt sich aber direkt wieder. »Wir haben seit fast drei Monaten keinen Kontakt mehr.« Liz' Stimme ist dunkel und leise. »Also nein.«

»Wie meinst du, wird er reagieren, wenn er vom Verkauf der Werft hört?« Ich muss mit ihr darüber sprechen, auch wenn ich Angst habe, Liz könnte mein ungutes Gefühl noch verstärken.

»Wir reden über Jake. Es wird ihm nicht gefallen, aber da er nicht vorhat zurückzukommen, bin ich auch nicht sicher, was Sam für Alternativen hat. Ich denke, Cole und Evan sind die beste Chance für die Hunter-Werft. Sie zahlen einen fairen Preis, mit dem Sam sich zur Ruhe setzen kann. Und sie wollen nichts Neues daraus machen, sondern die alte Werft wieder neu aufbauen.«

Da ist noch mehr, was Liz sagen will, und so warte ich still ab.

»Ich mache mir weniger Sorgen um die Werft oder das Leben, das Jake hier mal hatte und sowieso nicht mehr lebt. Ich mache mir Sorgen um ihn.« Sie sieht mich an, und ich sehe Tränen in ihren Augen, die sie störrisch wegblinzelt.

»Vor der jetzigen Funkstille haben wir kurz geskypt. Er sagte, alles sei gut, aber er könnte sich eine Zeitlang nicht melden, weil die Leitung beschädigt sei.« Liz bricht ab.

»Aber du glaubst ihm nicht.«

»Er sah schlecht aus«, bestätigt sie meine Aussage. »Er gibt es nicht zu, aber die Arbeit dort setzt ihm echt zu, und im Internet berichten sie ständig von Übergriffen durch Milizen in dem Gebiet, in dem er arbeitet. Ich mache mir wirklich Sorgen.« Sie zuckt die Schultern und lächelt schief.

»Er wäre jetzt nicht dort, wenn ich damals nicht weggegangen wäre«, sage ich, und ein dumpfer Schmerz strahlt durch meinen Brustkorb. Wenn Jake an diesen Einsätzen kaputtgeht oder ihm etwas zustößt, geht das auf meine Kappe. Fröstelnd ziehe ich die Beine näher an den Körper. Liz schlingt ihre Arme um mich und zieht die Decke fester.

»Du kannst dir nicht für alles die Schuld geben«, sagt sie und stupst mir gegen den Oberschenkel, der nur halb von den kurzen Jeans verhüllt wird. »Jake ist gegangen, weil er das so wollte, und wahrscheinlich mache ich mir auch zu Unrecht Sorgen. Immerhin ist er nicht auf eigene Faust da. Die Hilfsorganisation wird ihn schon rechtzeitig abziehen, wenn es brenzlig wird.« Sie nickt, und ich will ihr glauben.

Ich kuschle mich an sie und versuche den Ärger mit Amber, die Erinnerungen an Mom und Dad, meine Schwäche für Evan und das Schuldgefühl wegen Jakes Weggang und die Sorge um ihn abzuschütteln. Vielleicht würde es mir helfen, wenn ich die Dinge verändere, auf die ich Einfluss habe.

»Würdest du mir helfen, morgen mein Zimmer umzustellen?«, frage ich deswegen und blinzle Liz an.

»Du willst dein Zimmer renovieren?« Liz sieht mich verblüfft an. Vermutlich hat sie nicht gedacht, ich könnte ein Interesse haben, mich häuslich einzurichten, wenn ich eigentlich nur darauf warte, dass Hank fit wird, um erneut zu verschwinden.

»Renovieren trifft es ganz gut. Ich würde gern die Vergangenheit aus dem Zimmer schmeißen und vielleicht mit ein bisschen Farbe helfen. Die Möbel umstellen. Dann wirkt es sicher schon ganz anders.«

Liz drückt mich. »Das ist eine tolle Idee.« Sie deutet auf die Wände des Steghauses. »Das ist ein zartes Altrosa. Ich habe noch jede Menge der Farbe, weil ich keine Ahnung hatte, wie viel ich brauchen würde. Ich denke, ich habe genug, um damit das gesamte Ostufer des Sees rosa zu färben. Du kannst sie haben.« Sie hebt die Hände und schüttelt leicht den Kopf. »Aber nur, wenn du magst. Du musst dich nicht verpflichtet fühlen. Rosa war nie so deine Farbe.«

Deswegen ist es vielleicht gerade richtig. Ich mag Türkis, Schwarz und Erdtöne, aber die stehen nicht gerade dafür, etwas Neues zu wagen.

»Rosa ist toll«, erwidere ich deswegen, klinge aber wenig überzeugt.

Liz lacht. »Du hörst dich an, als würdest du zu deiner eigenen Hinrichtung gehen.«

»Es geht mir hauptsächlich darum, die Möbel umzustellen. Am besten so schnell wie möglich. Und das mit der Farbe ist ein tolles Angebot. Rosa und Fiona in einem Zimmer.« Ich verdrehe die Augen und ziehe eine Grimasse, die uns beide kichern lässt.

»Es gibt wohl für alles ein erstes Mal«, bringt Liz prustend hervor. Dann wird sie ganz plötzlich ernst. »Es ist schön, dass du hier bist. Ich habe dich vermisst.«

Und ich sie. Ich schließe Liz in meine Arme, und ein Lächeln liegt auf meinen Lippen, auf meinem Gesicht und komischerweise auch in meinem Herzen, als Liz leise in mein Ohr murmelt: »Also dann, morgen rücken wir Möbel.«

Ich dachte immer, dass sich ein Lächeln an diesem Ort nie wieder echt anfühlen könnte, aber das tut es. Es fühlt sich warm und richtig an. Und irgendwo ganz tief in mir drinnen flüstert eine Stimme leise, aber bohrend, wieso ich nicht bleiben kann? Dabei ist das doch offensichtlich.

Kapitel 5

Ich kann nicht glauben, dass Liz mich sitzengelassen hat. Sie wusste, dass ich heute mein Zimmer umstellen wollte und dafür ihre Hilfe brauche.

Genervt puste ich mir die Locken aus der Stirn und stemme mich ein weiteres Mal gegen das monströs schwere Bettgestell, ohne es auch nur einen Millimeter zu bewegen. Irgendwie muss ich das weiße Massivholzmöbel um neunzig Grad drehen und es in den Erker schieben. Wie mir das ohne Liz' Hilfe gelingen soll, bleibt mir allerdings schleierhaft.

Ein zum Bett passender Schrank nimmt die Hälfte der Wand neben der Tür ein. Winzige rote Punkte zieren das matte Weiß. Hazel hat den Schrank mit Fingermalfarbe und ihrem rechten Daumen verschönert, als wir noch klein waren. Ich habe es nie übers Herz gebracht, die wasserlösliche Farbe abzuwischen. Selbst jetzt nicht. Ich will zwar etwas verändern, aber dazu gehört nicht, Hazels Vorliebe für Punkte zu löschen. Es gibt genug anderes, was sich verändern lässt, damit mich die Vergangenheit nicht jedes Mal erschlägt, sobald ich mein altes Zimmer betrete.

Ich habe bereits sämtliche Cheerleader-Pokale und Medaillen sowie den Großteil der alten Dekoration in Kisten verstaut. Decken, Kissen und der alte Flickenteppich stecken in zwei blauen Müllsäcken, die ich bereits auf den Dachboden verfrachtet habe. Wenn das Bett erst unter dem Erkerfenster steht, wird das Zimmer vollkommen anders wirken. Womit ich wieder beim Ausgangsproblem wäre.

Ich schnaube frustriert und stemme mich erneut gegen den Rahmen.

»Jetzt beweg dich schon, du Mistding«, knurre ich und versuche es mit der Bodycheck-Methode. Ich werfe mich rhythmisch gegen das Bettgestell, was mir tatsächlich rund zehn Zentimeter Raumgewinn einbringt, aber leider auch ein Dutzend blauer Flecken.

»Liz hatte recht. Du brauchst definitiv Hilfe«, höre ich eine belustigte Stimme, die mir vertraut vorkommt.

Ich blinzle unter meinem Arm hindurch und sehe Evans hochaufgeschossene Gestalt im Türrahmen stehen. Er ist es also tatsächlich. Was die Frage aufwirft, was zum Henker er hier tut.

Ich puste mir die Haare aus der Stirn und versuche weiter mein Glück mit dem Bett. Einfach, weil das bedeutet, mich nicht mit der Tatsache beschäftigen zu müssen, dass Liz mir ausgerechnet Evan als Ersatz für sich selbst geschickt hat und mein One-Night-Stand von gestern Abend deswegen in meinem Schlafzimmer steht.

Nicht nur, dass ich aussehe wie ein gerupftes Huhn auf Ecstasy und meine persönlichen Sachen quer im Zimmer verstreut liegen, ich hatte mir nach unserem Date gestern Abend geschworen, mich vorerst nicht wieder in Evans Gefahrenbereich zu begeben.

Der Sex zwischen uns war eine einmalige, zugegeben ziemlich heiße Sache. Aber ich will meinen Aufenthalt nicht dadurch verkomplizieren, dass ich meine Finger nicht von Coles Bruder lassen kann und ihn als Ablenkung missbrauche.

Ich bin mir allerdings nicht sicher, ob Evan das genauso sieht wie ich. Ich meine, immerhin steht er am Tag nach unserem heißen Crosby's-Intermezzo in meinem Schlafzimmer und sieht nicht aus, als hätte er vor, wieder zu gehen.

Ich seufze und sehe zu ihm hinüber. Er lehnt lässig am Türrahmen. Meine Güte, er macht es mir echt nicht leicht. Ich muss dafür sorgen, dass er geht. Und zwar dringend.

»Du hättest nicht vorbeikommen müssen«, sage ich betont teilnahmslos. »Ich schaffe das hier wirklich allein.« Mein Blick fällt auf meinen halb geöffneten Koffer, den ich noch immer nicht ausgeräumt habe und in dem zu alleroberst meine Unterwäsche liegt. So unauffällig wie möglich klappe ich ihn mit dem Fuß zu.

»Sicher?« Sein Blick wandert prüfend über mein Äußeres, das Chaos, das mich umgibt, und meine kläglichen Versuche, das Bett an seinen Bestimmungsort zu verfrachten. »Dir ist schon klar, dass es albern ist, Hilfe abzulehnen, wenn sie quasi vor dir steht, nur weil wir miteinander abgestürzt sind.«

Ich kann nicht glauben, dass er mir das einfach so vor die Füße schmeißt. Das ist nicht, was normale Menschen tun. Ich schon. Und es bringt mich etwas aus dem Gleichgewicht, dass Evan jemand ist, der genauso direkt ist wie ich. Ich schüttle den Kopf. »Wir hatten Spaß, und das war großartig, aber jetzt bist du hier in meinem Schlafzimmer und bietest mir deine Hilfe an, und ich denke, das läuft in eine völlig falsche Richtung«, mache ich meinen Standpunkt klar.

Er runzelt die Stirn. »Du glaubst doch nicht etwa, ich mache dir jetzt einen Antrag, nur weil wir einmal etwas miteinander hatten?« Er stößt die Luft aus. »Ich habe es dir bereits gesagt. Ich bin schon groß, und ich bin nicht mein Bruder. Ich bin kein Beziehungstyp.« Er schenkt mir ein halbes Lächeln. »Das bedeutet aber nicht, dass ich ein Arschloch bin und dabei zugucke, wie du den Kampf gegen das Goliath-Bett verlierst. Außerdem werde ich mich nicht von deiner Schwester umbringen lassen, weil ich dir nicht geholfen habe.«

Ich mustere ihn genau, um zu sehen, ob er die Sache wirklich so sieht. Er wirkt total entspannt.

»Okay«, stimme ich schließlich zu.

»Okay.« Evans Stimme ist leise und rau. Er kommt langsam näher und deutet mit einer wortlosen Kopfbewegung auf das Bett.

»Bereit?«, fragt er, als er direkt neben mir steht. Mit seinen Händen berührt er das Bettgestell, und seine Oberarmmuskeln zeichnen sich deutlich unter seinem Shirt ab.

Ich nicke, obwohl es sich nicht anfühlt, als könnte man für einen Typen wie Evan bereit sein. Er könnte mir verdammt gefährlich werden, und ich verfluche den Teil von mir, der genau darauf steht.

Er lächelt mir zu und zählt dann von drei abwärts. Gemeinsam stemmen wir uns gegen das Bett, und tatsächlich gleitet es mit seiner Hilfe anstandslos über den Boden. Fast so, als hätte es sich zuvor nicht hartnäckig geweigert.

Wie erhofft, wirkt das Zimmer vollkommen verändert, als wir fertig sind, und ich atme erleichtert aus.

»Sieht gut aus«, bemerkt Evan und nickt anerkennend. Er lässt sich neben mich auf das Bett fallen. Ich spüre seinen Arm, der meine Seite streift und ein leises Prickeln entfacht.

»Habe ich für diese phänomenale Leistung nicht eine Belohnung verdient?« Evan hat sich rücklings auf die kahle Matratze gelegt und seine Arme ausgebreitet, als wollte er einen Schneeengel machen. Amber und ich haben früher immer Schneeengel gemacht. Heute hasse ich Schnee. Ich hasse ihn so sehr.

Mein Blickfeld verengt sich, wird dunkel. Dunkel wie die Nacht vor fünf Jahren, als die Schneeflocken lautlos auf gefrorenen Boden fielen. Ich schlinge die Arme um meinen Körper. Ich zittere. Die Kälte ist real. Ich habe sie in meinem Inneren gespeichert. Mein Puls rast, und mein Atem trägt Eiskristalle in sich, aber ich will auf keinen Fall, dass Evan mitbekommt, was mit mir los ist. Wir waren uns einig, wir wollen es unkompliziert halten, unverbindlich, und mein kaputtes Seelenleben ist alles andere als das.

»Hör zu, das ist genau, was ich meinte. Wir sollten …« Meine Stimme schwankt. Ich versuche mich auf Evan zu konzentrieren, seinen Geruch, der mich umgibt, seine geschwungenen Lippen und die feinen Bartstoppeln, in denen sich das Sonnenlicht bricht, um mich zu sammeln. Es klappt erschreckend gut. »… wir sollten das zwischen uns nicht unnötig verkomplizieren«, beende ich meinen Satz und fühle mich schwach. Die Erinnerungen setzen mir zu, und ich würde mich am liebsten auf Evan stürzen, anstatt an meiner vernünftigen, verantwortungsbewussten Entscheidung festzuhalten. Aber das würde mir Amber sicher nie verzeihen. Sie reagiert extrem allergisch auf alles, das ihren wackligen Frieden stört. Und derzeit bin ich das. Ziehe ich auch noch Evan da mit rein, dreht sie mir vermutlich den Hals um.

»Wer sagt, dass ich es verkomplizieren will?« Er sieht mich an und streicht mir eine Haarsträhne hinter das Ohr.

Ich deute auf seine Hand und zucke mit den Schultern. »Fühlt sich auf jeden Fall kompliziert an«, murmle ich.

»Ich berühre dich, weil es mir gefällt. Das ist nicht kompliziert, sondern verdammt einfach. Und ich glaube mich zu erinnern, dass du gestern zugestimmt hast, diese Sache zwischen uns zu wiederholen.«

»Das ist nicht fair!«

Er zwinkert mir zu und wird dann wieder ernst. »Wer sagt, dass ich fair spiele? Komm schon, Fi. Wir sind beide erwachsen. Du willst keine Beziehung, ich bin nicht der Typ für Honeymoon und Rosen. Das haben wir bereits geklärt, aber das muss ja nicht heißen, dass wir uns nicht mehr sehen können.«

»Das geht niemals gut, und das weißt du. Irgendwer entwickelt Gefühle, oder jemand bekommt etwas mit. Was passiert, wenn Amber Wind davon bekommt, brauche ich dir wohl kaum zu sagen. Sie bringt uns beide um. Und meine anderen Schwestern helfen ihr vermutlich. Es ist eh schon schwer genug zwischen uns. Ich kann es mir nicht leisten, es noch zu verkomplizieren.« Ich sehe ihn nicht an, damit ich gar nicht erst in Versuchung komme, meine Meinung zu ändern.

»Und ich kann das nicht einfach akzeptieren«, beharrt er, und es imponiert mir irgendwie, dass er nicht aufgibt. »Ich gehe ein, wenn ich mir tagtäglich das Geturtel von Liz und Cole angucken muss und ansonsten kaum etwas zu tun habe, solange die Verhandlungen mit Sam nicht durch sind.«

Er lehnt sich zurück und verdreht in gespielter Verzweiflung die Augen. »Geh mit mir aus und lass uns um Himmels Willen ein wenig Spaß haben. Was sagst du?«

Als ich nicht antworte, stößt er die Luft aus. »Ich bin

durchaus in der Lage, meine Finger von dir zu lassen, wenn es das ist, was du möchtest. Auch wenn es ziemlich hart wird. Aber geh mit mir aus, damit ich hier nicht verrückt werde. Bitte.«

Ich atme tief durch und senke den Blick. Wie soll ich Evan verständlich machen, dass das niemals funktionieren kann? Er ist niemand, den ich einfach ausblenden kann. Er ist nicht nur ein Gesicht unter vielen, die mir als Ablenkung gedient haben. Er ist der Bruder meines Schwagers. Wenn diese Sache zwischen uns schiefgeht und ich die Reißleine ziehe, wie ich es immer tue, können wir einander nicht aus dem Weg gehen.

Ich nicke und schüttle dann den Kopf. »Ich kann nicht, Evan.«

»Im Blue Lemons spielen morgen Abend ziemlich angesagte Livebands. Überleg es dir. Ich werde da sein.« Er zwinkert mir zu. »Ich verspreche auch bei allem, was mir heilig ist, brav zu bleiben.«

Ich bezweifle, dass dieses Versprechen allzu viel wert ist, denn ich denke, dass Evan kaum etwas heilig ist. Genau wie mir. Aber bevor ich ihm genau das sagen kann, steht er auf. Sein Atem streift mein Ohr.

»Es ist nur ein Abend!« Dann verlässt er den Raum, und ich höre seine Schritte auf der Treppe, wie die Haustür geht und sich wenig später das Motorengeräusch des Sportwagens entfernt.

Es ist Sonntagabend. Da kaum noch Gäste im Diner waren, ist Hazel allein dortgeblieben, und ich habe unerwartet früh

Feierabend machen können. Das sollte mich wohl freuen, tut es aber nicht.

Ich weiß nicht, ob das an Cole und Liz liegt, die in der Küche stehen, verliebt miteinander flüstern und die Finger nicht voneinander lassen können, oder ob ich einfach nur schlecht mit Stillstand umgehen kann.

Ich verdrehe die Augen, als Liz' Lachen von der Küche zu mir herüberweht und von Coles einnehmendem Kuss erstickt wird. Ich glaube, den beiden fällt gar nicht auf, dass so viel Liebesglück für alle anderen ein bisschen anstrengend ist. Ich erinnere mich daran, wie Evan sagte, es wäre kein vernünftiges Gespräch mehr mit seinem Bruder möglich, und gebe ihm im Stillen recht.

So sehr ich mich für Liz und Cole freue, allein mit den beiden zu sein ist Höchststrafe. Grace, die mir hätte beistehen können, ist auf einem Date mit irgendeinem Skifahrer, der jedes Jahr um diese Zeit anreist und die letzten Wochen vor dem ersten Schneefall als Auszeit nutzt. Und dazu, Grace wiederzusehen. Amber ist bei Titus und hat darauf bestanden, dass Cole sie später abholt. Mir wurde es von ihr rundheraus verboten. Hazel ist noch im Diner.

Ich blättere in einer Zeitschrift, die sich ausschließlich damit beschäftigt, den perfekten Auftritt in Pastelltönen hinzulegen. Ich schwöre, ich werde mich an dem Tag aufhängen, an dem ich meine Fingernägel in einem zarten Mintpastell anmale. Vermutlich sollte ich mich schon umbringen, weil ich solche Artikel lese, anstatt mit einem heißen Typen tanzen zu gehen. Ich klappe die Zeitschrift mit einem Seufzen zu, werfe sie auf den Tisch und puste mir die Locken aus dem Gesicht.

»Und was hast du heute noch vor?«, fragt Cole und setzt

sich auf die Couch mir gegenüber. Sein Lächeln ist freundlich, ehrlich und interessiert. Er fragt das nicht, um mich loszuwerden. Auch wenn einen dieses Gefühl beschleichen könnte, wenn man den beiden zusieht.

»Ich weiß noch nicht«, erwidere ich. »Vielleicht lese ich noch was.«

»Du willst lesen. Es ist Wochenende«, bemerkt Liz zweifelnd und kuschelt sich in Coles Arme. Mein Blick bleibt an Coles Hand hängen, die er so weit unter Liz' Shirt schiebt, bis er ein Stück nackte Haut erwischt. Es ist sonnenklar, was die beiden tun würden, wenn ich nicht hier wäre und sie sturmfreie Bude hätten.

»Vielleicht gehe ich auch noch aus«, sage ich und nicke, um meiner Aussage Nachdruck zu verleihen. »Die Nacht ist noch jung, und irgendwer muss sie ja zum Tanzen nutzen, wenn ihr vor lauter Verliebtsein nicht mehr vom Sofa hochkommt.«

Liz löst sich von Cole. »Unseretwegen musst du aber nicht gehen«, beeilt sie sich zu sagen und beugt sich zu mir herüber. Ihre Hand hält meine. Sekundenlang nur, bevor sie mich wieder freigibt.

»Ich gehe nicht euretwegen«, versichere ich ihr. Das stimmt zwar nicht so ganz, aber ich will Liz nicht das Gefühl geben, sich für ihr Glück entschuldigen zu müssen. »Du kennst mich. Tanzen ist mein Leben.« Damit drehe ich mich um und verschwinde in mein Zimmer, wo ich mich umziehe und mich ausgehfertig mache.

Nur zehn Minuten später verabschiede ich mich von Liz und Cole, die kaum von ihrem Kuss aufsehen. Ich flüchte hinter das Lenkrad meines Mietwagens, den ich am Morgen mit Hazel geholt habe, mache mich auf den Weg ins Blue

Lemons und fühle mich wie damals, als ich über das Pflanzengitter aus meinem Zimmer geschlichen bin, um etwas Verbotenes zu tun.

Ich sehe Evan sofort, als ich das Blue Lemons betrete. Er nippt an einem Bier und sieht den Tanzenden zu. Im Gegensatz zu sonst hat er seine üblichen Chinohosen gegen eine Jeans getauscht und trägt ein dunkles Shirt dazu, das seine Muskeln schlicht, aber effektiv umspielt. Ich durchquere den Raum, bleibe vor seinem Tisch stehen und nehme ihm wortlos das Bier aus der Hand. Das Getränk ist herrlich kühl, und ich nehme einen tiefen Schluck.

»Du bist hier«, stellt Evan unnötigerweise fest, und ich reagiere unwillkürlich auf die Dunkelheit in seiner Stimme.

»Du hattest recht«, sage ich und gebe ihm sein Bier zurück. »Dein Bruder und meine Schwester sind wirklich ekelhaft verliebt. Das ist schwerer zu ertragen als ein Abend mit deinem übersteigerten Ego.«

Evan fasst sich an die Brust, als hätte ich ihn ernsthaft getroffen, und prostet mir dann zu.

»Du hättest überall hingehen können, um den Turteltauben zu entgehen«, bemerkt er.

»Irgendwer sagte mir, dass hier heute ziemlich gute Livebands spielen würden.« Ich senke den Blick, weil klar ist, wieso ich wirklich hier bin.

Evan schüttelt mit einem Grinsen seinen Kopf. »Also dann. Auf den Spaß!«, sagt er und trinkt einen Schluck, bevor er mich zur Tanzfläche und in einen schnellen Song zieht.

Kapitel 6

Seit unserem Abend im Blue Lemons sind zwei Wochen vergangen, in denen Evan und ich fast jeden Abend zusammen feiern waren. Es bringt Spaß, mit ihm die Clubs und Bars unsicher zu machen. Er nimmt sich nicht halb so ernst, wie es Typen seines Schlags für gewöhnlich tun, und ist die perfekte Ablenkung. Er hat akzeptiert, dass ich mich nicht auf ihn einlassen werde. Zumindest dachte ich das.

Heute aber fährt Evan mich nicht auf direktem Weg nach Hause, sondern parkt den Wagen am Hidden Beach. Ein langgezogener Strandabschnitt, der von der Straße verborgen ein Stück den Hang hinunter liegt und nicht so überlaufen ist wie Kings Beach oder Sand Harbour. Allerdings ist die Saison vorüber, und eigentlich ist man an jedem der Strände für sich. Vereinzelt treffen sich noch ein paar Jugendliche am Wasser. Oder Hundebesitzer, die dem Wetter trotzen, laufen die Buchten entlang. Die Kapuze tief in die Stirn gezogen und Stöckchen werfend, um das Tier in möglichst kurzer Zeit müde zu bekommen. Um zwei Uhr morgens ist allerdings niemand mehr unterwegs, und das wäre wohl auch zur Hauptsaison nicht anders.

Ich sehe nach draußen, und sofort schlagen die Erinnerungen über mir zusammen. Mom ist früher oft mit uns am Hidden Beach gewesen. Wir haben gepicknickt, gebadet und uns mit Freunden getroffen. Ich erinnere mich, wie Hazels

Schwimmring davonflog und sie so lange schrie und heulte, bis Mom deswegen fast die Nerven verlor. Der Spuk fand erst ein Ende, als Grace sie in den Arm nahm und sie augenblicklich still war.

»Was soll das hier werden?«, frage ich kratzig und deute in Richtung Trampelpfad, der zwischen Kiefern, mächtigen Pinien und Felsen zum Strand führt.

»Der Abend war schön. Ich will noch nicht, dass er zu Ende ist«, erwidert Evan und steigt ohne eine weitere Erklärung aus dem Wagen. Die Tür erzeugt ein sattes Geräusch, als sie hinter ihm zufällt. Ich bleibe sitzen, zupfe an einem Stück Haut an meinem Daumennagel herum, streiche die Fransen meines Oberteils glatt und sehe in den Rückspiegel. Evan lehnt am Wagen und hat mir den Rücken zugekehrt. Es sieht nicht so aus, als würde er wieder einsteigen und mich nach Hause bringen. Was immer er auch vorhat, ich komme schneller nach Hause, wenn ich aussteige und es herausfinde.

Also schlüpfe ich nach draußen und umrunde den Wagen. Evan lehnt sehr James-Dean-mäßig am Heck und sieht mich durchdringend an. Das Mondlicht gibt seinem dunklen Blick etwas Geheimnisvolles.

»Da bist du ja endlich. Ich wollte dir etwas zeigen.« Evan stößt sich von der Karosserie ab, ohne auf mich zu warten. Und obwohl ich es besser wissen sollte, folge ich seiner athletischen, hochaufragenden Gestalt durch das Dunkel der dichten Vegetation, bis der Weg urplötzlich endet und wir mitten auf dem feinen Sand des Hidden Beach stehen. Nur der Mond erhellt das Wasser des Sees und das breite Band aus Muscheln, Steinen und Sand.

Evan streckt mir im fahlen Mondlicht die Hand entgegen,

und ich rede mir ein, dass sie zu ergreifen nicht mehr Kontakt bedeutet als mit ihm zu tanzen.

Er zieht mich hinter sich her über den Strand bis hin zu einem schmalen, ausgewaschenen Canyon. Der Teil der Bucht, der durch den Canyon abgetrennt wird, liegt rund zehn Fuß unter uns. Der ebenerdige Sandstrand des Hidden Beach hingegen erstreckt sich in einem perfekten Halbkreis hinter uns. Evan setzt sich direkt an die Kante des Canyons und zieht mich neben sich.

Mom hat uns früher nie hierhergehen lassen. Es gab ein klares Verbot für diesen Teil des Strandes. Die Felskante war viel zu hoch. Die Gefahr, dass wir abstürzen und in das aufgewühlte Wasser des Canyons mit seiner Strömung fallen, zu groß. Und als wir älter wurden, gab es spannendere Orte als diesen hier. Ich bin seit einer Ewigkeit nicht mehr hier gewesen, und so nah war ich dem Canyon noch nie.

»Hörst du das?«, fragt Evan und lässt meine Hand los, um auf das Wasser zu deuten, das die Gesteinsformationen seit Jahrhunderten auswäscht. Ich nicke. Das Wasser zwängt sich seufzend und ächzend in den Fels, verharrt wenige Momente glucksend, bevor es zurückgesogen wird und gurgelnd die Steine freigibt. Es hört sich an wie eine dieser Entspannungs-CDs, die gestresste Großstädter-Seelen beruhigen sollen, indem sie den Menschen vorgaukeln, sie wären eins mit der Natur.

Aber das hier ist keine Kopie eines Gefühls, sondern es ist real. Der kalte, feuchte Felsen unter mir. Evan. Und die Sinfonie, die der See nur für ihn und mich spielt.

Die alten Erinnerungen machen neuen Platz, und ich bin verunsichert, seit wann ich jemand anderem erlaube, Teil meiner Erinnerungen zu werden. Ich sollte das hier schnellstmöglich beenden, aber stattdessen schlenkere ich mit den Beinen über dem Abgrund. Für einen Moment verschwinden die dunklen Flecken meiner Vergangenheit, als Evan seine warme, starke Hand wieder in meine schiebt. Wortlos zieht er sie vor seinen Mund, formt mit seinen Händen eine Höhle und bläst seinen warmen Atem hinein.

»Und? Hab ich einen kleinen Teil von dir auftauen können, Eiskönigin?« Mit seinen Lippen nur Millimeter über meiner Hand wirft er mir ein einnehmendes Grinsen zu, und so langsam dämmert mir, warum wir hier sind.

Ich schlage ihm gegen die Schulter. »War das alles eine Masche, um mich rumzukriegen, Harris?« Ich bin nicht sicher, ob ich lachen soll oder wütend bin.

Evan sieht über den See und grinst. »Bringt wohl nichts, das Offensichtliche abzustreiten«, stellt er mit einem Schulterzucken fest. »Ich musste es wenigstens versuchen. Hätte sein können, dass du nicht allzu konsequent bist in Bezug auf deine Regel, immerhin stehen Frauen doch auf so romantisches Zeugs, oder nicht? Und das hier ist postkartenkitschig-romantisch.« Er legt den Kopf schief und mustert mich.

»Sehr romantisch«, stimme ich zu. »Ich war wirklich kurz davor, all meine Bedenken über Bord zu werfen und mir bei minus zwei Grad gleich hier auf den Felsen die Klamotten vom Leib zu reißen, aber leider bin ich überhaupt nicht der Typ Mädchen, der auf Postkartenromantik steht, tut mir leid.« Ich stoße ihn leicht an und bringe ihn dadurch dazu, seinen Blick von mir zu lösen.

»Du bist definitiv nicht wie andere Frauen, Fiona Carson«, bringt er lächelnd hervor, und der dunkle Unterton in seiner Stimme schickt ein Prickeln durch meinen Körper. Aber anstatt die gerade geschlagene Kerbe zu vertiefen, bleibt Evan einfach neben mir sitzen. Dabei hätte ich ihm vermutlich nichts entgegengesetzt, wenn er tatsächlich einen Versuch gestartet hätte. Und seinem Lächeln nach zu urteilen, ist ihm das eine Spur zu bewusst. Eine Weile sitzen wir schweigend in der Kälte und lauschen dem Wasser und dem Wind, bevor Evan die Stille durchbricht.

»Ich habe das Foto auf eurem Kamin gesehen.« Er zeigt zur Nordspitze des Hidden Beach, die hinter uns liegt.

»Deine Mom sieht Liz und Amber sehr ähnlich.«

Mein Kopf hat Probleme damit, die plötzliche Ernsthaftigkeit in Evans Stimme zu verarbeiten, die Tatsache, dass ihm das Bild von Mom, meinen Schwestern und mir am Hidden Beach aufgefallen ist, obwohl es winzig ist und halb versteckt hinter einem wuchtigen Kerzenständer steht. Ich will nicht glauben, dass er deswegen mit mir hier ist, denn es würde seine Aussage Lügen strafen und eindeutig zu viel Nähe bedeuten.

»Sie ist früher oft mit uns hierhergekommen«, sage ich trotzdem, obwohl ich nicht verstehe, wieso ich ihm das erzähle. Wieso es sich tröstlich anfühlt, dass Evans Hand dabei in meiner liegt. »Sie war …« Kein Wort umschreibt auch nur annähernd, wie Mom wirklich war. Und doch habe ich das Gefühl, ich müsste eines finden, das ihr gerecht wird.

»Sie hat euch großgezogen«, sagt Evan schlicht und trifft damit so genau ins Schwarze, dass es weh tut. Wir sind Mom. Wir waren ihr Leben und sind ihr Vermächtnis.

Ich atme tief durch, löse mich von Evan und rapple mich von den Felsen auf. »Wir sollten fahren«, sage ich leise und hoffe, dass Evan das Danke hört, das in meiner Stimme mitschwingt, genauso wie das Stopp, das ich nicht laut aussprechen will und das trotzdem zwischen uns steht.

Er nickt, steht mit einer lässigen Bewegung auf und schlägt den Weg zurück zum Auto ein. Wie selbstverständlich nimmt er dabei meine Hand in seine, und ich versuche, dem wie zuvor keine Bedeutung beizumessen, obwohl mir längst klar ist, dass ich mich selbst belüge.

Der Abend im Diner verläuft ruhig, was Liz und Hazel die Zeit lässt, mich auszufragen.

»Also, mit wem bist du denn jetzt ständig unterwegs«, fragt Hazel. »Kennen wir den geheimnisvollen Unbekannten?« Sie legt die Stirn in Falten und überlegt angestrengt.

»Wer sagt denn, dass es da überhaupt jemanden gibt? Vielleicht war ich allein unterwegs«, gebe ich zu bedenken, aber Liz schüttelt den Kopf.

Sie lehnt am Durchgang zur Küche, so dass sie die beiden besetzten Tische im Auge behalten kann, während Hazel sich einen der Barstühle in die Küche gezogen hat und mich dabei beobachtet, wie ich meinen Arbeitsplatz säubere.

»Du ziehst nicht jeden Abend allein los. Das kannst du mir nicht erzählen.«

»Ich war im Blue Lemons, und es war sehr schön«, versuche ich auszuweichen.

Liz und Hazel sehen mich beide erwartungsvoll an, und es ist klar, dass sie nicht aufgeben werden, bevor sie alles, aber auch wirklich alles erfahren haben.

Resigniert seufzend gebe ich ihnen gerade so viel, dass es ausreichen könnte, ohne allzu sehr ins Detail zu gehen.

»In Ordnung, ihr habt recht. Ich war die letzten Tage mit einem Typen unterwegs, den ich hier kennengelernt habe. Aber wir waren wirklich nur tanzen. Ich habe weder Zeit noch Lust, das Ganze zu vertiefen.«

»Keine Zeit und keine Lust, ja?«, kichert Hazel, und Liz sieht mich strafend an, als hätte sie mich mit der Hand in der Keksdose erwischt. Eine gefährlich gutaussehende Keksdose.

Zum Glück kommt in diesem Moment Amber durch die Tür des Diners und lenkt die Aufmerksamkeit meiner Schwestern von mir auf sich. Sie war bei ihrem derzeitigen Freund Titus, der ihre Vorliebe für zerrissene Klamotten und halbrasierte Schädel nicht teilt. Er ist beinahe langweilig normal, ein echter Sunnyboy und wirklich nett, was die beiden zu einem denkbar ungleichen Paar macht. Es war abgesprochen, dass Amber um zehn hier ist und Hazel dann mit ihr nach Hause fährt, aber freitags dehnt Amber diese Absprache sehr gern aus.

Liz sieht auf ihre Uhr und schüttelt den Kopf. »Es ist halb elf«, sagt sie, aber sie klingt nicht halb so streng, wie sie wohl vorhatte. Im Grunde hasst sie es, Amber zurechtzuweisen.

Amber deutet anstatt einer Antwort auf die Ecke neben der Theke, in der kein Tisch steht und die dadurch ein wenig verwaist wirkt. Hazel und Grace haben versucht, diesen Umstand zu schmälern, indem sie eine riesige Pflanze und ein Bücherregal in die Ecke gestellt haben.

»Titus und ich haben über die Bühne gesprochen und dabei die Zeit vergessen. Was ist denn jetzt eigentlich damit?« Amber gibt der Pflanze einen nicht ganz ernst gemeinten Tritt. »Titus würde mir helfen. Er hat im Sommer bei seinem Praktikum auf dem Bau genug gelernt, um das hinzukriegen.«

»Das bedeutet nicht, dass er eine richtige Bühne bauen kann oder dass ich Titus neben seinem Job als Aushilfe noch mehr Stunden in unserem Laden arbeiten lasse. Außerdem waren wir uns doch einig, vorerst keine Bühne zu brauchen«, sagt Liz. So genervt, wie sie klingt, dürfte das nicht die erste Diskussion sein, die sie in letzter Zeit mit Amber über dieses Thema geführt hat.

»Du warst dir einig. Wir anderen finden, dass es eine gute Idee ist.« Amber schaut sie trotzig an, und Liz sucht Hazels Blick, aber die zuckt nur mit den Schultern, was wohl bedeutet, Amber könnte durchaus recht haben.

»Eine Bühne?«, frage ich vorsichtig.

Liz atmet hörbar aus. »Amber ist der Meinung, sie wird eine erfolgreiche Sängerin und braucht deswegen im Grunde auch nicht mehr zur Schule zu gehen. Principal Miller ist da leider etwas anderer Meinung und droht uns in regelmäßigen Abständen damit, das Jugendamt einzuschalten.«

»So wie du das sagst, hört es sich an, als wäre ich naiv und dumm«, giftet Amber sie an und verschränkt die Arme vor der Brust.

»Ich habe nicht gesagt, dass du naiv und dumm bist. Das würde ich auch nie tun«, sagt Liz liebevoll, aber Amber gibt ihren Starrsinn nicht auf und weicht ihr aus, als Liz ihre Schulter berühren will.

»Du verstehst einfach nicht, dass Musik das ist, was ich machen will.« Amber holt tief Luft. »Ich weiß, es gibt gute Sänger wie Sand am Meer, und ich werde vermutlich nie genug Erfolg haben, um von der Musik zu leben. Ich bin mir dessen bewusst, und gerade deswegen möchte ich diese

Bühne.« Sie zeigt auf die mächtige Pflanze, die stattdessen die Ecke einnimmt. »Dann könnte ich trotzdem ab und an spielen. Für den Diner wäre das im Übrigen auch gut. Das Crosby's, das Blue Lemons und der Coldwater Diner bieten ihren Gästen auch Livemusik, und die sind jeden Abend proppenvoll. Kein Mensch kommt in unseren öden Laden, wenn wir da nicht mithalten.«

Ich muss Amber recht geben. Das Blue Lemons war gestern bis auf den letzten Platz voll, und das wird heute vermutlich nicht anders sein, während bei uns gerade einmal zwei Tische besetzt sind.

»Woher weißt du bitte, ob es in diesen Läden voll ist?« Liz' Stimme ist schneidend scharf.

Amber ist klar, dass sie sich verraten hat, gibt aber trotzdem nicht nach. »Weiß ich eben. Woher, ist doch jetzt völlig nebensächlich.«

Liz sieht nicht aus, als fände sie das auch nur eine Sekunde nebensächlich. Und weil ich nicht will, dass sich die beiden ernsthaft in die Wolle kriegen, sehe ich Amber streng an. »Du weißt, wie daneben es ist, in deinem Alter in solchen Schuppen abzuhängen. Und ich will lieber gar nicht wissen, wie du reingekommen bist.«

Ich warte Ambers Reaktion nicht ab, weil mir bereits klar ist, wie sie ausfallen wird. Sie nimmt schon von Liz weder Lob noch Kritik an, und ich bin sowieso ein rotes Tuch für sie, also wende ich mich rasch meiner großen Schwester zu. »Egal, woher sie das weiß, ich muss ihr recht geben. Die Idee, hier Livemusik anzubieten, ist nicht schlecht.«

Liz' Mund formt bereits einen Widerspruch, aber ich lasse ihr keine Zeit, diesen auch wirklich auszusprechen.

»Ich bin vollkommen auf deiner Seite, Amber muss die

Schule beenden, und ich will dir auch nicht reinpfuschen, was Ambs Erziehung angeht. Aber was spricht dagegen, wenn sie ab und an hier spielt? Es ist ihre Leidenschaft. Ob sie jetzt bei Titus abhängt oder stattdessen hier ein paar Lieder spielt. Es dürfte natürlich nicht allzu spät sein und wäre auf die Wochenenden begrenzt.«

Liz nickt und schüttelt dann den Kopf. »Wenn wir die Idee mit der Livemusik wirklich verfolgen, würde das bedeuten, erst mal jede Menge Geld in die Hand zu nehmen für Material, Arbeit und Gagen, denn nur mit Ambers Auftritten ist es nicht getan. Das ist Geld, das wir nicht haben und das wir in eine Sache stecken, von der wir nicht einmal wissen, ob sie sich am Ende rentiert.«

Ganz die Betriebswissenschaftlerin. Liz ist ein Kopfmensch, während Amber und ich eher auf unseren Bauch hören und uns deswegen oft Ärger einhandeln. Aber wenn wir die Dinge gemeinsam angehen, ergänzen wir uns perfekt – wenn wir uns denn einigen können.

»Wir könnten uns das Equipment erst einmal für zwei oder drei Wochen ausleihen. Für einen Testdurchlauf sozusagen, um zu sehen, wie das Ganze angenommen wird. Wir würden ein anderes Konzept fahren als die anderen Locations. Das Essen würde weiter im Vordergrund stehen, aber dazu gäbe es eben die Möglichkeit, neue Livebands zu sehen. Vielleicht könnte man sogar eine kleine Tanzfläche freischaufeln.«

Das Crosby's, und auch die anderen Clubs in der Gegend, legen ihren Fokus auf das Feiern und die Musik. Wir würden den Diner und die familiäre Atmosphäre in den Mittelpunkt stellen.

»Bleibt die Problematik des Geldes«, sagt Liz, noch immer nicht überzeugt.

»Ich habe ein bisschen was gespart. Nicht viel, aber wenn wir zusammenlegen, könnte es klappen.« Ich kann nicht glauben, dass ich meine Reserven anbiete, die ich eigentlich für meinen Traum eines eigenen Restaurants in einer weit entfernten Zukunft gespart habe. Das wirft mich und diesen Traum um Jahre zurück. Aber Fakt ist, ich will meine kleine Schwester zurück. Und zum ersten Mal sehe ich einen Weg dahin.

Liz macht eine Handbewegung, die zeigt, dass sie gegen Amber und mich keine Chance hat und es müde ist, weiter zu diskutieren. »Okay, aber ich bin da raus. Das ist euer Ding. Ihr kümmert euch um dieses Projekt. Und Amber? Das findet nach der Schule statt. Sehe ich, dass du auch nur einmal deswegen zu spät zum Unterricht kommst oder deine Aufgaben nicht erledigt sind, reiße ich jede Holzbohle, die bis dahin verlegt ist, eigenhändig wieder aus dem Diner.«

Amber nickt und grinst, während Liz leise vor sich hinmurmelnd zu den Gästen geht, die zahlen wollen.

»Danke«, sagt meine kleine Schwester leise, und für einen Moment ist es wie früher zwischen uns. Aber nur kurz, bevor Amber ihn zerbricht. Sie strafft die Schultern, wendet sich mir zu, und die kalte, abweisende Art, mit der sie mir seit meiner Rückkehr begegnet ist, ist wieder da.

»Auch wenn ich weiß, dass du das nur tust, um dich einzuschleimen. Vielleicht hoffst du, das würde dein Verschwinden auf eine abgefuckte Art besser machen. Tut es nicht«, stellt sie klar. »Also danke, aber niemand will dich hier haben. Daran hat sich nichts geändert.« Sie atmet tief durch und macht einen Knicks, der sich anfühlt wie ein gezielter Schlag in die Magengrube.

Kapitel 7

Der Club, in den ich mich von Evan habe schleppen lassen, ist laut, voll und super angesagt. Alle Möbel sind klinisch weiß. Sogar die Theke erstrahlt in weißem Resopal, und die Getränkepreise sind mit einem Schwarzlichtstift auf die verspiegelte Fläche dahinter geschrieben. Der Club ist absolut nicht meine Welt.

Evan scheint es hier besser zu gefallen als in den Country-Bars, in die wir üblicherweise gehen. Trotzdem bin ich froh, dass er mich angerufen und gefragt hat, ob ich mitkomme. Hier gibt es Alkohol, und ich bin in der Laune, so lange zu trinken, bis ich vergesse, dass ich meine kompletten Ersparnisse und damit den fernen Traum von einem eigenen Restaurant meiner kleinen Schwester angeboten habe, nur damit sie mir zum Dank dafür einen Schlag verpasst, der mich von den Füßen holt.

Ich ordere für den Anfang ein Bier für Evan und einen Mojito für mich. Die Bässe der elektronischen Musik hallen in meinem Brustkorb wider, als ich den Drink hinunterkippe und mich von Evan auf die Tanzfläche ziehen lasse.

Evan steigt ziemlich schnell auf Kurze um, und daran bin ich wohl nicht ganz unschuldig. Es entbrennt ein Wettbewerb, wer mehr verträgt, und ich bin ziemlich sicher, ich habe die Nase vorn. Dazwischen tanzen wir, trinken und lachen. Ich bin verdammt froh, dass die Bässe, Evans Körper an meinem und der Alkohol meine düstere Stimmung verscheuchen.

Irgendwann verliere ich den Überblick über die Anzahl der Drinks oder deren Inhalt, und Evan geht es ähnlich. Er hält schon länger nicht mehr mit mir mit.

Ich kippe noch einen Kurzen, der widerlich grün aussieht, und suche die Bar und danach die Tanzfläche nach ihm ab, bevor mir wieder einfällt, dass er vorhin irgendetwas gesagt hat und dann verschwunden ist. Vielleicht leckt er seine Wunden, weil ich ihn unter den Tisch getrunken habe. Ich lächle schwach und wünschte, er wäre jetzt hier und ich könnte mich an ihm festhalten. Allein dieser kitschig idiotische Gedanke lässt mich noch einen Shot hinunterkippen.

Ich lege meinen Kopf auf den Armen ab. Die wogende Menge auf der Tanzfläche wirkt merkwürdig aus dieser Perspektive. Es verursacht mir Schwindel, und mir ist mit einem Mal kotzübel.

Ich muss an die frische Luft, aber ich kann nicht einfach ohne Evan abhauen, und meine Beine machen mir einen Strich durch die Rechnung. Zu allem Überfluss legt plötzlich ein Typ mit Schnauzbart seinen Arm um mich. Ich versuche etwas unkoordiniert, mich loszumachen, aber er ist stärker und beginnt, mir irgendetwas ins Ohr zu raunen. Das ist zu nah.

Ekel breitet sich in mir aus. Ich schiebe den Typen von mir, aber er lehnt sich mit seinem gesamten Körpergewicht gegen mich, und sofort reihen sich Bilder aneinander. Bilder von dem Abend vor fünf Jahren, als ich genauso betrunken war und mich irgendein Typ auf irgendeiner unbedeutenden Party bedrängt hat.

Ich schüttle den Kopf und versuche, mich an den Bässen

festzuhalten, die in der Realität durch meinen Brustkorb jagen.

Ich höre den Typen neben mir »Süße« sagen und etwas von »wir«, und diese beiden Worte in einem Satz gefallen mir ganz und gar nicht, auch wenn ich den Inhalt seiner Aussage nicht erfasse.

»Lass mich los!«, bringe ich undeutlich hervor, aber der Kerl macht keinerlei Anstalten, sich geschlagen zu geben. Ich stoße ihn von mir und brauche drei Anläufe, bis er endlich reagiert, während Eiskristalle durch meinen Körper stieben.

»Verpiss dich, ich will das nicht!«, brülle ich ihn an, so dass trotz der lauten Musik einige Gäste zu uns herüberblicken. Das scheint den Mann endlich in seine Schranken zu weisen, und ich flüchte schwankend. Mein Magen rebelliert. Kälte fließt durch meine Adern, und der Alkohol macht es schwer, die Bilder wegzuschieben.

»Bleib weg von mir«, nuschle ich noch einmal, obwohl mich der Schnauzbart längst nicht mehr hört.

Meine Hände tasten sich an der Wand entlang. Sie ist glatt und erstaunlich kühl, wenn man bedenkt, dass die Temperaturen in dem Schuppen höllisch sind. Ich wische mir unbestimmt über die Seite, wo bis eben noch der Schnauzbart seinen Körper an meinen gepresst hat, und ein Schauder durchläuft mich.

Ich kann spüren, wie sich mein Magen nach außen stülpt, und ich höre noch immer Ambers Stimme in meinem Kopf. Der ganze verdammte Sinn des heutigen Alkoholgemetzels bestand darin, sie zum Verstummen zu bringen und nicht mehr darüber nachzudenken, dass sie mir vermutlich nie vergeben wird.

Ich biege zu den Toiletten ab und schaffe es gerade noch

rechtzeitig in die erste Kabine, bevor ich mich würgend zusammenkauere. Ich weiß nicht, wie lange ich auf dem dreckigen Boden hocke und meinen Mageninhalt in die Toilettenschüssel entleere. Alles, was ich weiß, ist, dass ich friere und am liebsten heulen würde.

Wie konnte ich mich in so eine beschissene Situation bringen? Ich habe keinen Schimmer, wie ich nach Hause kommen soll. Evan ist weg. Ich habe mein gesamtes Geld in Alkohol angelegt, und ich kann niemanden anrufen und bitten, mich abzuholen. Das hat schon mal in einer Katastrophe geendet. Es ist, als hätte ich seit damals nichts, aber auch gar nichts dazugelernt. Als hätte Amber recht und ich wäre noch immer die alte, egoistische, alles zerstörende Fi.

Ich bin wütend. Auf Evan, der einfach ohne mich gegangen ist, und auf mich, weil ich bin, wie ich bin, und weil es mir nicht halb so egal ist, dass Evan weg ist, wie es das sein sollte.

Als sich mein Magen einigermaßen beruhigt hat, ziehe ich die Beine an meinen Körper und schlinge meine Arme darum. Hunderte auf Fliesen gekritzelte Sprüche in meinem Rücken, die Toilette neben mir und den Gestank nach Erbrochenem in der Nase. Ich sitze eine halbe Ewigkeit da und warte darauf, dass der Alkohol verfliegt und ich wieder klarer denken kann. Von Zeit zu Zeit versucht jemand, die Tür meiner Kabine zu öffnen, aber ich stemme mein Bein dagegen, und die Eindringlinge suchen sich eine andere Kabine.

»Alter, bist du nicht ganz dicht?«, höre ich irgendwann eine Frau motzen und schrecke aus einem unruhigen Dämmerzustand hoch.

»Das ist das Mädchenklo, du Idiot!« Eine zweite schimpfende Stimme gesellt sich zur ersten.

Unruhe entsteht im Vorraum der Toiletten, kurz bevor die Tür meiner Kabine aufschwingt. Ich habe nicht einmal Zeit, mein Bein dagegenzustemmen.

»Verdammt, Fi.« Evan fährt sich durch die Haare. »Hast du einen Schimmer, wie lange ich dich schon suche?«

»Dachte, du wärst weg«, nuschle ich und zupfe an meinen Haaren herum, damit er nicht merkt, wie bescheuert froh ich bin, dass er hier ist.

»Als würde ich ohne dich gehen«, knurrt Evan und lässt sich mir gegenüber schwer auf den Boden der schmalen Kabine sinken. Unsere Knie berühren sich. Ich versuche, das Bild von ihm scharf zu stellen, aber alles wirkt verwaschen, und der Boden schwankt.

»Ich habe mir echt Sorgen gemacht.«

Evan unterstreicht seine Worte, indem er mir sanft eine Haarsträhne hinter das Ohr schiebt, und es ist mir scheißegal, ob das eine Grenze überschreitet. Die Berührung fühlt sich gut an. Besser als alles andere in den vergangenen Stunden. Evan steht auf und zieht mich vorsichtig mit sich.

»Wir sollten vermutlich hier verschwinden, bevor sie mich mit Gewalt aus der Frauentoilette schleifen und ich lebenslanges Hausverbot bekomme.« Er lächelt mich schief an, und ich sehe, wie der Alkohol auch seine Mimik verwäscht. Vielleicht haben wir beide Glück und erinnern uns morgen an nichts mehr.

Meine Beine sind wacklig, und mir ist so unendlich schwindlig, dass ich nicht sicher bin, ob ich laufen kann. Trotzdem widerspreche ich nicht und folge ihm einige Schritte, bevor ich das Gleichgewicht verliere und gegen einen der Heizkörper pralle.

Evan zieht mich kurzerhand an sich, hebt mich hoch

und trägt mich leicht schwankend, aber entschlossen durch den Vorraum zur Tür der Toiletten. Zunächst protestiere ich schwach, aber Evans starke Arme, seine Brust an meiner Wange und sein Geruch, der mich umgibt, lassen meinen Widerstand einfach verpuffen. Trotzdem nuschle ich ein undeutliches »Wehe, du lässt mich fallen«, aber Evan reagiert gar nicht darauf.

Er trägt mich durch den Club bis hinaus auf den Parkplatz, während ich mich an ihn kuschle, meine Arme um seinen Hals schlinge und alles in mir ruhig wird. Selbst Amber in meinem Kopf hält die Klappe, und ich nutze den Moment, um die Augen zu schließen und der bleiernen Müdigkeit nachzugeben, die mich seit Stunden niederdrückt.

Wie durch Nebel bekomme ich mit, dass Evan mich zu den vor dem Club wartenden Taxis hinüberträgt und mich auf die Rückbank eines in die Jahre gekommenen Chryslers verfrachtet. Er schiebt sich neben mich und zieht mich halb auf seinen Schoß. Während er mit dem Fahrer spricht, streicht er mir die Haare aus dem Gesicht. Ich löse mich in dieser Bewegung auf, drifte weg, bis Evan sich unter mir bewegt und mich sekundenlang aus dem Frieden des Moments reißt. Dann sitzt er wieder ruhig und breitet etwas über mir aus. Es ist sein Pullover, der mich wärmt.

»Meinst du, wir können fahren, Fi?«

Solange ich genau hier sein darf und nichts weiter tun muss, bin ich dabei. Ich nicke und gleite bereits in einen traumlosen Schlaf, als der Wagen auf dem Parkplatz des Clubs wendet.

Das Laken unter mir fühlt sich fremd an. Es ist aus Seide. Hochwertig und teuer. Blinzend schlage ich die Augen auf. Das ganze Zimmer spiegelt dieses Laken wieder. Die Wände sind in einem hellen Champagnerton gestrichen, breite Fußleisten wie in einem Schloss, nur moderner. Der Raum wird von einem schlichten, anthrazitfarbenen Boxspringbett dominiert. Leichte, weiße Vorhänge blähen sich im Wind eines für die Jahreszeit warmen Morgens.

Ich schlüpfe unter der Decke hervor und bleibe einen Moment auf der Bettkante sitzen. Mein Kopf fühlt sich ein wenig wie mit Watte gefüllt an, aber das, ein unbändiger Hunger und eine mordsmäßig große Erinnerungslücke sind alles, was von meinem gestrigen Absturz geblieben ist.

Ich fahre über zwei Bücher, die auf dem Nachttisch liegen. *Die Kunst der Unternehmensgründung* und den neuen Grisham. Eine interessante Zusammenstellung. Meine Füße berühren blanke Holzdielen, als ich aufstehe und zu einem Durchgang in der Wand hinübergehe. Er führt in ein kleineres, angrenzendes Zimmer. Weißglänzende Regale säumen die Wände. Kleidung liegt nach Farben sortiert und ordentlich zusammengelegt darauf. Ich streiche über die Pullover, Shorts und Chinohosen, die allesamt in verschiedenen grau-, schwarz- und Erdtönen gehalten sind. In einer Ecke hängen Anzüge und einige Holzfällerhemden. Ein Lächeln gleitet über meine Lippen, weil ich nur einen Menschen kenne, der schlichte Eleganz mit kariertem Flanell mischt. Evan.

Aber mein Lächeln verfliegt, als mir klarwird, dass ich mich in Sierra Shores befinde, dass wir die Nacht miteinander verbracht haben und dass Cole genau das mit größter Wahrscheinlichkeit mitbekommen hat. Ich schlinge die Arme um meinen Körper und wühle in den Erinnerungen nach dem, was nach unserem Clubbesuch passiert ist, aber da ist nur Schwärze. Ich weiß nicht, wie ich in dieses Bett gekommen bin. Meine Hände krampfen sich um den Stoff des Shirts, das meinen Körper locker umspielt. Es ist mir viel zu groß, weil es Evan gehört. Ich muss irgendwie aus meinen Klamotten hinaus und in dieses Shirt hineingelangt sein.

Ich stöhne unterdrückt und verlasse den begehbaren Kleiderschrank, um mir im Bad, das direkt ans Zimmer grenzt, den Mund auszuspülen. Auf dem Waschtisch liegt eine noch verpackte Zahnbürste und darunter befindet sich ein Post-it mit einem Smiley drauf. Ich reiße die Verpackung auf und putze mir ausgiebig die Zähne, bevor ich zurück ins Zimmer gehe und durch eines der bodentiefen Fenster auf den Balkon trete, der sich über die gesamte Rückseite des Hauses erstreckt und einen atemberaubenden Blick auf die Bucht unterhalb von Sierra Shores erlaubt. Ich atme tief durch, als ich eine Bewegung in meinem Augenwinkel ausmache.

Cole lehnt ein gutes Stück weiter an der Brüstung des Balkons und hält einen Becher mit rettendem Koffein in der Hand. Er stößt sich von dem Chromgeländer ab und kommt zu mir herüber.

»Morgen«, sagt er mit einem Schmunzeln. Er sieht mich an, dann seinen Kaffee, und reicht ihn mir schließlich.

»Ich glaube, den kannst du besser gebrauchen als ich.«

Ich schwanke zwischen Dankbarkeit und dem Wunsch, im Boden zu versinken. Dabei ist Evan nicht der erste One-Night-Stand, bei dem ich danach über einen Mitbewohner stolpere. Nur sind diese Mitbewohner sonst nicht gleichzeitig die Lebensgefährten meiner Schwester.

»Danke«, sage ich und sonst nichts. Dabei gäbe es viel zu sagen. Zum Beispiel, dass Cole sich das zweideutige Grinsen schenken soll oder dass er zum Teufel nochmal Evan herholen sollte, damit er mir meine Kleidung wiedergibt und ich nach Hause verschwinden kann, bevor es noch peinlicher wird.

Cole sieht mich eine Weile stumm an, bevor er aufs Wasser blickt und sagt: »Ich wusste nicht mal, dass ihr …« Er schüttelt den Kopf. »… also, das ist unerwartet.«

»Wir waren nur tanzen«, sage ich leise, und Cole nickt, aber er scheint mir keine Sekunde zu glauben.

»Und trinken«, fügt er hinzu und macht eine bedeutungsvolle Pause. »Evan war so voll, er konnte unseren Geschäftstermin heute Morgen nicht wahrnehmen.« Er grinst. »Das ist, sagen wir mal, ungewöhnlich.« Er gluckst leise vor sich hin. »Du hast ihn ganz schön unter den Tisch getrunken. Damit kann ich ihn die nächsten Jahrzehnte aufziehen. Also danke dafür.« Er lacht und nickt mir anerkennend zu.

Dass ich Evan unter den Tisch getrunken habe, stimmt zwar nicht, aber ich lasse Cole in dem Glauben. »Wo steckt er?«, frage ich nur, weil er keine Anstalten macht, mir diese Information von sich aus zu geben.

»Es geht ihm echt mies«, sagt er lapidar, und ich höre keinerlei Mitleid in seiner Stimme, was daran liegen könnte, dass sonst Evan derjenige ist, der Cole in den Wahnsinn treibt, und Cole den Moment der Revanche genießt.

»Du siehst heute Morgen eindeutig fitter aus als er.«

Das überrascht mich. Gestern Abend war er großartig und eindeutig mehr Herr seiner Sinne als ich. »Ich sollte vielleicht nach ihm sehen.«

»Vielleicht keine schlechte Idee.« Cole nickt mir zu. »Mich hat er aus dem Bad geschmissen. Hochkant.«

Ich verziehe keine Miene und sehe ihn nur fragend an.

Mit einigen Sekunden Verzögerung fällt Cole ein, dass ich nicht wissen kann, wo genau sich Evan in diesem Riesenbunker befindet.

»Gästezimmer. Im Flur die letzte Tür rechts.«

Ich nicke, drehe mich um und lasse ihn stehen.

Evan hat also im Gästezimmer geschlafen und mir das Masterbedroom überlassen.

Sierra Shores ist ein Traum aus Chrom und Holz. Der elegante Stil zieht sich durch das gesamte Haus. Das riesige, offen gehaltene Wohnzimmer, das rechter Hand liegt, wirkt genauso exklusiv, modern und trotzdem gemütlich wie der Flur und die etwas kleineren Gästezimmer.

Ich betrete das letzte Zimmer am Ende des Korridors. Das Bett ist zerwühlt und zeugt von Evans wenig erfreulicher Nacht. Vorsichtig schiebe ich die Tür des angrenzenden Badezimmers auf. Ein breiter, gemauerter Waschtisch mit zwei Waschbecken nimmt die gegenüberliegende Wand ein. Die Toilette liegt hinter einem mit sandfarbenen Natursteinen gemauerten Vorsprung.

»Ich habe dir gesagt, du sollst dich verpissen, Herrgott nochmal!«, höre ich Evans Stimme über das Rauschen der Dusche, die auf der anderen Seite des Raums liegt, wo ein ungleich größerer Vorsprung die Sicht versperrt. Ich schließe die Badezimmertür und bleibe unschlüssig stehen.

»Evan?«, frage ich leise, bekomme aber keine Antwort. Das Wasser der Dusche rauscht beständig, und ich wage mich weiter vor. »Ich wollte nur wissen, ob es dir gutgeht.«

»Super«, knurrt Evan und entlockt mir mit dem ironischen Unterton ein Lächeln.

Das Wasser wird abgestellt, und er taucht hinter dem Vorsprung auf. Ein Handtuch ist um seine Hüften geschlungen und seine Haare hängen ihm feucht und unordentlich in die Stirn. Die Bartstoppel, die auf seinen Wangen sprießen, geben ihm ein verwegenes Aussehen, das durch seine fiebrig glänzenden Augen unterstrichen wird. Sein Körper ist leicht gebräunt und athletisch. Die festen Muskeln seines Bauches, seine breiten Schultern und die Arme, mit denen er mich gestern gehalten hat, runden das Bild eines perfekten Männerkörpers ab.

Ich bin nicht in der Lage, irgendetwas zu sagen oder ihm Platz zu machen. Wir stehen uns gegenüber und sehen uns stumm an. Ein Kribbeln läuft über meine Haut, und mein Herz stockt, als Evan so nah an mich herantritt, dass ich seinen Atem spüre. Das Handtuch berührt meine Hand, und ich weiß, dass eine einzige Bewegung ausreichen würde, um die von mir aufgestellte Grenze einzureißen.

»Wie kann es bitte sein, dass du aussiehst, als hättest du gerade eine Woche Wellnessurlaub hinter dir?«, fragt Evan leise, und seine Stimme kratzt an meiner Selbstbeherrschung. Dabei passiert mir das nie. Bei keinem meiner zahlreichen Abenteuer habe ich je die Kontrolle abgegeben. So weit lasse ich mich nie auf jemanden ein. Jeder Mensch, den ich in die Nähe meines Herzens lasse, wäre einer zu viel, den ich verlieren könnte. An die Reaktion meiner Schwestern, sollte ich dies ausgerechnet bei Evan zulassen, will ich lieber erst gar nicht denken.

»Vielleicht bin ich trinkfester als du«, kontere ich, und mein Blick sucht seinen. Die raue Dunkelheit darin lässt meine Stimme schwanken. »Danke, dass du mich gestern da rausgeholt hast.« Ich senke den Blick und sehe ihn erst wieder an, als Evan mein Kinn mit seinem Zeigefinger anhebt und mich in seine Arme zieht.

Es ist eine besitzergreifende Geste, die trotzdem keinen Widerstand in mir auslöst. Dabei bin ich niemandes Besitz und schon gar nicht Evans. Ich schiebe den Moment auf den Restalkohol in meinem Blut.

Evans Lippen streifen mein Ohr und jagen ein Prickeln durch meine Eingeweide. Seine Atmung beschleunigt sich, und er nähert sich meinem Mund. Ich lasse zu, dass er mein Gesicht mit seinen Händen umfasst.

Wie kann es sein, dass er mit nur einem Blick, einer Berührung, mein Alarmsystem aushebelt, auf das ich mich immer verlassen konnte? Gerade noch rechtzeitig gelingt es mir, es stotternd wieder in Gang zu setzen. Erinnerungen, Fragen und Zweifel fluten mein Hirn und blockieren den Wunsch, mich in seinen Kuss fallen zu lassen.

»Bitte nicht, Evan«, flüstere ich und schiebe ihn mit einigen Sekunden Verzögerung von mir.

»Fi, du …« Er hebt die Schultern und lässt sie wieder sinken.

»Ich kann das nicht«, flüstere ich leise. Das Richtige zu tun fühlt sich verdammt falsch an.

»Nur Freunde«, fasst Evan seufzend zusammen, und sein Nicken fühlt sich kalt an. Wie eine Eismauer, die zwischen uns entsteht und die selbst sein Lächeln nicht einreißen kann.

»Es tut mir leid.« Erschreckenderweise sind das keine leeren Worte, sondern die Wahrheit. Es tut mir wirklich leid. In einem anderen Leben, an einem anderen Ort, und wenn ich nicht so kaputt wäre, würde ich mich auf das hier einlassen. Aber wir sind hier. Jetzt. Und ich bin ich.

»Schon gut«, sagt Evan und klingt dabei so lässig, dass es scheint, als wäre es wirklich keine große Sache. »Du hast von Anfang an mit offenen Karten gespielt. Man kriegt dich eben weder mit Romantik noch mit der Heldenretternummer.« Er grinst. »Versuchen musste ich es.«

Ich lächle, obwohl mir eher nach Heulen zumute ist, und wende mich ab, aber Evan hält mich an der Schulter zurück.

»Glaub ja nicht, dass du mich so schnell loswirst. Selbst während eines apokalyptischen Absturzes bist du noch 'ne angenehmere Gesellschaft als Cole. Und nach letzter Nacht hat er jede Menge Munition. Wäre also nett, wenn du mich auch weiterhin von Zeit zu Zeit retten würdest.« Er lächelt schief, und ich fahre ihm anstelle einer Antwort durch die Haare, stoße seinen Kopf dann sanft von mir und verlasse das Bad.

Kapitel 8

Als ich Pinewood Meadows erreiche, liegt das Haus wie ausgestorben da. Es ist bereits nach zehn, und meine Schwestern sind längst im Diner. Heute ist mein freier Tag, an dem Grace sich in der Küche versucht. Ich habe extra dafür ein Rezeptbuch angelegt und Grace in den letzten Wochen angelernt. Sie ist gut, auch wenn es wohl nie ihre Leidenschaft wird, den Kochlöffel zu schwingen. Ausgerechnet gestern Abend so abzustürzen war also in Bezug auf meinen Job gutes Timing. Was meine Schwestern angeht, bin ich mir da nicht so sicher. Sie haben sich bestimmt Sorgen gemacht, und das sollten sie nicht tun müssen. Nicht meinetwegen.

Das schlechte Gewissen pocht in meinem Kopf, und Übelkeit sitzt noch immer wie ein Riese auf meinem Magen. Ich schmeiße meine Handtasche auf die Kücheninsel und lehne mich gegen das Holz. Nur einen Augenblick Ruhe, bevor ich duschen und dann in den Diner gehen werde, um mich bei Hazel, Grace und Liz zu entschuldigen.

»Du siehst scheiße aus«, reißt mich Ambers Stimme aus meinen Gedanken.

»Danke, sehr nett.« Ich reibe mir über die Augen und stelle das Bild von Amber scharf. Sie steht auf der untersten Stufe der Treppe, und ihre ganze Körperhaltung schreit Protest, unterstrichen durch ihre tiefschwarze, zerrissene Kleidung. »Wieso bist du überhaupt hier«, lenke ich den Fokus von mir auf sie. Ich stelle einen Becher unter die Kaffeemaschine und betätige den Knopf. Im selben Moment, in dem der Automat das heiße Wasser durch das Pad presst, breitet sich ein wohliger Geruch nach frischen Röstaromen in der Küche aus. »Müsstest du nicht eigentlich in der Schule sein?«

»Als ginge dich das etwas an«, speit mir Amber entgegen und verschränkt die Arme. Normalerweise ignoriert mich meine kleine Schwester. Dass sie es jetzt nicht tut und stattdessen die Konfrontation sucht, sollte mir zu denken geben. Aber mein verkatertes Hirn hat offensichtlich Probleme mit dem Denken und den logischen, lebensrettenden nächsten Schritten.

»Hast du ihn gefickt?«, fragt sie völlig aus dem Nichts. Nur das. Und obwohl sie keinen Namen nennt, ist klar, dass sie von Evan spricht.

Ich starre Amber einige Sekunden an. Cole hat seine Klappe also nicht gehalten. Wut regt sich in mir. Auf meinen Schwager in spe und auf meine kleine Schwester. Ich habe hauptsächlich wegen Amber auf Evan und die Ablenkung, die er mir bieten könnte, verzichtet. Für sie wollte ich das Richtige tun, und jetzt wirft sie mir allen Ernstes vor, ich wäre egoistisch.

»Mit wem ich schlafe oder auch nicht, geht dich überhaupt nichts an!«, presse ich wütend hervor.

Sie springt von der untersten Stufe, wie ein Feuerwehrmann von seinem Truck, und der Eindruck wird durch ihre schweren Boots noch verstärkt. Ein bitteres Lächeln liegt auf ihren Lippen, als sie näher kommt. »Glaubst du ernsthaft, du könntest auch nur eine Sekunde so sein wie Liz, indem du dir den anderen Harris-Bruder angelst? Das ist so was von arm.« Sie steht ganz nah vor mir, und Wut umhüllt sie wie eine zweite Haut. In ihrem Blick liegt neben Trotz und Zorn aber auch eine Traurigkeit, die mich weit mehr trifft.

»Ich angle mir niemanden«, stelle ich klar.

»Du wirst nie so sein wie Liz. Sie hält hier alles zusammen. Und du? Du machst alles kaputt. Das hast du schon immer. Du spielst mit Evan, weil dir gerade danach ist«, redet sie sich in Rage. »Wenn du eh wieder abhaust, hinterlass gefälligst nicht noch einen Scherbenhaufen! Du versaust es jedes Mal.« Sie schnaubt, hält aber inne.

Amber trifft einen wunden Punkt, denn in dieser Zukunftsvision spiegelt sich die Vergangenheit, die mich seit Jahren verfolgt. Greller Zorn stürzt durch meinen Körper und schwemmt meine Selbstbeherrschung fort. »Ach ja? Ich bin also an allem schuld?«, bricht es aus mir hervor. »Was ist denn mit dir? Liz kommt fast um vor Sorge, weil du dich tagtäglich benimmst wie eine wandelnden Katastrophe, die auf ihre Zukunft scheißt«, brülle ich Amber an, und meine kleine Schwester weicht ein Stück zurück.

»Ich bin hier nicht das Scheiß-Problem«, sagt sie, und die Ruhe in ihrer Stimme ist so verdammt viel effektiver als ihr Ausbruch zuvor. »Was glaubst du, woran Liz die gestrige Nacht erinnert hat?« Sie reckt das Kinn in die Höhe, und ich spüre, wie mir kalt wird. Eiskalt. Bitterkeit gefriert Ambers Worte.

»Du besoffen in irgendeinem Club. Draußen hat es gefroren. Keiner wusste, wo du bist oder mit wem. Ob es dir gutgeht.« Ihre Stimme schwankt. »Erinnert dich das an irgendetwas? Du hast dich kein Stück verändert seit damals«, stößt meine Schwester hervor. »Kein Stück. Du bist immer noch dieselbe egoistische Bitch, die schuld an Moms und Dads Tod ist. Du bist schuld, dass Jake nach Afrika gegangen ist. Ohne dich würde er den Lake Tahoe nicht meiden wie die Pest und seine Zeit lieber an einem Ort verbringen, wo sie Amerikaner gern in Streifen schneiden. Deinetwegen hat Liz letzte Nacht kein Auge zugemacht. Dir kommt in den Kopf, dass es lustig wäre, Evan zu ficken, und dann tust du es. Weil du nur an dich denkst. Aber das wird alles kaputtmachen. Du verbockst es, genau wie damals. Du zerstörst alles, und dann verschwindest du.« Sie holt tief Luft. »Und weißt du was, Fi? Ich hasse dich dafür. Ich wünschte, du wärst nie wiedergekommen. Nein, das stimmt nicht.« Ihre Unterlippe zittert, aber sie hört nicht auf. »Ich wünschte, du würdest gar nicht existieren.« Tränen rinnen Amber über die Wangen, als sie verstummt.

Ich weiß nicht, was ich sagen soll. Sie hat recht. Das ist die wenig schmeichelhafte Wahrheit. Ich bin schuld, und ich habe damit nicht nur mein Leben aus den Fugen gerissen, sondern das von uns allen. Und ich bin dabei, es wieder zu tun, nur um mich besser zu fühlen.

Bis jetzt hat das nie jemand außer mir in Worte gefasst. Jeder hat mir versichert, ich wäre nicht verantwortlich, und das hat mich immer wieder zurückgeholt von diesem dunklen Ort in mir, an dem die Wahrheit seit Jahren verrottet. Amber hingegen hat einen Scheinwerfer auf diesen Fleck gerichtet, ein gleißendes, kaltes Licht, das keinen Spielraum für Ausreden lässt. Kälte breitet sich in mir aus. Ich spüre den gefrorenen Asphalt unter mir, die Schneeflocken, die sich auf mein Gesicht legen und am Boden vereisen.

Ich stehe wieder auf der Straße vor dem Haus eines Typen aus Hawkins, den ich drei Tage zuvor im Crosby's kennengelernt hatte. Ich erinnerte mich nicht mehr an seinen Namen, aber an das Haus. Ein flacher Bungalow, eher praktisch als schön. Der Rasen im Garten war verdorrt und hatte dieselbe braune Farbe wie die Fassade. Irgendwer hatte Klopapier aus dem Fenster geschmissen, das durch die Feuchtigkeit am Boden klebte. Durch die dünnen Wände und die Fenster drangen Musik und die trägen Zuckungen einer Discokugel bis auf die Straße.

Ich hatte zu viel getrunken. Viel zu viel, und der beste Freund des Gastgebers sah darin eine Einladung, mich zu bedrängen. Ich wehrte mich, und trotzdem dauerte es eine gefühlte Ewigkeit, bis er schließlich von mir abließ. Ich fühlte mich beschmutzt und eklig, obwohl im Grunde nichts passiert war. Trotzdem konnte ich seine Hände noch immer auf meinem Körper spüren. Ich wollte nach Hause, aber ich konnte Jake nicht erreichen, der mich immer abgeholt hatte, wenn ich so hinüber war, dass ich nicht mehr fahren konnte.

Ich wusste, er war deswegen genervt, weil sich diese Einsätze in letzter Zeit häuften, aber er war trotzdem immer für mich da. Liz sagte, es läge daran, dass er in mich verliebt sei. Ich redete mir ein, er täte es, weil wir wie Bruder und Schwester aufgewachsen sind.

Ich wählte seine Nummer. Immer und immer wieder, aber jedes Mal schaltete sich die Mailbox dazwischen. Mein Akku war schwach, und die Kälte beschleunigte die Entladung noch. Ich fror, und mir war klar, wenn ich nicht zurück ins Haus und damit in die Nähe dieses Widerlings wollte, musste ich Mom und Dad anrufen. Mein Akku würde bald hinüber sein, und ich hatte keine andere Option. Also wählte ich ihre Nummer.

Meine Hände waren steif gefroren. Ich trug nur eine Sweatshirtjacke und zerrissene Jeans, obwohl die Temperaturen weit unter die Null-Grad-Marke gefallen waren. Während es klingelte, drückte ich gegen die bereits bläulich verfärbte Haut, die durch die Risse in meiner Hose schimmerte.

»Ja?« Moms Stimme. Erleichterung durchflutete mich, und Tränen schossen mir in die Augen.

»Mom«, brachte ich schluchzend hervor, und sie war sofort alarmiert. Mom wusste immer, wenn etwas nicht stimmte. Sie hatte einen siebten Sinn dafür, wenn es einem ihrer Kinder nicht gutging. Das war schon immer so.

»Was ist los, mein Schatz?«, fragte sie sanft, aber ich hörte die leise Unruhe in ihrer Stimme.

Tränen rannen unaufhörlich über meine Wangen. »Ich … da war so ein Typ …« Die Worte wollten sich einfach nicht zu Sätzen fügen.

Ich hörte Mom Dad etwas zuflüstern, bevor sie sich wieder an mich wendete. »Hat er dir etwas getan?«

Ich schüttelte den Kopf. »Nein, es ist nichts passiert, aber ich will nach Hause, bitte, könnt ihr mich holen?«, schluchzte ich, und es war mir egal, dass ich mich anhörte wie ein kleines Kind. Dabei war ich damals zweiundzwanzig Jahre alt und wohnte seit einem Jahr nicht mehr zu Hause, sondern in einem Ein-Zimmer-Apartment in Cooper Springs. Meistens liebte ich es, aber in diesem Moment wünschte ich mich zurück an den einzigen Zufluchtsort, den ich kannte. Zurück nach Pinewood Meadows.

»Wo bist du? Wir kommen und holen dich ab.«

»In Hawkins auf einer Party«, sagte ich, und das Schluchzen verebbte langsam durch die Zuversicht, dass Mom und Dad mich hier rausholen würden.

»Gib mir die Adresse. Und dann rührst du dich nicht vom Fleck. Wir sind gleich da.«

Doch das stimmte nicht. Die Minuten zogen sich in die Länge und wurden zu Stunden. Der Alkohol in meinem Blut verhinderte, dass ich begreifen konnte, was passiert sein musste. Mom und Dad war etwas zugestoßen. Sie kamen nie bei mir an, weil ihr Wagen auf dem Weg nach Hawkins von der Straße abkam und eine Böschung hinabstürzte. Überfrierende Nässe stand im Unfallbericht. Mein Name stand nicht darin, dabei war ich schuld, dass sie überhaupt auf dieser Straße gewesen waren.

Jake kam zwei Stunden später, als ich bereits völlig unterkühlt war. Ich war froh, endlich ins Warme zu kommen, und wollte möglichst viele Kilometer zwischen mich und dieses Haus bringen, aber die Erleichterung zerbrach an Jakes Gesichtsausdruck. Er sah aus, als hätte jemand seine Welt mit einem Brecheisen bearbeitet. Er fuhr nicht los. Die Abgase des Wagens kondensierten in der Kälte und hüllten uns in watteweiße Nebelschwaden.

Jake hat es mir gesagt. Genau dort, vor dem Flachdachbungalow in Hawkins. Und das war schlimmer als alles, was der Typ von der Party je mit mir hätte anstellen können.

Der Schmerz bringt mich in die Gegenwart zurück. Ich habe meine Finger in die Handflächen gegraben.

»Es tut mir leid«, bringe ich schwach hervor und sehe Amber nicht an. Die Eiskristalle in meiner Brust lähmen mich. Ambers Worte tun es. Ich drehe mich um und stolpere fluchtartig nach draußen. Kiefernnadeln liegen auf dem Boden, Sand mischt sich mit Erde, aber alles, was ich sehe, sind Schneeflocken, die mein Innerstes gefrieren. Ich spüre Tränen auf meinen Wangen. Tränen. Ich weine, obwohl ich das seit fünf Jahren nicht mehr getan habe.

»Fi?«, höre ich Amber hinter mir herrufen. Sie hat ganz

offensichtlich die Konfrontation gesucht, die uns die letzten Jahre verbunden hat, und befindet sich jetzt in einem luftleeren Raum, weil ich nicht mehr die Wand bin, gegen die sie anrennen kann.

Ich erreiche den Jeep, schlage die Tür zu und sacke auf dem Lenkrad zusammen, während ich tränenblind versuche, den Schlüssel im Zündschloss zu drehen. Es fühlt sich an, als würde ich zerbrechen. Und es gibt nur einen Menschen, der dieses Gefühl verschwinden lassen kann. Ich wische mir mit dem Ärmel über die Augen.

Ich sollte fahren, den Lake Tahoe verlassen und nie wieder zurückblicken, aber stattdessen lenke ich den Wagen in Richtung Sierra Shores und tue endlich, was ich mir bis jetzt verboten habe.

Erleichtert stelle ich fest, dass die Redneck-Schleuder, Coles heißgeliebter roter Pick-up, nicht mehr neben Evans Mercedes auf dem Parkplatz steht. Er ist also nicht hier.

Ich parke meinen Jeep in der Nähe des imposanten Tors und springe aus dem Wagen, bevor ich noch beginne darüber nachzudenken, was ich zum Teufel hier eigentlich tue.

Der Kies knirscht unter meinen Schuhen, als ich zum Haus hinauflaufe. Ich klingle nicht, sondern umrunde das Anwesen. Die Rückseite des Gebäudes ist fast komplett verglast. Selbst die Holzgiebel sind lichtdurchflutet. Ich laufe über die Terrasse. Wie schon heute Morgen stehen die Terrassentüren trotz der Kälte halb offen und lassen die Flammen im offenen Kamin unruhig züngeln.

Die Musikanlage ist aufgedreht und spielt einen harten

Elektrosound in ohrenbetäubender Lautstärke. Das Laufband ist mittig in den Raum gezogen worden und eine leere Flasche Wasser steckt in der Halterung. Das alles legt nahe, dass Evan sich nach meiner Abfuhr vorhin mit Sport abreagiert hat.

Er selbst ist allerdings nirgends zu sehen. Ich zögere nicht, sondern stürme durch den Flur in sein Zimmer. Zögern würde Stillstand bedeuten, und Stille würde den Gedanken, die rasiermesserscharf durch meinen Kopf wirbeln, nur noch mehr Raum geben.

Wenn Evan Sport gemacht hat, duscht er jetzt sicherlich. Ich stoße die Tür zum Bad auf, und genau wie wenige Stunden zuvor im Gästebad empfängt mich das Rauschen des Wassers, eine Wand aus Nebel und Feuchtigkeit. Aber dieses Mal bleibe ich nicht mittig im Raum stehen, sondern gehe zielstrebig um die aus modernen, anthrazitfarbenen Fliesen errichtete Mauer herum. Evan steht mit dem Rücken zu mir unter der Dusche. Er hat die Arme rechts und links gegen die Wand gestemmt, und ich reagiere unwillkürlich auf seinen Körper und das Wasser, das den Bahnen seiner angespannten Muskeln folgt. Das Chaos meiner Gedanken verstummt.

Als er mich bemerkt, fährt Evan herum, aber ich zögere nicht. Wortlos überwinde ich die Distanz, umfasse sein Gesicht und küsse ihn. Ich schmecke Evan, spüre seine Lippen, seine Zunge, seinen Körper an meinem und wie er alles andere ausradiert, während das Wasser meine Kleidung durchnässt. Mein Puls rast und verteilt die Hitze, die zwischen uns entsteht, in meiner Blutbahn. Das ist es, weswegen ich hergekommen bin.

Evan ist überrascht und braucht einige Sekunden, bevor

auch der letzte Rest von ihm begriffen hat, dass ich tatsächlich hier bin. Erst dann dreht er mich mit dem Rücken zur Wand und übernimmt die Führung.

Seine Küsse sind rau, fordernd, und ich umfasse seinen Hintern, dränge ihn an mich. Evan versteht. Wir haben viel zu lange hierauf gewartet, um uns jetzt Zeit zu lassen.

Ungeduldig schiebt er meine Hose hinunter. Ich schnappe nach Luft, als er die nasse Jeans achtlos hinter sich schleudert und dann atemlos meine Lippen sucht. Er greift hinter sich und angelt ein Kondom aus seinem Kulturbeutel. Eilig streift er es sich über und hebt mich hoch.

Mein Rücken berührt die kalten Fliesen, als er mich gegen die Wand drängt. Das Wasser prasselt auf meine Haut und verstärkt jede von Evans Berührungen, als er in mich eindringt. Mein halb geöffneter Mund berührt seine Wange, als ich aufstöhne und mich seinen harten, ungezügelten Stößen entgegendränge. Ich fahre ihm durch die Haare, folge seinem Rücken bis hinab zu seinem Hintern und dränge ihn dazu, mich tiefer und schneller zu nehmen.

Das Spiel von Evans Muskeln, seine starken Arme, die mich halten, und sein Schwanz in mir bringen mich zum zerbersten. Bereits nach wenigen Stößen komme ich, und Evan trifft mitten in meine Lust, als er mir nur Sekunden später folgt.

Ich ersticke den Schrei, der aus meiner Kehle dringt, indem ich ihm in die Schulter beiße und meinen Kopf schließlich kraftlos an seinem Hals verberge. Meine Hände umfassen seinen Hintern und spüren die letzten Erschütterungen unserer Lust.

Das war intensiv, überwältigend und genau das, was ich brauchte, aber es ist zu Ende. Jetzt, wo wir fertig sind, wird

Evan wissen wollen, warum ich urplötzlich meine Meinung geändert und ihn derart überfallen habe.

Dabei bin ich nicht einmal ansatzweise bereit, über meine Gründe zu sprechen. Meine Sprache ist eine andere. Ich schlinge meine Arme um seinen Hals, küsse seine Haut und atme seinen unverwechselbaren Geruch ein.

Ich warte auf den Augenblick, in dem er mich von sich schiebt und eine Erklärung fordert, aber anstatt mich zum Reden zu drängen, schält Evan mich wortlos aus meinem triefnassen Longsleeve und trägt mich dann zum Bett hinüber. Ich rutsche noch immer feucht unter die schwere Daunendecke und fröstele. Die Laken sind eiskalt, aber Evan schlüpft neben mich und wärmt mich. Er ist heiß, und das gleich im doppelten Sinne. Ein schwaches Grinsen schlüpft über meine Lippen.

Er streicht mir die Haare aus dem Gesicht und sieht mich lange an, bevor seine Lippen schließlich meine suchen. Ich erwidere seinen Kuss mit einer Heftigkeit, die das Hämmern meines Herzens übertönt, während Evans Hände sanft meinen Körper erobern. Es ist, als wollte er sich jeden Zentimeter von mir einprägen.

Er lässt sich Zeit, verschränkt seine Finger mit meinen, küsst mich lang und träge, bis ich die Intimität nicht mehr aushalte und mich über ihn schiebe. Ich beiße ihm in die Brust. Nicht sanft oder vorsichtig, sondern so, dass Evan scharf die Luft einsaugt. Er ist irritiert, aber sein Körper zeigt, dass es ihn anmacht. Ich beiße mich an seinem Körper hinab, lasse meine Zunge über seine Haut gleiten und arbeite mich so weiter nach unten vor.

Ich lasse meine Zähne über seinen Schaft gleiten, sauge an ihm, liebkose seine Härte und höre, wie Evan rau lacht. Es ist ein Laut zwischen Erregung und der Angst, mir ausgeliefert zu sein, der in ein tiefes Stöhnen übergeht, als ich ihn tief in den Mund nehme. Evan schiebt mir seine Hüfte entgegen und stößt mehrfach in meinen Mund, bevor er sich zurückzieht, mich blitzschnell auf den Rücken dreht und meine Hände über meinem Kopf fixiert.

»Du machst mich wahnsinnig«, raunt er mir zu, und seine Stimme ist dunkel wie die Nacht über dem Lake Tahoe.

Er berührt meine Brustwarze, umkreist meine Nippel mit seiner Zunge und beißt zart in meine Spitzen, bis ich mich unter ihm aufbäume.

Ich versuche, der quälenden Lust zu entkommen, die sein Mund schürt, aber Evan hat noch lange nicht genug. Er beginnt abermals, meine Brüste zu liebkosen, revanchiert sich auf seine Art für mein unnachgiebiges Spiel zuvor. Ich schließe die Augen. Seine Lippen, seine Zunge und sein heißer Atem sind überall. Seine Hände elektrisieren meine Haut, und ich beiße mir schmerzhaft auf die Lippen, als er zwischen meine Schenkel gleitet. Sein Daumen sucht meine sensibelste Stelle, kreist darüber und nimmt mir den Atem. Mein Unterleib besteht aus einem bittersüßen Schmerz, der mich mit sich fortreißt. Ich keuche leise, als Evan zusätzlich mit seinen Fingern in mich eindringt. Er erhöht das Tempo, mit dem seine Hand mich nimmt, bis ich es kaum noch aushalte. Und dann setzt er mich urplötzlich auf Entzug.

Ich stöhne, und mein Körper bettelt nach mehr, aber Evan wartet ab, fixiert mich. Ich bin ihm ausgeliefert, und er scheint genau zu wissen, wann meine Lust abebbt. Erst dann beginnt er von neuem, mich in Richtung Höhepunkt zu treiben. Als er sich wieder von mir löst, schnaube ich frustriert aus, weil er mir die Erlösung verwehrt, aber dieses

Mal wartet Evan nicht, bis meine Erregung schwindet. Er reißt mit den Zähnen ein Kondom auf, streift es sich über und schiebt sich zwischen meine Schenkel. Mit einem kraftvollen Stoß dringt er in mich ein. Seine Muskeln spannen sich an, als er sich in mir versenkt und sein Atem meine Lippen streift.

Während er tief in mir verharrt, sieht er mich sekundenlang einfach nur an. Sein Blick bohrt sich durch all meine sorgsam errichteten Schutzschichten und trifft meinen Kern. Mich. Den Menschen, den nicht einmal meine Schwestern in Gänze kennen. Ich fühle mich verletzlich, angreifbar, einfach schrecklich verwundbar.

Evan streicht mir sanft die Haare aus dem Gesicht und küsst mich zärtlich. Seine Zunge beginnt einen langsamen Tanz mit meiner, in den ich mich fallen lassen kann. Und dann beginnt er, sich in mir zu bewegen.

Das zerbrechliche Gefühl verfliegt, wird verbrannt von der Lust, die mich erfasst. Ich empfange Evans Stöße, bis mir das nicht mehr reicht und ich unsere Positionen vertausche. Ich reite ihn, während Evans Hände mich halten und den Rhythmus mitbestimmen. Lust bündelt sich in mir und steigert sich, als Evan mich schließlich wieder ruckartig unter sich dreht.

»Lass los, Fi«, raunt er mir zu und nimmt mich dabei hart und tief. Seine Stimme bricht vor Verlangen, als ich genau das tue und im selben Moment komme wie er.

Wir umklammern einander. Ich schlinge meine Beine um Evans Hintern und dränge ihn tiefer in mich. Ich spüre seine Härte, die mitten in den Wust aus Verlangen, Trauer, Schmerz und Glück in mir trifft, der sich hier am Lake Tahoe mit der Dunkelheit mischt wie an keinem anderen Ort.

All die Gefühle, die ich normalerweise fein säuberlich verschließe, brechen auf und drohen, mich fortzuschwemmen, aber Evans Arme halten mich im Hier und Jetzt. Noch immer bewegt er sich in mir, und ich spüre die letzten Erschütterungen seiner Lust, die er mit mir teilt. Ich fühle mich, als wäre ich auf Droge – ausgelaugt, high, glücklich, traurig und unwiderruflich süchtig nach diesem Mann, der mich in seinen Armen hält, als unser beider Puls sich langsam wieder beruhigt.

Kapitel 9

Ich stehe bereits frisch geduscht und fertig angezogen in der Küche, als die ersten Geräusche aus dem Obergeschoss von Pinewood Meadows ertönen und wenig später der allmorgendliche Kampf ums Bad entflammt. Ich habe mich mitten in der Nacht aus Evans Bett gestohlen. Zum einen, weil ich nicht in Worte fassen wollte, was zwischen uns passiert ist. Zum anderen wollte ich zu Hause sein, wenn meine Schwestern wach werden und Amber beweisen, dass sich doch etwas verändert hat. Ich mache noch immer Fehler.

Einer davon ist mit Sicherheit, Sex mit Evan zu haben, aber ich laufe nicht wieder davon und gebe meiner Beziehung zu Amber damit den Todesstoß. Ich weiß, ich habe sie damals enttäuscht, und ich werde sie abermals enttäuschen, wenn ich wieder gehe. Aber dieses Mal wird es nicht im Streit passieren. Oder in einer Nacht- und Nebelaktion wie damals. Wenn ich wieder abreise, werde ich mich vorher verabschieden. Und ich gehe erst, wenn keine offenen Baustellen mehr dabei sind, die Liebe zu meiner kleinen Schwester zu schlucken. Das hört sich nach einem Plan an. Die Frage ist nur, ob mir Ambers Starrsinn nicht einen Strich durch die Rechnung machen wird.

Vor mir auf dem Herd köchelt ein Topf Porridge mit frischen Apfelstückchen und einem Schuss Kokosmilch, den ich mit Zimt und etwas Agavendicksaft abgeschmeckt habe. Die Zutaten habe ich in einem durchgehend geöffneten Tankstellenshop in Truckee gekauft, an dem ich vorbeigekommen bin, als ich ziellos durch die Nacht fuhr, um meine Gedanken zu sortieren.

Erst im Morgengrauen bin ich zurück nach Hause gefahren, habe geduscht, mir eine saubere Jeans und einen warmen Strickpullover angezogen und schließlich das Frühstück zubereitet. Ich atme tief den Geruch nach Kokos und Zimt ein, der durch das Haus zieht und die nahende Weihnachtszeit ankündigt.

»Ich bin im Wachstum«, brummt Amber, als sie die Treppe hinunterpoltert. »Du kannst mich nicht hungern lassen.«

»Du bist wirklich ein Fall für den Kinderschutz«, erwidert Liz sarkastisch. »Ich habe doch gesagt, ich gebe dir Geld. Dann kannst du dir auf dem Weg zur Schule einen Bagel oder irgendetwas anderes kaufen. Ich bin gestern einfach nicht mehr zum Einkaufen gekommen.«

Liz folgt Amber die Treppe herunter, bindet sich dabei die Haare zu einem Pferdeschwanz zusammen und prallt deswegen fast gegen Amber, die auf der untersten Stufe stehen geblieben ist und mich anstarrt wie eine Fata Morgana.

»Morgen«, sage ich schlicht, fülle eine Portion Porridge in eine Schüssel, die Amber als Kleinkind mit Porzellanfarben in ein buntes Wirrwarr aus Kopffüßlern und Strichen verwandelt hat, und schiebe sie ihr entgegen.

Meine kleine Schwester ist schon wieder bei ihrem üblichen Ich-töte-dich-Blick angelangt, aber das Überraschungsmoment, als sie mich sah und sich erst einmal sortieren musste, hat sie verraten.

Sie war erleichtert, froh, vielleicht sogar glücklich, mich

zu sehen, auch wenn sie das nur über ihre Leiche zugeben würde. Mir reicht das vollkommen als Ausgangsposition.

Sie nimmt mir die Schüssel ab, schnuppert an dem Inhalt und verzieht halb widerwillig, halb anerkennend das Gesicht. Dann setzt sie sich an den Tresen und verschlingt den Inhalt in Rekordzeit.

»Du hast um diese Uhrzeit schon gekocht«, bemerkt Liz beeindruckt und nimmt ebenfalls eine Schüssel Porridge entgegen. Sie setzt sich neben Amber und steckt sich den ersten Löffel in den Mund. »Himmel, Fi, das ist köstlich.«

»Das ist Porridge, kein Sterneessen«, brumme ich.

»Wenn du nichts Essbares gezaubert hättest, hätte Liz mich glatt verhungern lassen.« Amber wirft unserer Schwester einen bösen Blick zu, hüpft vom Stuhl und schnappt sich ihren Rucksack. »Also, …« Sie blickt auf ihre Füße, die in geringelten Socken stecken, die sie gleich in ihren klobigen Bikerboots verstecken wird. »… vorerst gut, dass du hier bist, denke ich.« Sie sieht mich vorsichtig an, und ich schenke ihr ein halbes Lächeln. Wer hätte gedacht, dass eine Schüssel Porridge den Frieden zwischen uns beschließen würde, auch wenn er noch sehr wackelig ist.

»Ich frage mich echt, wo sie all das Essen lässt«, stöhnt Liz.

Ich vermute, dass sie gar nichts von unserem Streit weiß und dementsprechend auch das Angebot zum Waffenstillstand in Ambers Aussage nicht versteht.

»Ich kann dich mitnehmen, Ambs«, ruft Hazel und rast, halb in ihrem Pullover verheddert, die Treppe hinunter. »Dann brauchst du nicht den Bus nehmen. Muss auf dem Weg zum Diner eh noch Grace bei diesem Typen rausholen.«

Der Skifahrer vermutlich. »Frühstück?«, frage ich sie, aber sie schüttelt nur den Kopf.

»Keine Zeit, sorry. Ich nehme den Buick. Cole fährt ja heute mit dir zum Großmarkt, oder, Liz?« Sie schnappt sich einen Thermobecher, ohne Liz' Nicken abzuwarten, und schüttet fast die halbe Kanne Kaffee hinein. Dann schraubt sie den Becher zu, gibt Liz und mir einen Kuss auf die Wange und spurtet, Amber vor sich hertreibend, zur Haustür.

Liz nimmt sich eine kleine Portion vom Porridge nach und stochert dann nachdenklich in den aufgequollenen Haferflocken herum.

»Was ist los?«, frage ich sie, weil der Enthusiasmus, mit dem sie die zweite Portion Porridge bedenkt, im krassen Gegensatz zur ersten steht.

Liz schiebt sich eine winzige Löffelspitze Essen in den Mund und zögert, bevor sie zu sprechen beginnt. »Fi, es geht mich echt nichts an, aber …« Sie seufzt und schiebt die Schüssel von sich. »Cole hat mir erzählt, dass Evan derjenige ist, mit dem du um die Häuser ziehst. Du warst vorgestern Nacht bei ihm.«

»Wir hatten zu viel getrunken, und er hat mich bei sich schlafen lassen. Das ist alles.« Ich versuche gleichgültig zu klingen, aber es gelingt mir nicht, und so drehe ich mich zur Spüle um und wasche Ambers Schüssel aus. »Ich habe mir schon gedacht, dass es irgendwie ein Problem für dich wäre, wenn wir zusammen losziehen. Deswegen habe ich nichts gesagt, aber wir waren wirklich nur feiern.« Wieso lüge ich Liz an? Das ist doch verrückt.

»Okay, also seid ihr so etwas wie Freunde?«

Ich nicke. »Ich denke schon.« Freunde mit gewissen Vorzügen, die mich retten, wenn es zu schlimm wird, aber das sage ich nicht.

Liz knabbert an ihrer Unterlippe, und es ist offensichtlich, dass sie noch etwas hinzufügen will, aber bevor sie dazu kommt, geht die Tür auf, und Cole betritt das Haus.

»Morgen!«, ruft er schon von der Tür und schlendert dann durch den Wohnraum in die Küche.

»Hey, meine Schöne.« Er küsst Liz innig, bevor er mich ebenfalls begrüßt. »Hi, Fiona.«

»Morgen, Cole«, erwidere ich unsicher. Ich hoffe für Evan, dass er seinem Bruder nichts von letzter Nacht erzählt hat. Das wäre eine Katastrophe, denn ich glaube kaum, dass Cole und Liz irgendwelche Geheimnisse voreinander haben.

»Können wir los? Wenn wir den Großmarkt noch vor Evans und meinem Termin mit Sam leerkaufen wollen, müssen wir uns beeilen.« Cole nimmt ihre Hand und zieht sie in seine Arme. »Die Redneckschleuder steht draußen bereit, Prinzessin.«

Das ist ein bisschen viel Liebesglück am Morgen, aber ich verkneife mir einen Spruch und sehe einfach zu, wie Cole meiner Schwester in die Jacke hilft und ihr einen überdimensionalen Schal um den Hals schlingt.

»Ach Fi«, wirft sie mir im Gehen über die Schulter zu, »Evan kommt später vorbei. Er und Cole treffen sich hier, um dann zusammen zur Hunter-Werft zu fahren. Könntest du ihn reinlassen, wenn wir noch nicht zurück sind? Deine Schicht beginnt ja erst in zwei Stunden.«

»Klar«, sage ich und ringe mir ein Lächeln ab. Was sollte schon dabei sein, einem Freund einen Kaffee auszugeben, solange er auf seinen Bruder wartet? Ich fahre mir durch die Haare, denn ich bin absolut nicht sicher, wie es sein wird,

Evan nach gestern gegenüberzustehen. Auf jeden Fall ist es nicht rein freundschaftlich. Wir müssen darüber reden, wie es weitergehen soll, aber das in die fünf Minuten vor meinem Schichtbeginn zu quetschen war nicht der Plan.

Wenn ich nervös bin oder es mir schlechtgeht, backe ich. Eigentlich backe oder koche ich immer, aber wenn ich so angespannt bin wie jetzt, entstehen Muffin-Berge, wie die, die sich vor mir auftürmen. Muffins sind toll. Der Teig ist schnell zusammengerührt, man kann sie herzhaft oder süß zubereiten. Ich liebe ihren leicht flüssigen Kern und die warme, fluffige Konsistenz. Und ihr Geruch erinnert mich an Mom. Ich halte inne, lasse den Schneebesen los, mit dem ich den Teig bearbeitet habe, und mein Blick gleitet aus dem Fenster zum See. Neben dem Kochen ist der See das Einzige, das mir meinen Frieden wiedergibt. Das Kochen, der See – und Evan. Ich schüttle den Kopf, weil allein bei dem Gedanken an ihn meine Phantasie auf Abwege gerät. Ein Prickeln rast durch meine Adern. Erst glaube ich, dass es tatsächlich nur die bloße Vorstellung von ihm ist, die mich so reagieren lässt, aber dann nehme ich eine Bewegung wahr. Jemand nähert sich mir. Ich schließe die Augen, weil ich weiß, dass er es ist.

»Du bist einfach abgehauen«, flüstert Evan mir zu, und seine Stimme lässt keinen Zweifel aufkommen, was er mit mir getan hätte, wäre ich geblieben. Er legt mir seine Hand auf die Taille, und ich schließe kurz die Augen, genieße das Verlangen, das allein diese Berührung in mir auslöst, und mache dann einen Schritt von ihm weg. Die Arbeitsplatte stoppt meine Bewegung. Ich bin zwischen seinem muskulösen Körper und der Küchenzeile eingeklemmt. Uns trennen nur Zentimeter voneinander. Mein Atem stockt. Hier so mit ihm zu stehen ist lebensmüde. Cole kann jederzeit wiederkommen. Amber könnte sich entschließen, mal wieder blau zu machen. Hazel und Grace kommen vielleicht vor der Schicht im Diner noch schnell hier vorbei, um etwas zu holen. Ihm etwas anbieten ist die passende Waffe, um Evan für den Moment auf Abstand zu bringen und keine Dummheit zu begehen, auch wenn mein Körper nach seinen Berührungen lechzt.

»Ich mache dir einen Kaffee«, sage ich so bestimmt, wie es mein rasender Puls zulässt. Ich taste nach dem Automaten, aber meine Bewegung wird abrupt gestoppt, als Evan seine Hand unter meinen Pullover schiebt.

»Ich will keinen Kaffee«, sagt er bestimmt. Sein heißer Atem streift mein Ohr. Er folgt der Spur mit seiner Zunge und knabbert sanft an meinem Ohrläppchen. Ich umfasse die Arbeitsplatte, und das Weiß meiner Knöchel tritt hervor. Ich vergesse den Kaffee. Und der Plan, mit Evan zu reden, versackt in dem Winkel meines Hirns, wo die Dinge liegen, die ich noch erledigen muss und die ich stets vor mir herschiebe.

Evans Hand gleitet von meiner Taille über die nackte Haut bis zu meinen Brüsten, die er fordernd umfasst. Seine Lippen erobern meinen Hals und entlocken mir ein schwaches Keuchen. Die Lust bündelt sich als flüssig-heißer Kern in mir, und ich lache leise auf, als mir die Parallele zu den Muffins, die sich vor mir auftürmen, bewusst wird. Evans Berührungen bringen mich dazu, dass ich mir auf die Lippen beiße und mein Lachen in einem Stöhnen untergeht.

Es ist mir mittlerweile egal, ob Sex mit ihm in der Küche von Pinewood Meadows lebensmüde ist. Ich will ihn.

Fahrig nestle ich mit einer Hand an dem Verschluss seiner Hose herum. Evan hilft mir und schiebt sie ein Stück hinunter. Ich höre, wie er ungeduldig die Verpackung eines Kondoms aufreißt. Dann zerrt er meine Jeans herunter, und ich spüre seine Härte an meinem Po. Wie er sie gegen mich presst und mir dabei sanft in den Nacken beißt. Schließlich erlöst er uns beide, indem er quälend langsam in mich eindringt. Ich empfange ihn zitternd und keuche unterdrückt, als Evan mich mit immer kräftigeren Stößen nimmt.

Ich löse meine Hand von der kühlen Granitplatte und schlinge sie um Evans Hals, ziehe ihn an mich und suche seine Lippen. Ein verrutschter Kuss entsteht daraus und bringt Evan dazu, sich aus mir zurückzuziehen und mich umzudrehen, damit er mich richtig küssen kann. Und das tut er. Er küsst mich, unanständig, heiß, wild.

Knutschend taumeln wir durch die Küche. Wir erreichen die Kücheninsel, und Evan schiebt mit einer Hand alles, was darauf liegt, beiseite. Eier, Mehl und ein Kanister mit Milch fliegen auf den Boden, aber weder Evan noch ich kümmern uns um die Sauerei, die daraus entsteht.

Atemlos hebt er mich hoch und setzt mich auf der Arbeitsfläche ab. Sein Blick gleitet hungrig über meinen Körper. Meine Hände krampfen sich vor Lust um meinen Pullover.

Unter Evans Blick schiebe ich den Stoff nach oben, so dass meine Brüste freiliegen, und berühre mich selbst. Ich reibe meine Spitzen und sehe, wie Evans Blick noch dunkler wird, wie es ihn anmacht, mir dabei zuzusehen, wie ich mir selbst Lust verschaffe. Er zieht mich näher an die Kante und schiebt sich erneut in mich. Dann senkt er den Kopf zwischen meine Brüste, und seine Zunge löst meine Hände ab. Ich lasse meine Finger in seine Haare gleiten, wandere über seinen Körper, den Nacken bis hin zu seinem muskulösen Rücken und dann zu seinem Arsch, den ich umfasse, um den Rhythmus, mit dem er mich nimmt, mitzubestimmen.

Evans Stöhnen bricht sich auf meinen Nippeln, als er noch härter wird und kurz darauf kommt. Seine Laute machen mich an, das Beben, mit dem er sich in mir ergießt. Ich bewege mich unter ihm und genieße es, wie er mich langsam und sanft über die Klippe stößt, jetzt, wo er fertig ist und die Kontrolle allmählich zu ihm zurückkehrt. Er leckt mich, fickt mich, bis auch ich komme und wir beide erschöpft und eng aneinandergepresst innehalten.

Einige Augenblicke liege ich einfach nur da. Meine Arme weit über den Kopf gestreckt, so dass die Hände in der Luft schweben. In etwa an der Stelle, wo Liz heute Morgen gefrühstückt hat. Mein Blick ist auf die rauen Holzbalken gerichtet, die Pinewood Meadows sein rustikales Ambiente bescheren, während mein Rücken kühlen Granit spürt. Sanft zieht sich Evan aus mir zurück. Er legt eine Hand in seinen Nacken und schenkt mir ein zögerndes Grinsen.

Fast schon erwarte ich, dass jetzt das klärende Gespräch folgen wird. Eines, zu dem ich noch immer nicht bereit bin. Nicht, nachdem er mich nur Sekunden zuvor so erschüttert hat. Aber vielleicht ist Evan mir ähnlicher, als ich angenommen hatte. Er scheint ebenfalls nicht darauf zu stehen, alles in Worte zu pressen und stereotype Bezeichnungen für etwas zu finden, das nicht in Schubladen passt.

Er kommt näher, streicht über meinen nackten Bauch, bis er die Mulde zwischen meinen Brüsten erreicht, und lässt seine Hand für einige Sekunden dort liegen. Ein Schauder überläuft mich und findet ein jähes Ende, als Evan meine Hand ergreift, um mir aufzuhelfen. Ich rutsche von der Küchenzeile und ordne meine Kleidung. Mein Blick bleibt an dem Chaos aus Lebensmitteln und Verpackungsmüll am Boden hängen, und ein erlösendes Lachen entfährt mir. Evan stimmt ein, und noch immer prustend beginnen wir sauberzumachen.

Vielleicht müssen wir gar nicht reden. Evan hat ganz am Anfang klargemacht, dass er kein Beziehungstyp ist, und ich habe das Gleiche getan. Ich wollte keine Affäre. Er schon. In diesem Fall hat wohl er gewonnen. Dass ich niemand bin, der sich mit Niederlagen zufriedengibt, schiebe ich beiseite, ebenso wie das Gefühl, dass er rein gar nicht so ist wie irgendeine meiner zahlreichen Affären zuvor. Evan ist zu einhundert Prozent anders.

Das Rauschen der Wellen, die an den Strand der Halfmoon Bay schlagen, begleitet den Eingang einer Nachricht auf meinem Handy, als ich am nächsten Abend mit meinen Schwestern und Greta im Wohnzimmer von Pinewood Meadows sitze. Ich habe den Klingelton vor Jahren aufgenommen, kurz bevor ich fortgegangen bin. So hatte ich immer ein wenig Heimat bei mir.

Verstohlen sehe ich auf mein Telefon, wo eine Nachricht von Evan den Bildschirm zweiteilt. Er will mit mir ausgehen. Obwohl ich mir nicht sicher bin, ob er noch dasselbe sagen würde, wenn er mich jetzt gerade sehen könnte. Wir sitzen auf dem Fußboden. Greta hat Feuchtigkeitsmasken mitgebracht, die wir uns gegenseitig ins Gesicht geklatscht haben, und dabei ist natürlich die Hälfte an Orten gelandet, wo sie nicht hingehört. Dieses wirre Aussehen wird von bunten Schlafoutfits komplettiert, die nicht gerade figurschmeichelnd, aber urgemütlich sind.

Aber selbst wenn es Evan egal wäre, dass ich gerade aussehe wie Liz Taylor kurz vor einer Runderneuerung, heute Abend gehört nur uns Mädels. Zum einen, weil ich viel zu wenig Zeit mit ihnen verbracht habe, seitdem ich wieder hier bin. Zum anderen, weil ich das Gefühl habe, mir selbst beweisen zu müssen, dass ich ihm widerstehen kann. Was immer da auch zwischen uns abgeht, ist zu nah, zu viel, zu intensiv.

Ich tippe eine knappe Antwort ins Handy und nicke zufrieden. Ich gebe ihm einen Korb, einfach weil ich es kann. Es tut gut, sich von Zeit zu Zeit daran zu erinnern.

Der Sex mit Evan ist vielleicht überragend, und ich fühle mich sehr wohl in seiner Gegenwart, aber er ist nur eine Affäre. Wir sind kein Paar und werden auch nie eins sein. Die Grenzen haben wir beide ganz klar definiert. Es sollte also kein Problem sein, ihn mit jeder Menge Caipirinha, den Mädels und einem ausgelassenen Karaoke-Abend eine Zeitlang aus dem Kopf zu bekommen.

Es hat mich überrascht, dass ausgerechnet Amber mich gefragt hat, ob ich heute Abend dabei sein würde. Es hat sie sicher einige Überwindung gekostet, und ich sehe es als ein Friedensangebot. Kein unterzeichneter Waffenstillstand, aber immerhin die erste weiße Flagge.

Ich schalte das Telefon aus und schmeiße es in das Gewühl aus Decken und Kissen, das auf dem Boden von Pinewood Meadows liegt, um nicht in Versuchung zu geraten, sollte

Evan hartnäckig bleiben. Immerhin ist er für Abfuhren so empfänglich wie ein Pinienstamm.

Ich will mich auf das Gekicher um mich herum konzentrieren, auf den Spaß, die Geheimnisse, die sagenhaft guten Drinks und auf meine Schwestern.

Im Kamin prasselt ein Feuer, und Greta schwenkt gespielt missmutig ihr Glas, in dem ein Schirmchen steckt. Ein weinender Smiley prangt darauf und kennzeichnet ihn als antialkoholisch.

»Schwanger sein ist Folter in neun Monatsraten«, jammert sie und schielt gierig auf Graces' Glas.

Hazel kommt mit einem überdimensionierten Eimer Popcorn aus der Küche und lenkt Gretas Aufmerksamkeit damit auf sich. Greta hat ihr Leben lang Diät gehalten, um ihrer Veranlagung, leicht zuzunehmen, entgegenzuwirken. Aber seitdem sie schwanger ist, isst sie nicht nur für zwei, sondern für eine ganze Footballmannschaft.

»Kein Wunder, dass man fett und frustriert wird, wenn man sich nicht mal anständig betrinken darf«, brummt sie und stopft sich eine Handvoll Popcorn in den Mund. Ich brauche eine Spur zu lange, um meinen Blick von der Kücheninsel loszureißen und mich wieder auf Greta zu konzentrieren.

»Und trotzdem liebst du es«, sage ich leicht verzögert und stupse sie an.

»Ich liebe vielleicht dieses kleine Alien da drin …« Sie pickt sich selbst in den Bauch und prompt antwortet das Baby mit einem Tritt. »Aber schwanger sein ist echt nicht empfehlenswert. Ich sehe nicht mal mehr meine eigenen Knöchel, und meine Kleidung besteht aus Einmannzelten.«

»Und was ist mit dem sagenumwobenen Leuchten, das

von Schwangeren ausgeht?«, neckt Liz sie. »Das soll ja attraktiv machen.«

»Findest du das hier etwa attraktiv?« Greta verändert ächzend ihre Position, und das Ganze hat schon etwas von einem gestrandeten Wal. »Das ist weder schön noch attraktiv. Das ist eine Katastrophe«, stellt sie klar.

»Es soll ja Typen geben, die voll drauf abfahren«, bemerkt Grace trocken und fängt ein Popcorn mit dem Mund auf. Das Zweite, das sie folgen lässt, verfehlt ihren Mund und segelt zu Boden.

Greta verdreht die Augen. »Jemand, der einen so hübsch findet, muss eine ausgewachsene Psychose haben, und so einen Irren lasse ich ganz sicher nicht in mein Leben und das von Alien Junior.« Grace hält mir den Rieseneimer unter die Nase. Ich stehe nicht besonders auf Popcorn, aber ich erkenne eine Chance, wenn sie sich mir bietet, und nehme mir etwas von dem süßen Zeug. Immerhin ist klar, was als Nächstes folgen wird.

»Wer fängt an?« Liz ergreift in ihrer typischen Organisationsmanie das Wort, schnappt sich die beiden Mikros der Spielekonsole und schwenkt sie Showmasterlike in ihren Händen.

Den anderen beim Singen zuzusehen ist wirklich lustig. Um allerdings selbst zum Mikro zu greifen, brauche ich noch entschieden mehr Alkohol, und der Promillespiegel der anderen sollte ebenfalls deutlich höher liegen. Ich singe wirklich furchtbar. Ich zeige mit gespieltem Bedauern auf meinen vollen Mund und nuschle durch jede Menge zerkautes Popcorn hindurch, dass ich leider nicht die Erste sein kann, weil ich den Mund voll habe.

Grace wirft mir ein Kissen an den Kopf. »Netter Schachzug, Feigling.« Sie lacht, steht auf und schnappt sich das Mikrophon. Ich werfe das Kissen zurück, und Grace nutzt es als stellvertretenden Traummann, dem sie das folgende Liebeslied widmet. Sie sieht urkomisch aus in ihrem rosa geringelten Pyjama, mit der grünlichen Gesichtsmaske und dem Kissen im Arm. Als sie sich während der Bridge in ein wildes Geknutsche mit dem Daunending stürzt, kringeln wir uns alle vor lachen.

Es folgen Liz und Hazel mit einer bühnenreifen Interpretation von *Wannabe*. Dass sie nur zu zweit sind und nicht wie die legendären Spicegirls zu viert, tut ihrem Auftritt keinen Abbruch. Im Gegenteil. Sie machen die Tatsache, dass sie in Unterzahl performen, einfach durch jede Menge skurriler Moves wieder wett.

Ich nehme einen weiteren Drink von Grace entgegen, die eine riesige Karaffe Caipirinha zum Nachschenken angemischt hat.

Als das fulminante Finale von Liz und Hazel zu Ende ist, stehen sie noch einen Moment in perfekter Divenpose in dem Glitzern der winzigen Diskokugel, die Greta mitgebracht hat und die an der Wohnzimmerlampe ihre Kreise dreht. Wir johlen und klatschen Beifall, bis sich die beiden lachend in die Kissen fallen lassen.

Hazel gibt mir ihr Mikro. »Jetzt Fi«, quietscht sie, und ich erhebe mich, weil mir klar ist, dass Widerstand zwecklos ist. Ich kann mich nicht ewig drücken.

Während ich auf die provisorische Bühne, bestehend aus einer einfarbig grauen Wolldecke, stolpere, höre ich in meinem Rücken, wie Liz ihr Mikro an Amber weitergibt.

Das kann nicht ihr Ernst sein. Meine Schwestern wissen, wie es derzeit um uns steht. Ambs wird mir die Augen auskratzen, wenn ich ihren Auftritt ruiniere. Und das werde ich.

Zu meiner Überraschung diskutiert Amber nicht lange, sondern folgt mir. Ein fast schon scheues Lächeln liegt auf ihrem Gesicht, als sie ein Lied aussucht und sich neben mich stellt. Ich blicke zum Fernseher, wo der Text, den ich singen muss, eingeblendet wird. Als könnte ich mich an den Worten festhalten und so verhindern, dass Ambers und mein Auftritt in einer Katastrophe endet. Wie alles, was seit meiner Rückkehr zwischen uns passiert ist.

»Sometimes I hate every stupid word you say«, singt Amber den Beginn von Pinks *Try*, und ihre Stimme haut mich um. Sie hat früher schon gesungen und uns alle damit bezaubert, aber die Kraft, mit der sie mir die Worte entgegenschleudert, ist beängstigend beindruckend, wundervoll, einzigartig. Sie ist einzigartig, auch wenn sie mir gerade mit Pinks Worten erklärt, dass sie mich am liebsten schlagen würde. Ich stehe nur da und bin unfähig zu singen oder etwas zu sagen. Ich würde Amber am liebsten in meine Arme ziehen, sie um Verzeihung bitten, aber wir haben schon vor Jahren den Punkt passiert, an dem eine einfache Entschuldigung ausgereicht hätte. Der Song, den sie gewählt hat, macht das nur allzu deutlich. Tränen treten mir in die Augen, während meine kleine Schwester sich neben mir die Seele aus dem Leib singt und dabei mein Herz zerlegt. Ich habe sie verloren. Aber bevor ich in diesem leeren Gefühl ertrinken kann, stößt sie mich an und deutet auf den Bildschirm.

»Sing verdammt nochmal mit«, brüllt sie mich an, und zu meiner Verwunderung sieht sie überhaupt nicht wütend aus, sondern glücklich. Sie verpasst im Gegensatz zu mir den Einsatz nicht und singt weiter. Leicht verwirrt reiße ich meinen Blick von ihr los und starre auf den Text. Ein Lächeln breitet sich auf meinem Gesicht aus, als ich Ambers Auftritt zerstöre und mit einstimme.

»… life would suck without you … You're an asshole, but I love you …«

Meine kleine Schwester will mich erwürgen, aber sie liebt mich. Irgendwo, versteckt unter all dem Müll, liebt Ambs mich noch. Ich lache tief aus dem Bauch heraus und brülle die nächste Textzeile so laut mit, dass Amber erschrocken verstummt, nur um wenig später gegen mein schiefes Gekrächze anzusingen. Wir beenden den Song, und auch wenn es sich anfühlt, als müsste ich sie umarmen, überlasse ich Amber die Entscheidung, wann sie dazu bereit ist. Noch ist das nicht der Fall, aber das ist in Ordnung, denn Amber hat mir auf ihre Art zu verstehen gegeben, dass sie sehr wohl möchte, dass ich existiere, und sei es nur, um mir den Hals umzudrehen.

Liz hat Tränen in den Augen, und Ambs brummt irgendetwas von »kann ja wohl nicht sein, gefühlsduselige Kuh«. Ich kann mir ein Grinsen nicht verkneifen, und dann klatscht Grace in die Hände, und ein Blitzen liegt in ihren Augen.

»Was haltet ihr davon, wenn wir endlich diese Masken loswerden?« Sie verzieht das Gesicht, auf der die Masse getrocknet ist und spannt. »Morgen soll es schneien, also was sagt ihr? Abschlussschwimmen?«

Das haben wir früher jedes Jahr getan. Kurz bevor der erste Schnee fiel, sind wir alle gemeinsam noch einmal baden gegangen. Ein Abschied vom Sommer, der hinter uns lag, und ein Willkommen an den Winter, mit seinen dunklen Abenden vor dem Kamin, mit dicken Schneesachen und der eisklaren Bergluft.

Meine Schwestern und ich sehen uns an, und dann rasen wir alle gleichzeitig zur Terrassentür. Kleidungstücke fliegen in einem wilden Durcheinander zu Boden, und ehe ich es mich versehe, laufen wir nur in Unterwäsche bekleidet zum Ufer. Ich spüre die Sandkörner unter meinen Fußsohlen, die kalte Nachtluft auf meiner nackten Haut und fühle mich unendlich lebendig.

Liz stoppt abrupt, als sie die Wasserlinie erreicht, und ich pralle fast mit ihr zusammen. Sie und Hazel waren schon immer diejenigen, die sich langsam, Zentimeter für Zentimeter tiefer in das eiskalte Wasser wagten, während Amber, Grace und ich es vorziehen, das Ganze mit einem wilden Klatscher hinter uns zu bringen.

Mit einem Johlen stürze ich mich ins Wasser. Die Kälte presst die Luft aus meinen Lungen. Adrenalin rast durch meinen Körper, und ich tauche atemlos lachend wieder auf. Amber steht links von mir, und ich werfe ihr einen vielsagenden Blick zu. Sie versteht sofort, und wir beginnen, Hazel und Liz, die erst halb im See sind, nass zu spritzen.

Ihre spitzen Schreie hallen über das Wasser, genauso wie das Lachen, mit dem sie sich schließlich auf uns stürzen. Sie drücken Amber und mich unter die Oberfläche, und wir kämpfen uns wie in unserer Kindheit durch das Wasser. Dieser Moment ist so perfekt, dass ich ihn tief in meinem Herzen abspeichere. Dort, wo die wichtigsten Erinnerungen liegen. Die Dunklen und die Schönen, die ganz langsam und mit jedem Tag, dem ich hier am See eine Chance gebe, die Oberhand gewinnen.

Kapitel 10

Es ist Mittwoch, und der Plan für meinen freien Tag steht. Ich muss endlich den Mietwagen zurückgeben und mich nach einem eigenen Auto umsehen. Ich will kein Vermögen ausgeben, aber der Wagen sollte so gut in Schuss sein, dass in nächster Zeit keine riesigen Reparaturen auf mich zukommen, und er sollte bestenfalls keine Ähnlichkeit mit Gretas schrecklichem Sirion haben. Ich denke, bei den wenigen Anforderungen sollte sich etwas finden lassen.

Ich habe geduscht und mir eine gemütliche Jeans und einen warmen Kuschelpullover angezogen. Nach einem schnellen Frühstück werde ich nach Tahoe City aufbrechen, den Jeep zurückgeben und dann die Händler der Umgebung abklappern. Als ich die Treppe hinunterkomme, empfängt mich der Geruch von frischem Rührei mit Speck. Cole ist also da. Keine meiner Schwestern macht freiwillig Frühstück, noch dazu um diese Uhrzeit. Und am allerwenigsten, wenn am Abend zuvor genug Caipirinha geflossen ist, um den Wasserstand des Lake Tahoe damit um zwei Zentimeter anzuheben.

»Morgen, Cole«, brumme ich, ohne überhaupt in seine Richtung zu sehen, als ich die Küche betrete.

»Guten Morgen, Fi!«

Ich bleibe stocksteif stehen, denn es ist nicht Cole, der mich da mit einem unterdrückten Lachen in der Stimme begrüßt. Vorsichtig drehe ich mich um, und tatsächlich, mitten in der Küche steht Evan und brät Speck, während er lässig Eier aufschäumt und in eine zweite Pfanne kippt.

»Was zum Henker tust du da?«, frage ich leicht panisch und überprüfe zeitgleich, ob wir tatsächlich allein im Erdgeschoss sind.

»Ich mache Eier.« Er bleibt so ruhig, als wäre es das Selbstverständlichste der Welt, um acht Uhr morgens in anderer Leute Küche zu stehen und die Vorräte zu plündern.

»Das sehe ich.« Ich umrunde die Kücheninsel, so dass uns die Arbeitsplatte trennt. »Die Frage ist, warum du das hier tust.« Ich blitze ihn an. »Wenn ich mich nicht irre, hat Sierra Shores eine sehr schöne, gutausgestattete Küche, und die läge auch deutlich näher an deinem Schlafzimmer.«

Er wiegt den Kopf hin und her und nickt dann, während er den Speck dreht und sich dabei fast verbrennt. »Punkt für dich«, sagt er und lutscht sich den Finger ab. Warum zu Teufel starre ich dabei auf seine Lippen?

Ich reiße meinen Blick von ihm los und schaue zum Tresen. »Hör zu, Evan, wenn wir zusammen sind, ist das ziemlich umwerfend, aber du kannst nicht einfach hier auftauchen, als wären wir ein Paar oder so etwas. Meine Schwestern denken, wir wären nur Freunde, und das soll auch so bleiben.«

»Machen Freunde Freunden kein Frühstück?« Er lacht glucksend. »Außerdem ist der Grund, aus dem ich hier bin, sehr platonisch. Deine Schwester weiß im Übrigen Bescheid. Sie sagte, dass du heute deinen Wagen zurückgeben und einige Händler abfahren willst, um dir etwas Eigenes zu kaufen.«

»Und?«, frage ich vorsichtig.

»Und du brauchst jemanden, der dich fährt.« Er hält seinen Autoschlüssel hoch und lässt ihn wieder in der Hosentasche verschwinden. »Außerdem könnte ich dir helfen. Drüberschauen, ob die Dinger was taugen und so.«

»Und so?« Ich nicke. »Liz weiß also Bescheid?« Das hat er verdammt geschickt eingefädelt. Wenn ich jetzt ablehne, mit ihm zu fahren, wird Liz sich zu Recht fragen, warum ich auf die Hilfe eines Freundes verzichtet habe.

Evan verteilt die Portion Rührei und den Speck auf zwei Tellern. »Sie fand es sehr nett von mir, dass ich mich angeboten habe. Ursprünglich wollte Liz das machen, aber sie und Cole haben heute eine Verabredung mit Sam. Cole hat sie gebeten mitzukommen, um Sam zu zeigen, dass wir Harris-Brüder keine Monster sind. Verdammt harter Knochen, der Alte. Cole und ich beißen uns die Zähne an ihm aus. Wir werden uns über die Vertragsinhalte einfach nicht einig.«

»Er lässt sich eben nicht von zwei Großstädtern ausnehmen. Ich finde das sehr vernünftig.«

»Vernünftig, ja?« Evan kommt mir ganz nah und fast erwarte ich, dass er mich küssen wird, aber dann hält er nur einen der Teller zwischen uns hoch.

»Wir sollten uns stärken. Das ist die Grundlage jeder erfolgreichen Verhandlung und außerdem gut gegen den Kater, den du haben dürftest.« Er deutet auf die leeren Flaschen, die von unserem Gelage gestern Abend übriggeblieben sind.

Ich nehme den Teller entgegen, ohne auf seine versteckte Frage nach gestern und dem Grund einzugehen, weswegen ich ihn versetzt habe. Skeptisch betrachte ich den Speck, den Evan so lange gebraten hat, dass er ein übervolles Röstaroma haben dürfte. Ich setze mich an den Esstisch und stochere vorsichtig in der Eimasse herum. Sie scheint in Ordnung, und ich stecke mir eine Gabelvoll in den Mund, aber mein Urteil war wohl zu schnell gefällt. Das Rührei ist so versalzen, dass ich es um ein Haar zurück auf den Teller spucke. In allerletzter Sekunde reiße ich mich zusammen, schlucke es hinunter und lächle Evan verkrampft zu. Er scheint das Gewürzdesaster gar nicht zu bemerken und verschlingt sein Essen in Rekordzeit. Ich würge anstandshalber die Hälfte hinunter, spüle mit viel Wasser nach und schiebe dann den Teller von mir.

»Das war sehr nett von dir.«

»Nett ist die kleine Schwester von Scheiße«, erwidert Evan und lächelt. »Schmeckt es so mies?«

Ich schüttle etwas zu vehement den Kopf und gebe dann zu. »Vielleicht sollte nächstes Mal ich kochen. Als Köchin bin ich wirklich schwer zufriedenzustellen.« Das Zuviel an Salz erwähne ich lieber nicht. Immerhin war es sehr süß, dass Evan Frühstück gemacht hat und mich begleiten will. Warum also darauf herumreiten?

Ich stelle unsere Teller zusammen, entsorge die Reste in den Müllzerkleinerer und räume Geschirr und Besteck in die Spülmaschine.

Evan verschwindet für einen Moment im Bad und stößt zu mir, als ich gerade meinen grauen Mantel überstreife und den übergroßen, hellrosafarbenen Wollschal um meinen Hals schlinge. Er zieht sich ebenfalls seine Jacke über, aber anstatt zu gehen, bleibt er vor mir stehen und sieht mich an. Er befreit eine meiner Locken aus dem Schal, und ich spüre seinen Körper nah an meinem. Sein Atem streift mein Gesicht und bringt mich dazu, die Augen zu schließen. Ich wünschte, er würde mich küssen, dabei habe ich ihm eben noch unmissverständlich klargemacht, dass wir vorsichtiger sein müssen, damit niemand mitbekommt, was zwischen uns läuft.

Meine Schwestern befinden sich nur ein Stockwerk über uns, und ich denke ernsthaft darüber nach, mich von ihm küssen zu lassen. Abrupt ziehe ich mich zurück, und das ist der Bruch, den Evan braucht, um ebenfalls einen Schritt zurück zu machen und die Tür zu öffnen. Kälte schlägt uns entgegen, und ich laufe schnell zu dem Jeep hinüber, der mich seit meiner Ankunft hier begleitet hat und den ich gleich in South Lake Tahoe zurückgeben werde. Evan geht zu seinem eigenen Wagen und wartet, bis ich losfahre, um sich dann an meine Stoßstange zu hängen.

Evan hat im Wagen gewartet bis ich den Papierkram in der Mietwagen-Filiale erledigt hatte und zu ihm in den Wagen stieg. Danach haben wir begonnen, die Gebrauchtwagenhändler rund um den See abzuklappern. Bis jetzt war leider nichts dabei. Nichts, was auch nur annähernd in Frage kam und wo sich auch nur ein zweiter Blick gelohnt hätte. Drei Händler habe ich noch auf der Liste. Wenn es da nichts für mich gibt, werde ich mir vorerst den Buick mit meinen Schwestern teilen müssen. Was bedeutet, dass ich Evan nicht besuchen kann, ohne dass sie es mitbekommen. Als wäre das meine einzige Sorge. Ich schnaube, und Evan schaut mich belustigt an, bevor er wieder auf die Straße sieht.

»Hast du echt erwartet, gleich am ersten Tag einen Wagen zu finden?« Er zuckt die Schultern. »So etwas dauert.«

»Und das weißt du so genau, weil du so oft gebrauchte Autos kaufst?« Ich ziehe die Augenbrauen nach oben, denn man muss kein Genie sein, um zu wissen, dass Evans Wagen fabrikneu war, als er ihn erstanden hat. Das Modell ist nicht mal ein halbes Jahr alt.

Evan geht nicht auf meine Frage ein und lenkt den Mercedes auf die schlaglochgebeutelte Auffahrt von Paul Blanco Used Cars. Wer denkt sich solche Namen aus? Ich steige aus dem Wagen und höre hinter mir, wie Evan es mir gleichtut. Mein Blick gleitet über die Gebrauchtwagen, die kreuz und quer auf dem Hof stehen, während Evan sich gegen die Heckklappe seines Autos lehnt und abwartet, ob dieser Händler einen Wagen im Angebot hat, wo zumindest die Parameter vom Preis im Verhältnis zum Baujahr und äußerem Erscheinungsbild stimmen. Ein türkisfarbener Pick-up fällt mir ins Auge. Ein Ford F150 aus den Siebzigern. Er ist zwar rostig, aber damals wurden Autos noch so gebaut, dass ihnen selbst ein wenig Rost kaum etwas anhaben konnte. Entschlossen stapfe ich durch das viel zu hohe Gras zu dem Pick-up und schaue durch das Fenster. Der Innenraum sieht trocken aus. Das zerrissene Polster der hinteren Rückbank ist mir ziemlich schnuppe.

»Der?« Evan ist mir gefolgt und klopft gegen die Karosserie. »Ernsthaft? Ich dachte, wir suchen nach etwas, das kein Schrott ist?«

Ich lege meinen Kopf schief und mustere ihn. »Das ist ein Ford F150.«

Evan fährt mit seiner Hand über die Kühlerhaube und den Kotflügel. »Weiß ich«, entgegnet er, obwohl ich so langsam bezweifle, dass er überhaupt irgendeine Ahnung von Autos hat. Er öffnet die Haube und sieht sich fachmännisch den Motor an. »Sag ich doch. Schrott«, fasst er das Innenleben zusammen.

Ich umrunde den Wagen, bis ich neben ihm stehe. »Du hast überhaupt keine Ahnung von Autos, oder?«

»Ich erkenne Rost, wenn ich ihn sehe«, weicht Evan aus und kratzt an dem Sechszylindermotor.

»Den F150 könnte man vergraben, dreißig Jahre später ausbuddeln, und der Motor würde immer noch laufen. Das Ding ist unkaputtbar.« Ich klappe die Motorhaube herunter und tippe gegen die Frontscheibe. »Der Händler scheint allerdings in etwa so viel Ahnung zu haben wie du, weil er ihn zu einem Spottpreis verschleudert.«

Ich habe mein Auto gefunden. Ein zufriedenes Lächeln breitet sich auf meinem Gesicht aus. Ein Traum in Türkis und mit genauso vielen Beulen und dunklen Flecken, wie ich sie habe. Wir werden gut zusammenpassen. Ganz im Gegenteil zu Evan und mir.

»Warum bist du mitgekommen?« Die bessere Frage ist vielleicht, warum ich so saudämliche Fragen stelle.

»Habe ich doch gesagt.« Er dreht sich weg, lehnt sich gegen die Kühlerhaube und schaut über die angrenzende Wiese. Einige ausgeblichene Fähnchen flattern an einer vermoosten Leine über dem Hof, und das Lametta rund um das Firmenschild bewegt sich träge im Wind. Fühlt sich an wie eine Retrospektive der Achtziger.

»Vier Augen sehen immer mehr als zwei, und du brauchtest einen Fahrer.«

»Aber du hast keine Ahnung«, erinnere ich ihn leise und lehne mich neben ihn.

»Keine«, bestätigt er das Offensichtliche und dreht sich dann zu mir. »Ich hatte einfach Lust, Zeit mit dir zu verbringen, nachdem wir uns gestern nicht gesehen haben.«

»Ich brauchte etwas Schwesternzeit«, erwidere ich, und

obwohl es mich abschrecken sollte, dass er Ansprüche anmeldet, wo er keine haben sollte, breitet sich ein warmes Gefühl in meiner Brust aus.

»Und das verstehe ich, aber das ändert nichts daran, dass ich dich sehen musste.« Er umfasst mein Gesicht und küsst mich gerade so fordernd, dass die Zärtlichkeit, die in dem Kuss mitschwingt, nicht überhandnimmt.

Das Geschäft mit dem Händler verlief vollkommen reibungslos. Zu morgen macht er die Papiere fertig und lässt den Wagen auf meinen Namen zu, so dass ich ihn übermorgen abholen kann.

Ich bekomme das Grinsen nicht mehr aus dem Gesicht und stelle das Radio lauter. Ein alter Countrysong läuft, und das nicht, weil ich den Sendersuchlauf betätigt hätte. KCBN ist fest auf einem der Kanäle gespeichert und das, obwohl Evan Country-Musik nicht sonderlich mag.

Ich öffne das Fenster, und meine Haare verwirbeln im Fahrtwind, während mich die Sitzheizung wärmt. Ich strecke das Gesicht in den kühlen Luftstrom und singe gedankenverloren den Refrain des Liedes mit, bis mir bewusst wird, dass Evan jeden schiefen Ton hören kann.

Ich verstumme augenblicklich und sehe peinlich berührt zu ihm hinüber, aber es scheint ihn überhaupt nicht zu stören, dass ich keinen Ton treffe. Im Gegenteil, er beginnt ebenfalls zu singen.

Normalerweise singe ich nur, wenn ich allein bin oder wenn mich meine Schwestern zu einem Caipirinha-Karaoke-Abend zwingen. Ansonsten vermeide ich es tunlichst.

Aber Evan klingt mindestens so schlecht wie ich und ohne darüber nachzudenken, stimme ich mit ein, während wir den länger werdenden Schatten zurück zum See folgen.

Kapitel 11

Es ist Freitagabend, und ich bin allein im Diner. Heute war viel zu tun, und ich bin ziemlich geschafft, habe mich aber angeboten, die restlichen Arbeiten allein zu erledigen und abzuschließen. Cole hat uns alle auf einen Drink eingeladen. Wie es aussieht, hat er einen entscheidenden Schritt bei den Verhandlungen mit Sam erreicht. Die Werft wird demnächst den Besitzer wechseln. Coles und Evans Anwalt setzt jetzt die nötigen Papiere auf, und Cole meinte, es wäre an der Zeit, diese guten Neuigkeiten zu feiern.

Ich wollte sie nicht begleiten. Zum einen, weil Evan sicher auch da sein wird und es schwierig werden könnte, uns unter Ambers kritischem Blick nicht zu verraten. Zum anderen, weil ich abergläubisch bin und nicht finde, dass es eine gute Idee ist, einen Vertrag zu begießen, auf dem die Unterschriften noch nicht trocken sind. Das bringt Unglück.

Die Küche ist blitzeblank poliert, die Stühle stehen verkehrt herum auf den Tischen, so dass Mary, unsere Putzkraft, morgen früh problemlos durchwischen kann. Die Salz- und Pfefferstreuer sind aufgefüllt, und die bauchigen, handbemalten Kaffeebecher stehen in Reih und Glied auf dem weiß gestrichenen Holzbord über dem Tresen. Ich nicke zufrieden und trete aus dem Diner in die Nacht. Es ist mittlerweile fast Mitternacht, und die Straßen liegen verlassen vor mir. Nur aus der Bar am Ende der Straße dringt gedämpfte Musik. Für Max und Alex, die Besitzer, hat der Arbeitstag gerade erst begonnen.

Ich wende mich meinem neuen Gefährten zu, dem türkisfarbenen Pick-up. Den Schlüsselbund für den Diner werfe ich in das Handtaschenungetüm, das über meiner Schulter hängt, und krame dann nach dem Autoschlüssel. Zum Glück hängt ein langes Band mit dem Schriftzug des Händlers daran, so dass ich ihn schließlich neben einer angebrochenen Packung Kaugummis, einem Döschen Lippenbalsam, das in einen Schal eingewickelt ist, und drei verschiedenen Sorten Halsbonbons wiederfinde.

»Hast du da drin auch eine Bohrmaschine?« Evan lehnt an meinem Wagen und hat ganz offensichtlich auf mich gewartet.

Ich bemühe mich, nicht überrascht auszusehen. Er muss zu Fuß hier sein, denn sein Auto kann ich nirgendwo entdecken. »Manchmal. Wenn ich etwas reparieren muss«, antworte ich leicht zeitverzögert auf seine Frage.

»Wieso habe ich genau diese Antwort erwartet?« Er lacht, legt mir den Arm um die Taille und küsst mich, als wäre es das Normalste der Welt, als würden wir das zur Begrüßung immer so tun und als gäbe es nicht einmal die Möglichkeit, ich könnte Einwand erheben.

Es ist ein warmer, sanfter Kuss, der mir ein Kribbeln durch den Körper jagt und mich dazu bringt, mich auf die Zehenspitzen zu stellen und ihn noch etwas in die Länge zu ziehen.

Erst als Evan von mir ablässt, wird mir bewusst, dass wir uns auf dem ansonsten völlig leeren Parkplatz des Diners befinden und jeder, der die Straße entlangkommt, unsere

Knutscherei sehen könnte. Um diese Uhrzeit ist das zwar eher unwahrscheinlich, aber nicht ausgeschlossen. Ich versteife mich und schiebe ihn von mir weg, auch wenn es mir schwerfällt.

Er klopft gegen die Karosserie des Wagens und lehnt sich dann dagegen. »Was ist? Lädst du mich zu einer Probefahrt ein? Interessiert mich schon, ob die Kiste so toll ist, wie du behauptet hast.«

»Ist sie.« Die Erschöpfung, die mich eben noch fest im Griff hatte, weicht einem Prickeln, als ich Evan den Schlüssel hinhalte und selbst zur Beifahrertür gehe. Nebeneinander sitzen wir im Dunkeln des Wagens, und ich beobachte verstohlen, wie er den Schlüssel ins Zündschloss steckt und den Motor startet. Ich mag, wie die Straßenlaterne seine Umrisse gegen das Dunkel abhebt. Seine Bewegungen sind selbstbewusst, ohne arrogant zu wirken, und ich mag die unterschwellige Dominanz, die er ausstrahlt und die so oft gegen meine prallt.

»Was ist?«, fragt er, während er den Ford auf die Straße Richtung Süden lenkt. Er hat also bemerkt, dass ich ihn angesehen habe.

»Nichts«, lüge ich, denn ich werde ihm sicher nicht auf die Nase binden, dass ich mich in seiner Nähe so wohl fühle, dass ich lieber mit ihm durch die Nacht fahre, anstatt schlafen zu gehen und mich für die morgige Schicht auszuruhen. »Ich habe mich nur gefragt, ob du dauerhaft bleiben wirst oder ob San Francisco dich irgendwann zurückrufen wird. Du passt nicht wirklich hierher.«

»Genau wie du«, bemerkt er ruhig. »Und trotzdem leben wir beide an diesem gottverdammten Tümpel, und ich finde, wir schlagen uns ganz gut.« Wir haben das steinige, raue

Ufer der Rubicon Bay erreicht, die an der Westseite des Lake Tahoe liegt.

Das wolkenzerrissene Mondlicht spiegelt sich auf dem Wasser und lässt die Oberfläche rechts unter mir schemenhaft erahnen. Links erstrecken sich Felsen und weite Pinienwälder. Evan lenkt den Wagen vom Wasser weg in einen schmalen Schotterweg. Einige der Baumstämme halten verkohlte, abgestorbene Gliedmaßen in die Nacht. Zeitzeugen der Waldbrände des letzten Sommers, die in der ansonsten unberührten Natur wie Fremdkörper wirken. Das Feuer ist hier gesprungen, anstatt sich flächig auszubreiten und hat deswegen nur vereinzelt Schaden angerichtet.

Evan hält den Wagen ein gutes Stück von der Straße entfernt, wo der Weg morastig wird und stark ansteigt. Er hat wirklich keine Ahnung von Autos, sonst wüsste er, dass der Ford die Anhöhe aufgrund seines Allradantriebs mühelos schaffen würde.

»Warum hältst du?«

Evan zwinkert mir zu, öffnet die Tür und springt auf den Waldboden, der die Geräusche fast vollständig schluckt. »Lass dich überraschen.«

Ich steige ebenfalls aus und atme tief den harzigen Duft der Bäume ein, den leicht modrigen Waldgeruch. Die Nacht ist still, kalt und wunderschön. Evan hat den Wagen umrundet und schließt seine Arme um mich. Einfach so. Und ich lasse es zu. Ich kann seine Muskeln unter der dicken Daunenjacke spüren und seinen warmen Atem, der mein Gesicht streift.

»Ich hasse Überraschungen«, brumme ich und schrumpfe die Perfektion des Moments mit dieser Bemerkung auf ein erträgliches Maß.

»Diese nicht.« Evan macht sich von mir los und bläst sich warme Luft in die Hände, bevor er die Heckklappe der Ladefläche öffnet.

Er ist ganz schön selbstbewusst, dafür, dass er mich im Grunde nicht kennt. Ich versuche einen Blick über seine Schulter auf das zu erhaschen, was er ganz offensichtlich vor meinem Erscheinen auf dem Parkplatz auf der Ladefläche deponiert hat, aber Evan dreht sich zu mir und versperrt mir jetzt komplett die Sicht.

»Du bist wirklich nicht gut darin, dich überraschen zu lassen«, stellt er fest und dreht mich kurzerhand so, dass ich mit dem Rücken zu ihm stehe. Dann raunt er mir ins Ohr: »Und wehe, du guckst oder schummelst sonst wie.« Ganz leicht berühren dabei seine Lippen meine Wange. Bevor ich die Geste erwidern kann, ist Evan jedoch schon wieder dabei, seine blöde Überraschung vorzubereiten. Mir hätten seine Lippen auf meiner Haut absolut gereicht.

Ungeduldig und fröstelnd trete ich auf der Stelle und wühle den Waldboden mit meinen Stiefeln auf, als Evan mich schließlich zu sich umdreht. Das Türkis des Wagens leuchtet im Schein einer Lichterkette, die er mehr oder weniger kunstvoll um die Fahrerkabine geschwungen hat. Die Ladefläche wird von einer dicken Wolldecke als Unterlage und einer zurückgeschlagenen bedeckt. Gegen die Rückwand der Fahrerkabine lehnen verschiedene Kissen und eine Flasche Rotwein steht mittig auf dem eigenwilligen Ensemble.

»Heute Nacht soll es einen Sternschnuppenregen geben, und ich dachte, du könntest ein bisschen Glück mit Amber gebrauchen«, sagt er ernst und ohne jeden Sarkasmus in der Stimme, der aber sofort wiederkehrt, als er mich mit einem in vollendeter Südsaatenmanier vorgetragenen »Ma'am« auffordert, auf die Ladefläche zu klettern, und mir dafür seine Hand reicht.

Ohne darüber nachzudenken, gebe ich Evan einen überschwänglichen Kuss und verberge meine Freude über seine Überraschung nicht. Die Sternschnuppennächte meiner Kindheit gehören zu den schönsten Erinnerungen, die ich an den See habe, auch wenn er das nicht wissen konnte. Dann lagen Mom, Dad, wir Schwestern, Jake und manchmal auch Greta zusammen auf dem Steg, eingewickelt in Decken und haben so lange in den Himmel gestarrt, bis uns die Augen zufielen. Ich erinnere mich daran, wie Dad uns dann einen nach dem anderen nach oben getragen hat. Ich erinnere mich an seinen Geruch. Leicht rauchig vom Lagerfeuer, nach Marshmallows, die wir darüber geröstet hatten, und nach dieser einzigartigen Mischung nach Holz, Wald und See, die er immer mit sich trug. Ich schlucke trocken, ignoriere Evans Hand und klettere allein auf die Ladefläche.

»Keine Klischees, verstehe«, kommentiert er mit einem Augenverdrehen die Missachtung seiner Hand und lacht, bevor er mir folgt und sich neben mich unter die Decke kuschelt. Er entkorkt die Weinflasche und hält sie mir hin.

»Das ist aber nicht besonders stilecht, oder?« Ich betrachte das Etikett der Flasche. »Die war bestimmt schweineteuer.«

Evan zuckt mit den Schultern, nimmt mir den Wein ab, als ich keine Anstalten mache, direkt aus der Flasche zu trinken. Er setzt sie an die Lippen. Erst als er sie einige Schlucke später wieder absetzt, sagt er: »Liz hat mir erzählt, dass es Tradition ist, auf Fannette-Island aus Flaschen zu trinken, und ich dachte, das gilt sicher auch für unsere kleine Insel.« Er deutet auf das leicht erhellte Türkis des Wagens, das im Halbdunkeln tatsächlich Ähnlichkeit mit dem Wasser des Lake Tahoe hat. »Aber nur weil ihr Hinterwäldler aus Flaschen sauft, muss ich ja keinen billigen Fusel trinken, oder?« Er zwinkert mir zu, nimmt noch einen tiefen Schluck und gibt mir die Flasche wieder.

Ich probiere den Wein, und er ist wirklich sehr gut. Kein Vergleich mit den drei immergleichen Sorten, die Gabriel und sein Bruder im Grocery Store anbieten, der dem Diner gegenüber liegt. Dieser Wein schmeckt fruchtig, samtig und weich und entfaltet eine ganz eigene Note im Abgang. Ich trinke ein paar Schlucke und reiche Evan dann die Flasche zurück, aber er stellt sie neben sich, anstatt noch etwas zu trinken.

Mir ist klar, dass Evan mich aus einem bestimmten Grund hergebracht hat. Hier sind wir ungestört und müssen nicht fürchten, erwischt zu werden, wenn wir dem nachgeben, das beständig zwischen uns flirrt. Trotzdem hoffe ich, dass er der Romantik des Moments Raum geben wird. Nicht weil ich besonders auf Romantik stehe oder tatsächlich denken würde, ein verglühender Stern könnte mir in irgendeiner Weise bei meinen Problemen mit Amber helfen, sondern weil ich hier in diesem Moment, auf der Ladefläche meines Pick-ups, mit Evan direkt neben mir, das erste Mal seit Jahren die Erinnerungen an damals genieße, anstatt sie zu verfluchen und wegzusperren.

Evan guckt in den Himmel, und plötzlich durchfährt ihn ein Ruck, und sein Arm schnellt hoch. »Da«, ruft er und hört sich dabei an wie ein kleiner Junge.

Ich sehe in die Richtung, in die seine Hand zeigt, und sehe die letzten Sekunden einer Sternschnuppe, bevor sie für immer verglüht. Ein Lächeln breitet sich auf meinem

Gesicht aus, als eine weitere über das Firmament über dem Lake Tahoe segelt. Und dann folgen im Sekundentakt neue. Evan lässt seine Hand sinken und legt sie wie selbstverständlich auf meine. Er verflicht seine Finger mit meinen, und ich mag die Wärme, die von ihm ausstrahlt, genau wie die Ruhe, die mit jedem Atemzug mehr von mir Besitz ergreift. Dabei weiß ich, dass wir nie mehr sein werden als zwei Menschen, deren körperliche Anziehungskraft einem Feuerwerk gleicht. Weil ich mich nie binde und das aus gutem Grund, und weil ich nicht bleiben werde. Evan hingegen schon. Er macht gerade einen Deal, um für immer am See zu wohnen.

Ich beuge mich über ihn und nehme mir die Flasche. Schweigend trinke ich und reiche sie dann Evan, der es mir gleichtut. Wir sehen in den Himmel, und ich lasse zu, dass er seinen Arm um mich legt und mich an seine Brust zieht.

Ich seufze leise und schiebe meine Hand unter seine Jacke, den Pullover, sein Shirt, bis ich nackte Haut berühre. Evans Muskeln verhärten sich, als ich ihn mit der kalten Hand berühre, aber er beschwert sich nicht. Eng aneinander gekuschelt liegen wir so da. Unsere Körper gewärmt von der Decke über uns und dem Körper des jeweils anderen, die dicken Daunenkapuzen der Jacken hochgeschlagen und eng ums Gesicht gezogen. Auch als längst keine Sternschnuppen mehr gen Erde fallen, liegen wir noch immer so da, und ich will nicht zurück nach Hause, auch wenn ich weiß, dass es längst Zeit ist. Es muss weit nach zwei Uhr morgens sein, und ich muss morgen bereits früh im Diner sein.

Das Kunstfell kitzelt mein Gesicht, als ich den Kopf anhebe und Evans Kinn küsse. Er beugt sich zu mir hinunter und legt seine kalte Stirn an meine.

»Wollen wir? Du musst morgen früh arbeiten.«

Ich schüttle den Kopf und streife mit meinen Lippen seine. »Vielleicht bekommt man mich ja doch mit der richtigen Portion Romantik«, sage ich, und meine Worte gehen in dem Kuss unter, mit dem ich Evans Lippen erobere.

Evan bleibt ganz ruhig sitzen. Sein Körper ist völlig entspannt, nur seine Küsse werden rauer, als ich auf seinen Schoss klettere und seine Jacke öffne.

Er zieht die Decke noch enger um uns und sieht mir zu, wie auch ich meinen Parka öffne. Ich nehme seine Hand und führe sie unter meinen Pullover. Die Kälte seiner Finger, die sich um meine Brüste legen, raubt mir sekundenlang den Atem. Er reibt sanft über meine Nippel, küsst mich, streichelt mich. Seine andere Hand schiebt er um meine Taille und presst mich damit enger an seinen Körper. Ich spüre seine Härte und schnappe nach Luft, als er mich kurzerhand unter sich dreht. Er küsst mich, und die Fellumrandungen unserer Kapuzen stoßen so aufeinander, dass ein abgeschlossener Raum entsteht, in dem sich unsere Leidenschaft fängt, während Evan meine Hose öffnet und sie langsam nach unten schiebt. Bei jeder Bewegung dringt Kälte unter die Decke und erobert meine nackte Haut, aber ich spüre es kaum.

Alles, was ich fühle, ist die Intensität, mit der ich auf Evan reagiere. Auf seine Zunge. Seine Lippen. Seine Hände, die mich zärtlich streicheln.

Er zieht sich etwas zurück und zieht ein Kondom aus der Jackentasche, aber ich lege meine Hand darüber und nehme es ihm ab. Ich will ihn spüren. Nur ihn. Ohne dass uns etwas trennt. Ich schiebe das Kondom unter eines der Kissen und nicke, als er mich fragend ansieht.

Evan verschließt mir den Mund mit einem langen Kuss,

nur um im nächsten Moment meinen Slip beiseitezuschieben und in mich einzudringen. Er stöhnt dicht an meinem Ohr, als ich meine Beine um ihn schlinge und ihn noch tiefer in mich aufnehme. Die offenen Enden seiner Jacke schlingt er zum Wärmen um mich, aber die Hitze, die er in mir entfacht, ist vollkommen ausreichend.

Evans Gesicht ist nur Millimeter von meinem entfernt. Durch die winzigen Abstände zwischen unseren Kapuzen dringt der Schein der Lichterkette und spiegelt sich in seinen dunklen Augen. Ich will ihn ansehen. Also schiebe ich seine Kapuze zurück und küsse ihn, während die ersten Schneeflocken des Jahres vom Himmel auf uns fallen.

Quälend langsam nimmt Evan mich, und ich schlinge meine Arme um ihn. Ich öffne meinen Mund, fange die Schneeflocken, während mein Körper auf Evans Bewegungen reagiert. Lust sammelt sich als heißer Klumpen in meinem Unterleib und gibt mir ein verrücktes Gefühl von Glück.

Ich hasse Schnee. Ich hasse die Erinnerungen, die er in sich trägt. Das ist seit fünf Jahren so, und ich wusste immer, dass sich das nie mehr ändern würde, aber ohne Vorwarnung hat es das.

Evans Körper entlockt meinem Laute der Sehnsucht und der Lust, die in einem heftigen Orgasmus münden. Und während ich komme, mich an Evan presse und all meine Emotionen verwirbeln, fällt Schnee lautlos auf mein Gesicht. Ich schließe die Augen, und selbst dann noch fühlen sich die Flocken auf meinen Augenlidern an wie Küsse. Nicht wie eine Erinnerung, die mich aus der Bahn werfen wird. Sie fühlen sich an wie Evans Lippen, die in dem Moment, als auch er kommt, meine suchen.

Wir haben eine neue Erinnerung geschaffen, und auch wenn ich es Evan vielleicht nie sagen werde und es nirgendwo hinführt, ist mir genau in diesem Moment klar, dass er viel mehr ist, als es reiner Sex je sein könnte.

Kapitel 12

Ich liege bereits seit mehreren Stunden auf einer Thermomatte unter meinem Pick-up und arbeite an dem Motor des Ford. Er läuft, und ich mache mir im Grunde auch keine Sorgen, dass sich das ändern wird, aber ich habe mich trotzdem entschlossen, einige Teile auszutauschen. Wenn es nur nicht so verdammt kalt wäre. Früher habe ich immer mit Dad an unserem Buick herumgeschraubt. Meine Schwestern konnten sich absolut nicht für Autos oder jegliche Form von Handwerk begeistern, und so blieben nur wir zwei. Dad hat mir alles beigebracht, und ich habe die Zeit zu zweit, schweigend unter der Karosserie liegend, geliebt.

Ich stelle mit der Schraube unterhalb des Chokes die Drehzahl für die Kaltstartphase ein, als ich Schritte auf dem Kies höre. Ich erkenne Evans Chinohose und seine Schuhe. Mühsam krabble ich unter dem Wagen hervor und komme unmittelbar vor ihm zum Stehen.

Ein entwaffnendes Grinsen umspielt seine Lippen. »Was machst du gerade?«, fragt er, und ich mag das Timbre seiner Stimme und wie es ein warmes Gefühl in meiner Brust hervorruft.

Ich lege das Werkzeug auf der Haube ab und wische mit einem Lappen an den Schmierölflecken meiner Hände herum. »Ich habe den Motor überprüft und den Heat-Choke gegen einen E-Choke ausgetauscht, damit die Kiste im Winter besser startet.«

Evan tritt näher an mich heran und streicht mir eine Locke hinters Ohr. »Nicht dass ich wüsste, wovon du überhaupt sprichst, aber es klingt verdammt sexy.« Er beugt sich zu mir und küsst mich. Einfach so. Mitten auf dem Parkplatz von Pinewood Meadows, wo uns jeder sehen kann. Und anstatt ihn von mir zu schieben, schlinge ich meine Arme um seinen Nacken. In meinem Magen breitet sich ein wunderbares Flattern aus, und mein Kopf versteht plötzlich nicht mehr, warum es schlimm wäre, wenn meine Schwestern uns so sähen. Bevor der Kuss ungezügelt werden kann, beendet Evan ihn und legt seine Stirn an meine. Ich spüre das Lächeln, das an seinen Mundwinkeln zupft, und würde ihn am liebsten direkt wieder küssen. Aber stattdessen löst er sich von mir und klopft auf den Kotflügel des Ford.

»Wie lange brauchst du noch für dieses Ewok?«

»E-Choke«, erwidere ich lachend und schüttle den Kopf. »Du hast wirklich so gar keine Ahnung von Autos, Evan Harris.«

»Absolut gar keine«, stimmt er zu, hebt den Maulschlüssel an, als wäre er ein Artefakt einer fremden Zivilisation, und grinst. Aber dann wird er wieder ernst und ergreift meine Hand.

Seine Lippen streifen meine Knöchel, und die Wärme seines Atems rollt von meiner Hand ausgehend wie eine elektrisierende Welle durch meinen Körper. Und obwohl ich am liebsten nachgeben und mich in seine Arme drängen möchte, blinzle ich ihn stattdessen nur misstrauisch an.

»Warum willst du wissen, wann ich hier fertig bin?« Er

führt irgendetwas im Schilde, und so wie er mich ansieht, werde ich nicht begeistert sein.

»Ich würde dich gern entführen. Nur für den Nachmittag. Ein paar Stunden.« Seine Augen leuchten, und ich sehe ein verschwörerisches Blitzen darin, das zu gleichen Teilen gefährlich und anziehend ist.

»Ich werde den ganzen Tag weiterschrauben, wenn du mir nicht erzählst, was du mit mir vorhast«, warne ich ihn und nehme ihm wie zum Beweis das Werkzeug aus der Hand.

Aber Evan lässt nicht los. Er hält den Schlüssel fest. Als wollte er mir beweisen, dass er nicht nachgeben wird. »Cole sagt immer, ich soll mich mehr auf mein Leben hier einlassen, und mit dir habe ich das erste Mal das Gefühl, das könnte Spaß bringen.« Er zupft an meinen Locken und raunt mir dann ins Ohr. »Also, was ist? Kommst du?«

Er spürt mein Zögern und verschließt mir mit einem einnehmenden Kuss den Mund. Ich spüre seine Wärme unter der dicken Jacke, schmecke seine Lippen, und mir ist klar, dass ich verloren habe. Was immer er auch vorhat, ich werde mitkommen. Einfach weil ich bei ihm sein will. Auch wenn mir nicht klar ist, wie er es geschafft hat, mir so nahezukommen, dass ich ihm nichts mehr entgegenzusetzen habe. Seine Lippen lösen sich von meinen und hinterlassen ein leises Prickeln.

»Vertrau mir.«

Und anstatt ihm einen Vogel zu zeigen, nicke ich. Weil es egal ist, wohin er mich bringt. Genau das tue ich. Ich vertraue ihm. Ich schüttle über mich selbst den Kopf.

»Ich ziehe mich eben um«, gebe ich nach und tue so, als wäre es eine Bürde, mit ihm zu gehen, aber meine Hand, die ich erst in letzter Sekunden von ihm löse und die dann matt gegen meinen Oberschenkel fällt, straft mich Lügen.

Evan setzt sich mit einem lässigen Sprung auf die Kühlerhaube des Ford und wartet.

Ich kann nicht glauben, dass ich das hier wirklich tue. Wie hat Evan es nur geschafft, mich dazu zu überreden, mich mit ihm auf einen Schlitten zu setzen? Spaß im Schnee. Diese beiden Worte in einem Satz waren so viele Jahre undenkbar. Die Kufen schweben über dem Abgrund eines steilen, mit Neuschnee überzogenen Hangs, und Adrenalin pulsiert durch meine Adern.

Es hat die ganze Nacht hindurch weitergeschneit. Der Lake Tahoe liegt seit dem Morgen unter einer dicken weißen Decke.

Evan kennt die Eckdaten von Moms und Dads Unfall und weiß, dass ich ein sehr gespaltenes Verhältnis zu Schnee habe, auch wenn ich nie mit ihm über den verhängnisvollen Tag gesprochen habe. Ich finde es süß, dass er versucht, mir über die Vergangenheit hinwegzuhelfen, indem er mir den Winter schmackhaft macht, aber gerade fühlt es sich nach einem ziemlich bescheuerten Einfall an. Wir hätten vermutlich mit einem kleineren Hang beginnen sollen. Als Übung. Dieser sieht aus, als wäre er für vollkommen lebensmüde Menschen reserviert.

Evan sitzt hinter mir, und bevor ich ihn dazu bringen kann, den Plan zu ändern, spüre ich, wie er sich nach vorn lehnt und sich abstößt. Sein Körper presst sich an meinen, und der Schlitten nimmt mit einem Ruck Fahrt auf. Wir sausen den Hang hinunter, und nach dem ersten Schreck fühlt es sich unglaublich an. Fast wie Fliegen.

Der eiskalte Fahrtwind nimmt mir den Atem. Eiskristalle stieben neben uns auf und hüllen uns in tiefes Schneegestöber, und für den Moment steigt Panik in mir auf. Aber Evan bringt dieses Gefühl zum Stillstand. Allein sein Lachen an meinem Hals dreht die Panik, und ein begeisterter Schrei entfährt mir.

Evans Hände liegen auf meiner Taille, halten mich, während der Schlitten immer schneller wird. Wir brettern in einem halsbrecherischen Tempo den Berg hinunter, und es gefällt mir. Zumindest bis zu dem Zeitpunkt, an dem wir eine von Schnee bedeckte Wurzel treffen. Der Schlitten kippt in voller Fahrt zur Seite, und Evan und ich landen unsanft am Boden.

Wir kugeln mehrere Meter den Hang hinunter und bleiben schließlich atemlos vor Lachen liegen. Schnee ist in jede Öffnung meiner Kleidung gedrungen. Sogar in meinen Wimpern klebt er. Und in Evans Bartstoppeln. Aber das stört uns nicht. Wir lachen und kriegen uns überhaupt nicht wieder ein. Ich weiß nicht, wann ich das letzte Mal so ausgelassen war. Es lohnt sich wirklich, sich einen Berg hinabzustürzen und dem Winter noch eine Chance zu geben. Evan wusste das. Vielleicht kennt er mich besser, als ich dachte.

Er macht sich Gedanken um mich, was wohl heißt, ich bedeute ihm etwas. Und ich bin nicht sicher, was ich mit dieser Erkenntnis anfangen soll. Ich versuche es nicht an mich heranzulassen. Ihn nicht noch weiter in mein Herz zu lassen. Aber wenn ich ehrlich bin, ist es dafür längst zu spät.

Evan setzt sich auf und schüttelt sich wie ein junger Hund. Der Schnee, den er dabei von sich wirft, landet auf mir.

»Hey«, beschwere ich mich, aber ehe ich weiter protestieren kann, beugt er sich zu mir, und sein Mund sucht sanft meinen.

Ich erwidere den Kuss. Zunächst. Aber während unsere Lippen zärtlich verschmelzen, forme ich bereits einen Schneeball und klatsche ihn Evan mitten ins Gesicht. Er weicht nicht einmal aus. Selbst dann nicht, als ich den Schnee genüsslich in seinem Gesicht verreibe.

Er lacht, nickt und wird dann todernst, bevor er nur Sekunden später zum Gegenschlag ausholt. Er wirft eine Fontäne Schnee über mir in die Luft. Die Flocken rieseln auf mich herunter. Setzen sich auf meine Haut, während Evan in der Deckung des Gestöbers Munition formt, um sich zu revanchieren.

Die dicke Kleidung und der tiefe Schnee machen es mühselig, aber ich schaffe es trotzdem, mich aufzurappeln und Evans erstem Wurf auszuweichen. Im Wegrennen forme ich weitere Schneekugeln. Hinter mir höre ich, wie er mir nachjagt. Sein Lachen geht in schweren Atemzügen unter, als er das Tempo anzieht. Ich spüre, wie er näher kommt, und das Adrenalin lässt mich hell auflachen. Schneebälle jagen um meine Ohren, aber ich schlage Haken und weiche ihnen geschickt aus. Vor lauter Lachen ist meine Zielgenauigkeit jedoch nicht besonders ausgeprägt, und meine Würfe verfehlen Evan.

Es gelingt mir nicht, ihn auf Abstand zu halten. Er nähert sich schnell und ist nur noch wenige Schritte hinter mir, als ihn etwas abrupt zu Fall bringt.

Er sinkt zu Boden wie ein gefällter Baum und bleibt bewegungslos liegen. Ich bringe noch etwas mehr Abstand zwischen uns und drehe mich dann um. Noch immer liegt er inmitten der weißen Pracht. Seine Augen sind geschlossen. Der Körper schlaff. Sein pumpender Atem ist die einzige Bewegung.

»Evan?«, rufe ich vorsichtig. Ich bin mit vier Schwestern und Jake aufgewachsen. Ich weiß, wie eine Falle aussieht, wenn ich sie sehe. Bestimmt will er mich nur dazu bringen, meine Vorsicht aufzugeben, und in dem Moment, in dem ich ihm zur Hilfe eile, schnappt er mich und seift mich mit Schnee ein.

»Jetzt komm schon«, fordere ich ihn auf, aber er verzieht nicht mal das Gesicht. Spätestens jetzt hätten meine Schwestern gekichert und wären aufgesprungen, um weiterzutoben. Und selbst Jake, der unsere Schneeballschlachten immer haushoch gewann, weil er Meister dieser Taktik war, lag nie so lange auf dem eiskalten Boden.

»Evan?«, frage ich noch mal, und meine Überzeugung, er würde nur Spaß machen, löst sich auf. Was, wenn ihm wirklich etwas fehlt? Ich gebe mir einen Ruck und kämpfe mich durch den Schnee zurück zu ihm. Selbst als ich genau neben ihm stehe, reagiert er nicht, und mir wird klar, dass hier etwas ganz und gar nicht stimmt.

Ich schmeiße die Schneebälle beiseite und fahre ihm mit meinen Handschuhen über die Wange. Panik macht sich in mir breit, als er sich nicht rührt. Ich sehe mich um, ob in der Nähe ein Stein liegt, auf den er gefallen sein könnte, und durchwühle die Jackentaschen nach meinem Handy. Ich muss Hilfe holen, aber bevor ich fündig werde, kommt urplötzlich wieder Leben in Evans Körper.

Er packt mich und wirft mich lachend um, so dass er über mir ist. »Lass niemals deine Munition aus den Augen«, sagt er und grinst mich an. Dann packt er meine Schneebälle und lässt sie einen nach dem andern auf meine Mütze fallen.

»Bist du verrückt?«, frage ich aufgebracht.

»Höchstens nach dir.« Er verdreht die Augen. »Okay, die Antwort war selbst für meine Verhältnisse eine Nummer zu dick aufgetragen.« Er lacht und gibt mir einen Kuss, aber ich schiebe ihn resolut von mir, so dass er im Schnee landet.

»Ich dachte wirklich, dir wäre etwas passiert«, bringe ich aufgebracht hervor.

»Und es hat dir etwas ausgemacht.« Er scheint sehr zufrieden mit sich zu sein.

»Ich weiß ehrlich nicht, wieso«, entgegne ich und stehe auf.

Ich klopfe mir den Schnee von der Kleidung und halte nach unserem Schlitten Ausschau. Er ist bis an den Fuß des Hangs gerutscht, wo er sich am Stamm einer Pinie verkeilt hat. Ich stapfe los, um ihn zu holen, komme aber nicht weit.

Evan schnappt sich meine Hand, bevor ich aus seiner Reichweite gelangen kann, und zieht mich neben sich zu Boden.

»Bleib«, sagt er leise. »Es tut mir leid.«

Und ich bleibe. Auch wenn es vielleicht klüger wäre, schnellstmöglich aus Evans Gravitationsfeld zu verschwinden. Seite an Seite liegen wir auf dem Rücken und sehen in den blassblauen, wolkenlosen Himmel. Die Sonne scheint, hat aber nicht genug Kraft, um der Kälte wirklich etwas entgegenzusetzen.

Evan ergreift meine Hand, und ich spüre durch die Wolle unserer Handschuhe die Wärme seiner Hand und die Kraft, die mich unaufhaltsam zu ihm zieht.

Langsam löse ich mich und bewege Arme und Beine durch den Schnee. Dann richte ich mich auf und betrachte den Schneeengel, der dadurch entstanden ist. Evan kommt ebenfalls auf die Beine, nachdem er dieselben Bewegungen vollführt hat wie ich. Sein Schneeengel überlappt meinen und zeigt, wie nah wir beieinanderlagen.

Er tritt hinter mich und schlingt seine Arme um meine Mitte. Gemeinsam sehen wir auf die beiden Schneegestalten, die untrennbar miteinander verbunden sind. Evan küsst mich zärtlich und entkitscht den Moment, indem er mir leise von seinem letzten Urlaub mit Cole in den Bergen erzählt. Wie er seinem Bruder die Klamotten geklaut hat, während dieser im Schneejacuzzi saß. Das Problem war, dass sowohl der Jacuzzi als auch die Unterkunft der beiden direkt an einer belebten Skipiste lag, was Cole dazu zwang, splitterfasernackt und unter dem Gelächter der Leute nach Hause zurückzulaufen.

Ich höre Evan zu, lache und genieße seine Nähe, die ich nie so ungefiltert zulassen wollte. Nichts hiervon hatte ich geplant. Aber Pläne haben selten die Angewohnheit aufzugehen.

Als wir die Straße zur Halfmoon Bay hinunterfahren, ist es bereits Nacht. Ich bin immer noch aufgekratzt, aber das Adrenalin der Schlittenfahrten ist verflogen, seit wir in einem kleinen Restaurant in South Lake Tahoe gemütlich zu Abend gegessen haben. Der Weißwein, den wir getrunken haben, macht mich müde und zufrieden.

Evan sitzt neben mir auf dem Fahrersitz und lenkt den

Ford die holprige Straße hinab. Dabei erzählt er comedyreif von einem Date seines Kumpels, das gelinde gesagt katastrophal verlief und den Armen in echte Depressionen stürzte.

»Dave ist so tollpatschig.« Evan parkt den Wagen und stimmt in mein Lachen ein. »Ehrlich, man könnte wirklich Mitleid mit ihm bekommen, wenn es nicht so verdammt lustig wäre.«

Er steigt aus und umrundet den Pick-up, bevor ich es schaffe, mich aus der Wolldecke zu befreien und allein auszusteigen. Grinsend hält er mir die Tür auf, und seine Hand schwebt vor mir in der Luft, um mir herauszuhelfen. Ich verdrehe die Augen, ergreife sie aber entgegen meiner sonstigen Gewohnheiten.

Gar nicht gentlemanlike zieht Evan mich eng an sich, als ich vor ihm auf dem sandigen Boden von Pinewood Meadows stehe. Seine Lippen suchen meine, und ich lasse mich auf eine kurze, heiße Knutscherei ein, bevor ich ihn lachend von mir schiebe.

»Ich muss endlich ins Bett.« Umständlich ziehe ich das Handy aus meiner Hosentasche und stöhne unterdrückt. Es ist schon zwei Uhr morgens. Wir hätten nicht so lange an der Bar des Restaurants sitzen dürfen. Mir bleiben noch maximal fünf Stunden Schlaf, und das auch nur, wenn ich meine Badezimmerzeit an meine Schwestern abtrete und mich mit einer Katzenwäsche begnüge.

Evan nickt und deutet auf seinen schwarzen Mercedes, der neben Coles Redneckschleuder steht.

»Dann sollte ich wohl …«

Ich nicke, lasse aber zu, dass er mich erneut küsst, anstatt zu gehen. Es fühlt sich einfach so verdammt gut an.

»Ich will dich – ohne all diese Klamotten«, flüstert er mir ins Ohr und zupft an meinem Parka. »Nur dich.«

»Aber nicht mehr heute«, bringe ich hervor und schiebe ihn resolut von mir. Tatsächlich bin ich weit entfernt davon, standhaft zu sein. Am liebsten würde ich ihn mit nach oben nehmen. Ihm geben, was er sich wünscht. Was ich mir wünsche. Aber das ist ausgeschlossen. Deswegen beiße ich mir auf die Unterlippe und schüttle den Kopf. »Tut mir leid.«

»Das ist nicht fair«, murmelt er und legt seine Stirn an meine. »Okay, aber ich bring dich noch rein.«

»Das sind nicht mal zwei Meter«, sage ich und kann ein Lachen nicht unterdrücken, weil seine gute Erziehung, was den Umgang mit Frauen angeht, überaus merkwürdige Formen annimmt. »Ich finde den Weg schon allein.«

»Ich weiß.« Seine Stimme ist dunkel und zeigt, was er viel lieber tun würde, als mich zu der schweren Holztür zu begleiten. Trotz des Verlangens in seiner Stimme schiebt er ganz anständig seine Hand in meine und geht mit mir zur Veranda.

Wir erklimmen die beiden flachen Stufen, und ich suche in meiner Handtasche nach dem Haustürschlüssel, den ich noch nicht mit dem Autoschlüssel verbunden habe. Ganz offensichtlich war das ein Fehler, denn der Schlüssel des Wagens mit dem Band daran fällt mir dreimal in die Hände, bis ich endlich den filigranen Türschlüssel in der letzten Ecke der Tasche ausfindig machen kann.

Evan lehnt an der Wand und sieht mir belustigt zu. »Du machst mich echt fertig, Fi«, sagt er und lässt bewusst offen, ob er damit das mich ständig umgebende Chaos meint oder die sexuelle Energie, die zwischen uns flirrt.

Ich lache leise und halte triumphierend den Schlüssel in

die Höhe. »Das ist etwas Gutes, oder?«, frage ich und öffne die Tür.

Im Inneren ist es still. Alle schlafen, und ich ziehe Evan in den Flur. Die Gefahr, erwischt zu werden, prickelt durch meine Adern. Rasch ziehe ich meinen Parka aus. »Du wolltest mich ohne die Jacke.« Ich breite die Arme aus. »Tadaa.«

Evan mustert mich einen Augenblick. Ich kann sehen, wie er horcht, ob auch wirklich alles still ist, bevor er mir den Parka aus der Hand nimmt und ihn achtlos auf den Boden wirft. Dann schiebt er mich nach hinten, bis mein Rücken die Wand berührt.

Mein Herz schlägt mir bis zum Hals. Verlangen macht meinen Atem unbeständig. Bebend erwarte ich, dass er mich küssen wird. Aber stattdessen umfasst er nur mein Kinn und entfernt sich dann wieder von mir.

»Treib es nicht zu weit, sonst kann ich für nichts garantieren.« Er grinst mir gequält zu und deutet dann ins Obergeschoss.

Als er sich zur Tür dreht, nehme ich eine Bewegung im Wohnzimmer wahr. Irgendetwas ist dort. Der Größe nach zu urteilen ein Tier. Und es bewegt sich auf uns zu. Ab und an kommt es vor, dass sich Stinktiere oder Marder in die Häuser rund um den See verirren. Gerade wenn es draußen kalt wird und es drinnen angenehm warm ist, suchen sie gern in den Gebäuden nach Futter. Deswegen passen wir eigentlich penibel darauf auf, dass die Terrassentüren verschlossen sind, sobald niemand da ist. Vielleicht haben meine Schwestern das versäumt.

Ich halte Evan am Arm zurück. Dann deute ich stumm zu der Geräuschquelle im Wohnzimmer.

Erst jetzt bemerkt Evan den Schatten, der sich auf uns zubewegt, und schiebt mich wortlos hinter sich.

Ärgerlich mache ich mich los. Ich habe mit Sicherheit mehr Erfahrung mit wilden Tieren als er. Und so, wie es aussieht, sollten wir beide schnellstens das Weite suchen, denn ein Wildtier, das so unbeirrt auf uns zuhält, ist vermutlich krank.

»Könntest du dich jetzt mal beschützen lassen?«, zischt mir Evan zu und schiebt sich in einer leicht gebückten Haltung zwischen mich und den etwa kniehohen Angreifer.

»Nein«, entgegne ich. »Ich habe nämlich keine Lust, dass dich ein tollwütiges Stinktier beißt.«

Das Tier ist auf halbem Weg zwischen der Kücheninsel und uns stehengeblieben und knurrt leise. Solche Geräusche macht kein Stinktier. Bei einem Marder bin ich mir nicht sicher, halte es aber ebenfalls für unwahrscheinlich. Und noch während ich überlege, was wir jetzt tun sollen, durchquert Evan mit zwei langen Schritten den Flur und schlägt auf den Lichtschalter.

Licht flutet das Wohnzimmer und enthüllt, was da in unserem Wohnzimmer steht. Ein sandfarbener Hund mit grotesk zotteligem Fell sieht uns wachsam entgegen. Ich habe nicht das Gefühl, er wäre gefährlich oder aggressiv, auch wenn ich nicht verstehe, was er in unserem Haus zu suchen hat. Sein Äußeres würde durchaus zu einem Streuner passen, aber trotzdem glaube ich nicht, dass er herrenlos ist, denn ein breites Lederhalsband liegt um seinen Hals.

Er senkt den Kopf ein wenig und schnuppert interessiert in unsere Richtung. Sein feindseliges Verhalten ist verschwunden, aber er begrüßt uns nicht, sondern bleibt unbeweglich im Raum stehen. Er bewacht etwas. Nein, jemanden.

Jemanden, der auf dem Sofa liegt und gerade aus dem Schlaf hochschreckt.

Jake. Mein Herz setzt zwei Schläge aus. Das kann nicht sein. Und doch ist er es. Ich erkenne ihn sofort, obwohl wir uns fünf Jahre nicht gesehen haben.

Jake geht in Verteidigungshaltung, während er sich orientierungslos umschaut. Dann scheint er in der Realität anzukommen und entspannt sich.

»Mac komm her, verdammt!«, murmelt er und fährt sich müde über das Gesicht. Tatsächlich lenken diese vier Worte die gesamte Konzentration des Hundes von uns ab.

Ich habe das Gefühl zu träumen. Er hat so viele Male auf genau diesem Sofa geschlafen. Immer dann, wenn er Streit mit seinem Dad hatte. Ich gehe auf Jake zu. So langsam, als könnte er einfach verschwinden, sollte ich eine unbedachte Bewegung machen.

Seine Haare sind länger als früher, was ihm etwas leicht Verwegenes gibt. Seine Haut ist braungebrannt und zeugt von den vielen Stunden unter der Sonne Afrikas. Ein Vollbart bedeckt sein Gesicht und lässt ihn erwachsener wirken. Männlich. Er ist muskulös und auf eine Weise selbstsicher, wie es nur Menschen sind, die so viel gesehen haben, dass sie so schnell nichts mehr erschüttern kann. Jake kam schon immer gut bei Frauen an, aber ich bin mir sicher, mit dieser Aura und seinem Aussehen werden ihm die Frauen heutzutage scharenweise zu Füßen liegen.

Und trotzdem sehe ich nur den schlaksigen Jungen von früher. Meinen Freund, der mit mir Kirschkerne über den Lake Tahoe gespuckt und stundenlang auf den Reifenstapeln von Sierra Tires gesessen hat, um zu quatschen. Ich sehe all die Jahre unserer Kindheit, die uns aneinanderbinden, bis uns mein schrecklicher Fehler auseinandergerissen hat. Bis jetzt.

Ich schlage die Hände vor den Mund und mache einen weiteren Schritt auf ihn zu, aber Evan stoppt mich, indem er mich hart am Arm packt und mich hinter sich zieht.

»Fi, bist du wahnsinnig?«, knurrt er mir zu und lässt Jake dabei nicht aus den Augen. Er sieht eine Gefahr in ihm.

Natürlich. Er kann nicht wissen, wer sich da gerade zu seiner vollen Größe aufrappelt. Wahrscheinlich denkt er, es handle sich um einen Einbrecher, auch wenn die in der Regel unbewohnte Ferienhäuser rund um den See auswählen und selten ein Nickerchen während ihrer Raubzüge einlegen. Ich müsste ihm Entwarnung geben, aber nur ein ersticktes Schluchzen entweicht mir.

Evan sieht sich besorgt nach mir um, auch wenn er Jake dafür aus dem Blick lassen muss. »Alles in Ordnung?«

Ich nicke und spüre Tränen auf meinen Wangen.

»Fi?«, fragt Jake jetzt vorsichtig und kommt näher. Seine Stimme lässt keinen Zweifel zu. Er ist keine Halluzination. Er ist hier. So oft habe ich mir ausgemalt, er wäre verletzt oder tot. Es wäre meine verdammte Schuld gewesen. Aber jetzt ist er hier, und ich bin so verdammt erleichtert. Ich löse mich von Evan und stürze mich in Jakes Arme.

»Jake«, schluchze ich und presse ihn eng an mich. Er fühlt sich anders an als damals. Er riecht fremd, aber es ist dennoch Jake.

Er hebt mich hoch, lacht leise und dreht sich mit mir einmal um seine Achse. Dann stellt er mich wieder ab.

»Könntest du diesen Flohdampfer zurückrufen?«, schiebt sich Evans Stimme eisig zwischen uns.

Seine Worte holen mich wieder ins Hier und Jetzt zurück,

und ich löse mich hastig aus der Umarmung. »Jake, das ist Evan. Evan, das ist Jake«, stelle ich die beiden einander vor.

Jake nickt Evan zu und lässt einen leisen Pfiff ertönen. Sofort wendet sich der Hund ihm zu. »Big Mac«, ruft er ihn schlicht, und der Hund gesellt sich schwanzwedelnd zu uns. Er setzt sich aufmerksam abwartend neben Jakes Bein.

Ich kann mir ein Lächeln nicht verkneifen. »Big Mac?« Jakes absoluter Lieblingsburger. Seine Vorliebe für Fastfood hat sich also in all den Jahren nicht geändert.

»Du kannst dir nicht vorstellen, wie sehr man Rindfleisch zwischen zwei Brötchenhälften vermissen kann, wenn man so lange von zu Hause fort ist.« Er zuckt die Schultern und fährt dem Hund durch das struppige Fell. »Ich habe den Kerl auf der Straße aufgelesen.« Er streichelt dem Hund liebevoll den Kopf, und sein Blick entfernt sich sekundenlang. »Wir haben 'ne ganze Menge zusammen erlebt. Deswegen habe ich ihn mit nach Hause genommen.«

Er taucht wieder aus seinen Gedanken auf und sieht mich lächelnd an. Aber ich erkenne an der Leere in seinen Augen, dass das, was er erlebt hat, Spuren hinterlassen hat. Tiefe Spuren.

»Ich werde dann mal.« Ich hatte Evan fast vergessen, der noch immer allein am Übergang zum Flur steht.

»Du bist also Evan Harris?« Jake durchquert das Zimmer und bleibt unmittelbar vor ihm stehen, reicht ihm aber nicht die Hand. »Was hast du hier zu suchen?«

Evan macht ebenfalls einen Schritt auf ihn zu, so dass die beiden nur wenige Zentimeter voneinander trennen. »Ich könnte dich dasselbe fragen.« Er zeigt auf die zerwühlten Decken auf dem Sofa, und eine latente Aggression schwingt in seinen Worten mit.

»Ich wohne hier. Vorerst.« Jake bedeutet dem Hund, der die Atmosphäre richtig deutet und leise knurrt, er solle still sein. »Und ich will, dass du Arschloch die Finger von Fiona lässt.«

Was ist denn jetzt los? Bevor ich verstehen kann, wieso Jake eine solche Abneigung gegen Evan hegt, obwohl er ihn gar nicht kennt, schubst der ihn leicht.

»Du nennst mich ein Arschloch?« Er lacht sarkastisch. »Das bist wohl eher du. Hier haben sich alle Sorgen gemacht. Wie lange bist du eigentlich schon zurück, ohne dich gemeldet zu haben? Und jetzt, Wochen später, spazierst du hier einfach so rein?«

Evan hat anscheinend recht, denn Jake gerät für einen Moment aus dem Gleichgewicht.

»Du bist schon länger zurück?«, hake ich nach und kann nicht glauben, dass Jake uns freiwillig im Unklaren lassen würde.

»Ich musste mich erst sortieren«, murmelt Jake schuldbewusst.

Ich stoße die Luft aus. »Du hättest nicht sofort zurückkommen müssen. Ein Anruf hätte gereicht. Wir dachten, dir wäre etwas passiert.«

»Es tut mir leid«, erwidert er zerknirscht und wendet sich dann Evan zu. Es scheint ihm leichter zu fallen, wütend zu sein, als sich damit auseinanderzusetzen, warum er uns wochenlang im Unklaren gelassen hat.

»Und woher weißt du, seit wann ich zurück bin?« Er kneift die Augen zusammen, und ich sehe, wie seine Kiefer arbeiten. »Hast du mir nachspioniert?«

Das ergibt keinen Sinn. Warum sollte Evan das tun? Wollte er uns einen Gefallen tun, um uns zu beruhigen? Evan wusste, wie viel Sorgen wir uns um Jake gemacht haben. Aber Jakes Worte machen diese Annahme kaputt.

»Das ist also der Grund, aus dem ihr den Verkauf der Werft möglichst schnell über die Bühne bringen wolltet. Du und dein Bruder habt euch kein Stück geändert. Auch wenn die Carson-Schwestern euch die reumütige Nummer abnehmen. Ihr seid dieselben skrupellosen Idioten wie vor einem Jahr, als ihr die Halfmoon Bay haben wolltet und dafür über Leichen gegangen wärt.«

Dieses Mal schubst Jake Evan von sich.

»Seid ihr jetzt verrückt geworden?«, schalte ich mich dazwischen, aber Evan und Jake beachten mich gar nicht.

»Nenn mich noch einmal Idiot, und du kannst deinen Arsch wieder nach Afrika verfrachten«, knurrt Evan. »Ich habe keinen Grund, irgendetwas schnell über die Bühne zu bringen. Dein Vater will verkaufen. Es ist völlig egal, ob dir das gefällt.«

»Evan«, versuche ich ihn zu stoppen, weil mir klar ist, dass die beiden gerade eine Schneise schlagen, die für immer verbrannte Erde zwischen ihnen zurücklassen wird, wenn sie nicht aufhören.

Aber Evan ignoriert mich. Genau wie Jake. Ihre Körpersprache lässt keinen anderen Schluss zu: Sie werden sich schlagen, wenn kein Wunder passiert.

»Er wird nicht verkaufen. Dafür sorge ich!«

»Hast du ihm das gesagt?« Evan lacht, und ich erkenne ihn in der Kälte dieses Geräuschs nicht wieder. »Schläfst du deswegen hier auf dem Sofa anstatt in deinem Haus? Scheint nicht gut angekommen zu sein.«

Das ist der Tropfen, der das Fass zum Überlaufen bringt. Jake holt aus, und sein Schlag trifft Evan, obwohl der sich erstaunlich schnell wegduckt und Jake seinerseits die Schulter in den Magen rammt. Krachend gehen sie zu Boden, wo sie wie von Sinnen aufeinander einschlagen.

Ich muss sie trennen. »Hört auf, verdammt«, brülle ich sie an und zerre an ihren kämpfenden Körpern, aber ohne Erfolg. Ich greife Jakes Arm, aber er schüttelt mich grob ab. Er scheint überhaupt nicht mehr zu bemerken, was er tut. Ich taumle rückwärts, falle und stoße mir den Kopf an der Tischkante.

Evan sieht, wie ich vor Schmerz zusammenzucke, und ist für einen Moment abgelenkt, was Jake die Zeit gibt, sich aufzurappeln und sich erneut auf ihn zu stürzen.

Evan sieht den Schlag nicht kommen. Ein zweiter und dritter findet sein Ziel, bevor es Evan gelingt, außer Reichweite zu kommen. Blut rinnt aus seiner Nase. Seine Lippe ist geschwollen, aber er hört nicht auf. Erneut geht er auf Jake los.

Während ich versuche, mich aufzurappeln, höre ich Schritte auf der Treppe. Meine Schwestern und Cole haben endlich mitbekommen, was hier passiert.

»Was zum Henker?«, höre ich Cole rufen, bevor er mehrere Stufen auf einmal nehmend die Treppe hinunterspringt und sich zwischen die Kampfhähne drängt. Um ein Haar erwischt ihn ein Schlag seines Bruders. Aber Cole weicht aus und fixiert Evans Arm.

»Beruhige dich!« Er drängt ihn zurück, bis sie gemeinsam an der Wand zum Flur zum Stehen kommen. Zweimal versucht Evan, sich wieder loszumachen, bis er sich so weit unter Kontrolle hat, dass Cole ihn mit einem leichten Klopfen auf die Brust loslässt.

»In Ordnung?«

»Ja«, sagt Evan, aber die Art, wie er es tut und sich dabei das Blut wegwischt, zeigt, wie wenig er mit Jake fertig ist.

Jake steht ebenfalls blutend neben dem Sofa und lässt zu, dass Liz, die genau wie Grace und Hazel durch den Lärm geweckt wurde, einen Lappen auf seine Augenbraue presst. Lediglich Amber fehlt. Sie schläft glücklicherweise bei einer Freundin.

»Was war hier überhaupt los? Was machst du hier?« Cole dreht Evans Gesicht so, dass er dessen Verletzungen begutachten kann, und gibt ihn dann wieder frei, was wohl so viel heißt wie »halb so schlimm«.

»Ich habe Fi nach Hause gebracht.«

Cole sagt nichts, zieht aber eine Augenbraue nach oben, und sein Blick gleitet von seinem Bruder zu mir und dann zu Jake.

»Ich hab sie im Pub getroffen, und wir sind gemeinsam gefahren«, schiebt Evan eine Erklärung hinterher.

Jake stößt geräuschvoll die Luft aus und macht klar, dass er Evan kein Wort glaubt. Wahrscheinlich hat er vorhin doch mehr mitbekommen, als mir lieb sein dürfte.

Ich schließe die Augen, weil ich Sorge habe, er wird uns verraten und damit etwas anstoßen, das unkontrollierbar wäre. Ich will meinen Schwestern nicht erklären, was zwischen Evan und mir ist. Ich will nicht mit Amber darüber streiten, ob es in Ordnung ist, wenn er mir die Zeit am Lake Tahoe erleichtert. Und ich will mir selbst nicht eingestehen, dass er längst mehr ist als ein Zeitvertreib. Weil das bedeuten würde, sich Gedanken zu machen, wie ich mit dem Ende von uns klarkommen werde.

Aber anstatt etwas zu unserer Beziehung zu sagen, nimmt Jake Liz den Lappen aus der Hand und wirft ihn in die Spüle.

Er kümmert sich nicht darum, dass erneut Blut seine Wange hinabläuft. »Ihr bekommt die Werft nicht.«

»Darum geht es also?« Cole wendet sich Jake zu. »Ich wollte, dass du erst einmal in Ruhe ankommst. Morgen hätte ich mit dir darüber gesprochen.« Er sieht Evan an und bedeutet ihm, um Gottes willen die Klappe zu halten. Überraschenderweise fügt der sich. Zumindest vorerst.

»Aber gut, wenn wir daraus ein nächtliches Meeting machen wollen …« Er zieht einen Stuhl vom Esstisch zu sich heran und nickt Jake zu. Aber der hebt abwehrend die Hand.

»Ich stehe lieber.«

»Okay. Also, mein Bruder und ich stehen wegen der Werft in Verhandlungen mit deinem Vater. Das weißt du ja anscheinend schon. Wir hätten auch vorher gern mit dir geredet, konnten dich aber nicht kontaktieren.« Er zuckt die Schultern. »Keiner wusste, wo du warst.«

Also hatte Cole keine Ahnung, dass Evan sehr wohl über Jakes Aufenthaltsort Bescheid wusste? Ich glaube kaum, dass er die Rolle des Unwissenden so perfekt spielen könnte.

»Das Angebot liegt auf dem Tisch, und dein Vater wird es annehmen. Er hat bereits zugestimmt. Die Verträge werden gerade vorbereitet. Ich möchte nicht, dass du dich davon überfahren fühlst. Keiner will dir hier irgendetwas streitig machen. Aber die Werft ist ziemlich runtergekommen. Es wird viel Geld brauchen, um sie wieder auf Vordermann zu bringen.«

»Und davon habt ihr reichen Typen genug, was? Aber ich verrate euch was. Man kann nicht alles mit Dollarnoten kaufen.«

Cole nickt, während Evan seinen Gegner nur wütend anstarrt. »Das ist uns klar. Wir haben die finanziellen Mittel, um

Maschinen zu erneuern, die Bausubstanz auf Vordermann zu bringen, die Firma auf dem Markt sichtbar zu machen und hervorragendes Material zu besorgen. Aber uns fehlt das Know-how. Das besitzt du.«

»Bietest du mir gerade einen Job in meiner eigenen Firma an?« Jake schüttelt den Kopf und fährt dann eisig fort. »Ich wusste, ihr Harris-Brüder seid dreist, aber für so unverfroren hätte selbst ich euch nicht gehalten.«

»Mein Bruder hat dir einen Job angeboten.« Evan baut sich zu seiner vollen Größe auf. »Das war nett von ihm, aber das Angebot ist hinfällig. Ich tue das nicht. Es gibt andere Bootsbauer. Wir brauchen dich nicht.«

»Evan«, herrscht Cole ihn an, aber Evan reagiert gar nicht auf seinen Bruder, sondern macht einige Schritte auf Jake zu. »Du hingegen hättest uns gebraucht. Die paar Dollar, die du auf der hohen Kante hast, werden deinen Vater wohl kaum davon überzeugen, unseren Deal auszuschlagen. Bedeutet wohl, du kannst dich von der Werft verabschieden und im Diner Teller waschen. Natürlich nur, wenn du artig bist und Liz dich einstellt.«

»Jungs«, schiebt sich Grace gerade noch rechtzeitig zwischen Jake und Evan, die nicht einmal mehr eine halbe Armlänge voneinander trennt. »Auszeit. Hier liegt eindeutig zu viel Testosteron in der Luft. Das können wir morgen mir klareren Köpfen besprechen«, verkündet sie und hält ihr Handy nach oben. »Bin ich die Einzige, die ihre Nachrichten checkt?«

Verwirrt greife ich in meine Hosentasche und ziehe mein Telefon heraus. Liz zieht ihres vom Ladekabel auf der Küchenzeile. Fast gleichzeitig lesen wir die Nachricht von Greta.

Hazel wirft einen Blick über Grace' Schulter. »Ich werde Tante«, quietscht sie.

Zwar stimmt das nicht ganz, denn wir sind nicht blutsverwandt mit Greta und damit auch nicht mit ihrem noch ungeborenen Baby, aber trotzdem fühlt es sich an, als würde heute Nacht die Carson-Familie wachsen.

»Sie ist schon seit vier Stunden im Kreißsaal, und keiner ist bei ihr.«

»Ihre Eltern sind sicher dort«, wirft Liz ein, zieht sich aber bereits die Jacke über. Uns allen ist klar, die zählen nicht wirklich. Greta braucht den Carson-Clan, um die Geburt zu überstehen. Nur ist der gerade um drei Männer erweitert worden, die sich am liebsten an die Gurgel gehen würden.

»Okay.« Liz pustet sich die Haare aus der Stirn und schlingt einen Schal um ihren Hals. »Wir fahren mit zwei Autos. Cole, Evan und Fi. Ihr fahrt mit mir direkt ins Krankenhaus. Wir nehmen Evans Mercedes?« Sie sieht Evan fragend an und nickt zufrieden, als er ergeben nach den Schlüsseln greift. »Hazel, Jake und Grace, ihr nehmt den Buick und holt auf dem Weg noch Amber ab. Sie wird dabei sein wollen. Versucht sie über das Handy zu erreichen, damit ihr Ellens Eltern nicht aus dem Bett klingeln müsst. Und bringt bitte ein Schild am Diner an, dass wir aufgrund eines familiären Ereignisses heute geschlossen haben.« Sie wendet sich an Jake. »Amber bekommt auf dem Weg ins Krankenhaus Zeit, sich daran zu gewöhnen, dass du wieder da bist.« Sie knufft ihn in den Arm, und er grinst sie an.

»Also los«, treibt Liz uns alle an. »Der Kleine wartet bestimmt nicht auf uns, nur weil wir trödeln. Wenn er nur halb so voreilig ist wie seine Mutter, dürfte er schon fast auf der Welt sein.« Sie schiebt mich und Evan in den Flur, wo ich meine Jacke aufsammle und sie mir auf dem Weg nach draußen überziehe.

»Nettes Outfit, mit dem wir den neuen Erdenbürger begrüßen«, gibt Cole mit einem Blick auf seinen Schlafanzug und den, der unter Liz' Jacke hervorlugt, zu bedenken.

»Glaubst du echt, dafür hat irgendwer Augen, wenn Greta erst mal den süßesten Jungen der Welt geboren hat?«

Und sie hat recht. Greta wird Mutter. Und wir werden Tanten. Das legitimiert eine Horde Schwestern im Schlafanzug. Es relativiert all die Wut, die sich eben noch in unserem Wohnzimmer aufgestaut hat. Es macht die noch zu klärenden Fragen für einen Moment unwichtig. Da sind sich alle einig.

Liz ist bei Greta im Kreißsaal. Sie wechselt sich mit Hazel ab, während wir anderen im Aufenthaltsraum warten. Ganz entgegen Liz' Annahme hat es Gretas Kleiner nicht eilig. Die Geburt dauert schon jetzt ewig, und laut der Ärztin ist ein Ende noch nicht in Sicht.

Gretas Eltern sind nach Hause gefahren, um etwas zu schlafen. Sie waren völlig erschöpft, und wir haben ihnen versprochen, sie anzurufen, sollte es der Kleine doch noch eilig haben. Sie kommen morgen früh wieder.

Jake sitzt mir kerzengerade gegenüber. Er hat noch nicht einmal die Augen geschlossen, seitdem wir hier sind. Dabei sehe ich an den tiefen Ringen unter seinen Augen, wie müde er ist. Er starrt mich an. Und Evan, der direkt neben mir sitzt. Er schläft, und ich wünschte, ich könnte meinen Kopf an seine Schulter lehnen. Aber wahrscheinlich würde das nur dazu führen, dass Evan und Jake ihre Mixed-Martial-Arts-Nummer direkt hier im Krankenhaus fortsetzen.

Ich gleite leise vom Sofa und gehe zum Kaffeeautomaten hinüber. Hazel und Grace liegen eng aneinander gekuschelt auf einer Bank daneben.

Ich ziehe einen Kaffee aus dem Automaten und nippe vorsichtig an der dünnen Brühe. Dann kippe ich so viel Zucker hinein, bis er trinkbar ist. Jetzt schmeckt er zwar nur noch süß, aber man bekommt ihn wenigstens hinunter. Ich kaufe noch einen zweiten und reiche ihn Jake.

Er nimmt ihn dankbar entgegen.

»Warum schläfst du nicht etwas?« Ich setze mich wieder neben Evan und ziehe die Beine auf den Stuhl. Den Kaffee platziere ich auf meinem Knie.

»Ich schlafe nicht besonders gut in letzter Zeit«, erwidert Jake, setzt aber nicht zu einer näheren Erklärung an.

Ich sehe Evan an, vergewissere mich, dass seine Atemzüge ruhig und gleichmäßig sind, bevor ich mich wieder Jake zuwende. »Warum bist du so wütend auf ihn?«

»Ist das nicht offensichtlich?«

Als ich nicht antworte, verdreht er die Augen und sagt leise: »Er hat es auf die Werft abgesehen.«

Ich nicke und schüttle dann den Kopf. »Cole und er sind eine einmalige Chance für dich und die Werft. Das weißt du. Verzichte nicht darauf, nur weil du zu stolz bist.«

»Eher friert die Hölle zu, als dass ich diesen Typen als meine Chance betrachte.«

»Und genau das verstehe ich nicht«, erwidere ich. Er kennt Evan nicht einmal. Wieso also sollte er ein so mächtiges Gefühl wie Hass für ihn empfinden?

Jake liebt dich, höre ich Liz' Stimme in meinem Kopf. Aber das ist ewig her, und ich habe ihm nie Hoffnungen gemacht, dieses Gefühl könnte auf Gegenseitigkeit beruhen. Er kann unmöglich fünf Jahre daran festgehalten haben und eifersüchtig sein.

Es ist, als würde er meine Gedanken lesen, als er zu einer Erklärung ansetzt. »Ich weiß, du hast nie mehr in mir gesehen als einen Freund, und das habe ich akzeptiert. Wirklich.« Er steht auf und schmeißt den Becher achtlos in den Abfallbehälter neben dem Automaten. Erst dann spricht er weiter. »Ich sage nicht, dass es mir am Anfang nicht schwergefallen ist, denn das wäre gelogen. Aber das ist lange her. Ich bin der Typ, der nachts losgefahren ist, um dich von Partys abzuholen. Ich habe die waghalsigsten Gerichte ausprobiert, als du angefangen hast, mit Zutaten zu experimentieren und sich kein anderer darauf eingelassen hat.« Er fährt sich unbeholfen über den Nacken. »Was ich sagen will: Ich bin dein Freund, und du bist mir nun mal nicht egal«, murmelt er leise und wiederholt sich. »Und deswegen nimm meinen Rat an. Er ist ein Mistkerl. Er wird dir nicht geben, was du suchst. Typen wir er sind nicht gut genug für dich.«

»Jake«, flüstere ich, weil ich nicht weiß, was ich sonst sagen soll. Spricht da wirklich nur Freundschaft aus ihm? Und wenn ja, wie kann er sich so sicher sein, Evan wäre ein schlechter Mensch? Nicht gut genug für mich? Das ist absurd. Was immer wir da miteinander haben, ist auf Augenhöhe passiert. Ich wusste, was er bereit ist zu geben, und er kennt meine Grenzen.

»Die anderen wissen nichts davon?«

Er hat es zwar als Frage formuliert, aber sein Blick zeigt mir, dass er die Antwort bereits kennt. Er macht keinen Hehl daraus, dass er denkt, diese Geheimniskrämerei wäre auf

Evans Mist gewachsen. Eine unbedeutende, schmutzige Affäre, um seinen Spaß zu haben.

Ich schüttle den Kopf. »Nein, aber nur, weil ich ihn gebeten habe, nichts zu sagen. Er hat meinen Wunsch akzeptiert, es für uns zu behalten. Ich will mich nicht binden, und du weißt, warum. Wir sind kein Paar. Wir haben nur die Zeit am See zusammen totgeschlagen.« Ich sehe ihn nicht an, als ich sage: »Ich werde nicht bleiben.«

»Lass mich raten. Er war begeistert, dich haben zu können, ohne sich verpflichten zu müssen.« Jake setzt sich und fährt sich mit den Händen übers Gesicht, bevor er mich wieder ansieht. »Tut mir leid, Fi. Im Grunde geht es mich nichts an, aber …« Er beendet den Satz nicht. Coles leises Schnarchen ist das einzige Geräusch in der einsetzenden Stille.

»… ich kenne dich, und er wird dir das Herz brechen.«

Mein Herz ist schon viel länger kaputt. Trotzdem ist mir natürlich klar, was Jake meint. Es ist gefährlich, jemandem so viel Nähe zu erlauben. Ich hatte mir geschworen, bis auf meine Schwestern niemanden mehr in diesen engen Zirkel zu lassen, aber die Grenzen weichen sich auf. Da sind Greta und Hank, die fast zur Familie gehören. Und da ist Cole, der meine große Schwester so verdammt glücklich macht. Ich wollte ihn nicht mögen und bin gescheitert. Genau wie bei Evan. Ich seufze leise.

»Du solltest bleiben und ihm keine Gelegenheit bieten, dir diesen Neuanfang kaputtzumachen.« Jake sieht mich eindringlich an. »Du weißt, wie sehr deine Schwestern dich vermisst haben. Amber …« Er deutet auf meine kleine Schwester, die zusammengerollt wie eine schwarze Katze neben Cole auf zwei Stühlen liegt. »… sie braucht dich. Liz, Grace und Hazel auch.« Er atmet tief durch. »Im Diner wärst du deine eigene Herrin. Die meisten Köche arbeiten ein Leben lang dafür, ein eigenes Restaurant zu besitzen. Du könntest glücklich sein. Hier. Wo du alles hast, was du brauchst.«

»Ich kann nicht. Und Evan hat rein gar nichts damit zu tun«, sage ich leise und atme die eiskalte Nachtluft ein, die seit Jahren in meinen Erinnerungen gefangen ist.

Jake stößt die Luft aus. »Doch, hat er. Du wirst seinetwegen wieder gehen. Er gibt dir einen plausiblen Grund, um abzuhauen und dich nicht mit den Erinnerungen auseinandersetzen zu müssen. Aber du kannst nicht ewig vor der Vergangenheit weglaufen, Fi.«

»Wer sagt das?«, erwidere ich störrisch und knicke den mittlerweile leeren Pappbecher in der Mitte.

»Ich.« Jake verschränkt die Arme vor der Brust. »Wenn du das tust, verlierst du am Ende alles.« Es hört sich an, als wüsste er genau, wovon er redet. Seine Augen sind dunkel, und die Leere in seiner Stimme macht mir Angst. »Deine Schwestern, den Diner, dein Zuhause und am Ende dich selbst. Lauf nicht so lange, bis alles weg ist«, fordert er leise.

Ich lege meinen Kopf auf die Knie und spüre Evan dicht neben mir. Hat Jake recht? Lasse ich mich nur auf Evan ein, weil ich will, dass er mir das Herz bricht? Weil es bedeuten würde, einen Grund zu haben, um wieder zu gehen? Mein Herz zieht sich schmerzhaft zusammen bei dem bloßen Gedanken, ihn zu verlieren. Dabei sollte es überhaupt nicht involviert sein, wenn es um Evan geht.

»Es reicht, wenn einer von uns diesen Fehler macht«, fügt Jake leise hinzu.

Ich will etwas sagen, das Jake zeigt, er hätte nicht alles verloren. Bei weitem nicht. Er hat uns, den See, seinen Dad und die Werft, wenn er nur bereit wäre, seinen Stolz hinunterzuschlucken. Aber bevor ich dazu komme, genau das in Worte zu fassen, rennt Liz aus dem Kreißsaal auf uns zu. Ein helles Quietschen entweicht ihr und weckt die anderen.

»Er ist so süß.« Sie drückt mich an sich. »Da kommt keine deiner Tortenglasuren mit, Fi.« Tränen rinnen ihr über die Wangen.

Amber ist so schnell auf den Beinen wie in den letzten sechzehn Jahren nicht. »Wie heißt er? Wie groß ist er? Wie schwer? Und überhaupt, wann dürfen wir ihn sehen?«

»Langsam, Ambs.« Sie fährt Amber durchs Haar, und meine kleine Schwester lässt es entgegen ihrer sonstigen Gewohnheiten zu. »Sie hat ihn Noah Samuel genannt.« Sie zuckt die Schultern und lacht. »So ganz kam sie von Samuel wohl nicht los, aber dein Vorschlag, den Kleinen Noah zu nennen, hat ins Schwarze getroffen.«

»Noah Samuel Pierson«, spricht Hazel den Namen leise aus, und ihre Stimme wird von tiefen Emotionen bewegt. Jake legt einen Arm um sie und drückt sie kurz. Eine Geste, die sie leicht aus dem Konzept bringt. Sie hatte schon immer eine Schwäche für ihn.

»Geht es Greta gut?«, fragt sie und bringt etwas Abstand zwischen sich und Jake.

Liz nickt. »Sie ist völlig fertig, aber sie meinte, es wäre okay, wenn ihr nach und nach reingeht und Noah willkommen heißt.«

Ich bin niemand, der bei Babys automatisch in Verzückung ausbricht, aber Noah erobert mein Herz innerhalb eines Sekundenbruchteils. Ich lasse wirklich nach, was den Schutz meiner sorgsam errichteten Mauern angeht.

Er ist so winzig. Selbst den Miniaturstrampler, den er trägt, füllt er nicht vollständig aus. Der Kleine liegt völlig ruhig in seinem Bettchen neben Greta und schläft. Sein Gesicht ist entspannt, verzieht sich aber ab und an zu einem reflexartigen Lächeln. Ein heller Haarflaum bedeckt sein Köpfchen und fühlt sich seidig an, als ich ihn streichle. Er wirkt so zerbrechlich.

»Du kannst ihn ruhig auf den Arm nehmen«, sagt Greta. Sie liegt im Bett und sieht müde und geschafft, aber überschäumend glücklich aus. »Keine Angst, ich versichere dir, wer so eine Geburt übersteht, geht nicht so schnell kaputt.«

Sie mag recht haben, aber ich traue mich trotzdem nicht und streiche lieber weiter über den Flaum auf Noahs Köpfchen.

Evan hat Greta beglückwünscht und sich danach an die Zimmertür zurückgezogen, während meine Schwestern, Jake und Cole das Bett umringen. Er ist der Erste, der geht. Als ich Minuten später zu der Stelle sehe, an der er gestanden hat, ist er fort.

Kapitel 13

Nachdem wir alle die Nacht über wenig oder gar keinen Schlaf bekommen haben, haben sich meine Schwestern nach unserer Rückkehr nach Pinewood Meadows hingelegt. Cole ist geblieben, während Evan nach Sierra Shores gefahren ist. Jake ist zu seinem Vater nach Hause zurückgekehrt, obwohl Liz ihm angeboten hat, er könnte, solange er möchte, auf der Couch schlafen.

Ich sollte mich ausruhen, wie sie alle es tun. Aber stattdessen liege ich wach und grüble über Jakes Worte nach. Er hat recht: Es ist nicht sinnvoll, ewig vor meinen Dämonen davonzulaufen. Andererseits fühle ich mich nicht bereit, mich ihnen zu stellen. Vielleicht ist das wirklich der Grund, warum ich mich angreifbar mache, indem ich Evan so nah an mich heranlasse. Es wird mir einen Grund liefern, wieder zu gehen.

Mit einer anderen Sache jedoch hat Jake definitiv unrecht. Er sagte, Evan wäre nicht gut genug für mich. Aber da irrt er sich. Evan erkennt ohne Worte, wie es mir geht. Immer. Er weiß instinktiv, was er tun muss, damit es mir bessergeht. Er drängt mich nicht, über Dinge zu sprechen, die ich nicht in Worte fassen kann. Vielleicht fühlt sich deswegen nicht nur mein Körper, sondern auch mein Herz an, als wäre er mein Gravitationsfeld.

Trotzdem hat er unsere körperliche Anziehung nicht einfach ausgenutzt, sondern von Anfang an klar kommuniziert, wie er zum Thema Beziehung steht, und mir die Möglichkeit gegeben, das Ganze auf einer rein freundschaftliche Ebene zu belassen. Das war ehrlich und auf eine heiße, unwiderstehliche Art anständig.

Und ich war einverstanden. Ich wollte keine Nähe, nur Spaß, Ablenkung. Dass sich das geändert hat und ich mich nach ihm sehne, nur weil er seit gut einer Stunde viereinhalb Meilen entfernt in Sierra Shores sitzt, dafür kann er nichts.

Seufzend schlage ich meine Decke zurück und schlüpfe in die Jeans und den Pullover, die ich erst vor rund einer halben Stunde auf den Boden geworfen habe.

Im Erdgeschoss koche ich mir einen Kaffee und stapfe wenig später mit einem Thermobecher durch den Schnee zu meinem Pick-up. Es sind leise, feine Flocken, die vom Himmel fallen und die Landschaft wie einen weißen Teppich überziehen. Von Zeit zu Zeit fallen winzige Schneelawinen von den Pinienzweigen gen Boden, als ich den Wagen zur Hauptstraße und dann Richtung Hawkins lenke.

Es ist bereits stockdunkel, und ich friere gottserbärmlich. Trotz des dicken Parkas und meiner Leggings, die ich unter den Jeans trage, dringt die Kälte unbarmherzig durch meine Kleidung und lässt mich unkontrolliert zittern. Ungeachtet dessen sitze ich unbeweglich auf einem breiten, umgestürzten Pinienstamm, der seitlich neben der Luther Pass Road liegt. Seit Stunden schon. Mein Blick ist starr auf das vereiste Kiesbett neben der Fahrbahn gerichtet. Dort sind Mom und Dad von der Fahrbahn abgekommen. Am Scheitelpunkt der langgezogenen Linkskurve. Ihr Wagen hat sich überschlagen und ist gegen die riesigen Steinquader etwas weiter unten am Hang geschleudert worden.

Ich bin hier und warte auf Tränen. Auf Trauer. Auf Vergebung. Auf irgendein Gefühl. Aber in mir ist nur Kälte. Ich fühle nichts. Wie soll ich jemals mit etwas abschließen, was ich nicht greifen kann, weil es zu groß ist?

Ein Wagen hält auf dem Seitenstreifen. Der Motor läuft, als ein Mann aussteigt und zu mir läuft. Vor gut zwei Stunden hat schon mal ein Fahrer eines Pick-ups gehalten und sich erkundigt, ob alles in Ordnung sei. Ich konnte ihn davon überzeugen, dass ich nur die Aussicht genießen würde. Mit der einbrechenden Dunkelheit hat sich diese Ausrede wohl erledigt.

Aber ich brauche keine Erklärungen. Als ich mich dem Mann zuwende, erkenne ich Jake. Er ist mit dem alten Dodge seines Dads hier. Auf der Rückbank sitzt Big Mac und schaut ihm sehnsüchtig hinterher, als er durch den Schnee zu mir läuft.

Jake setzt sich stumm neben mich und schält sich aus seiner Jacke. Er legt sie mir um die Schultern, obwohl die Kälte nun unbarmherzig an seinem Pullover zerrt und ich sehe, dass er friert.

Schweigend sitzen wir eine Weile nebeneinander, bis Jake die Stille zerbricht: »Deine Schwestern haben sich Sorgen gemacht. Sie haben versucht, dich zu erreichen.« Er deutet auf den Unfallort. »Ich wusste, du würdest hier sein.«

»Woher?«

Er zuckt die Schultern und schlingt sich die Arme um den Körper. »Ich war früher oft hier.«

Seine Aussage überrascht mich. Ich bin das allererste Mal

an diesem Ort. Seit damals habe ich die Passstraße immer gemieden, selbst wenn sie den kürzesten Weg nach Hawkins darstellte.

»Ich habe deine Eltern geliebt. Wenn ich dich damals abgeholt hätte, wären sie heute noch hier. Ich hätte nur an mein Scheißtelefon gehen müssen. Ich wollte ihnen hier nah sein.« Er tritt gegen einen Stein zu seinen Füßen und schüttelt den Kopf. »Aber das ist nur ein Stück Straße. Asphalt, der nichts mit ihnen zu tun hat. Sie sind nicht mehr hier.«

Sie sind überhaupt nicht mehr da. Weil ich sie umgebracht habe.

Jake hebt den Stein auf und wirft ihn in einem weiten Bogen gegen die Findlinge am Waldrand. Dann bückt er sich erneut, hebt einen weiteren auf und wirft ihn. Gezielter dieses Mal. Härter. Er legt all seine Wut, die Enttäuschung, die Traurigkeit hinein und lacht tonlos, aber zufrieden auf, als das Geschoss sein Ziel findet und mit einem dumpfen Knall abprallt.

Er reicht mir auch einen Stein. Ich zögere, aber dann werfe ich ihn. Es fühlt sich befreiend an. Ich bücke mich und sammle gleich mehrere Kiesel auf, die ich in einem harten Stakkato von mir schleudere. Jake tut dasselbe, und irgendwann löst sich ein Schrei aus meiner Kehle. Ich brülle den Gesteinsbrocken hinterher, bis mir Tränen die Wangen hinablaufen und Jake mich in die Arme schließt. Sein Körper bebt. Genau wie meiner. Ich lasse die restlichen Steine aus meiner Hand gleiten und höre, wie sie unter mir auf den Boden treffen.

Jake gibt mir einen sanften Kuss auf den Scheitel. »Besser?«

Ich nicke, und er grinst mich schief an, während er mich zu seinem Wagen zieht. Er verfrachtet mich auf den Beifahrersitz, und Mac begrüßt mich schwanzwedelnd mit einem stürmischen Hundekuss. Ich wehre ihn liebevoll ab und kraule ihm durch das dichte Fell.

Im Inneren des Wagens ist es herrlich warm, aber anstatt sich ebenfalls in die Wärme zu flüchten, rennt Jake zu meinem Pick-up hinüber und startet den Motor. Er hantiert im Innenraum herum, und ich nehme an, er stellt die Heizung an, um den Wagen für mich vorzuwärmen.

In dem Moment vibriert mein Handy. Das tut es seit Stunden in regelmäßigen Abständen, aber erst jetzt fühle ich mich dazu in der Lage, auf meine Schwestern zu reagieren. Ich ziehe das Telefon aus der Tasche und wähle die letzte verpasste Nummer.

Liz geht nach dem zweiten Klingeln ran. »Fi?« Im Hintergrund höre ich die unverkennbare Geräuschkulisse des Krankenhauses. Sie wird zu Greta gefahren sein. Wir hatten zwar gesagt, wir würden ihr ein wenig Freiraum lassen, damit sie sich ausruhen und sich in ihre Rolle als Mutter einfinden kann, aber Liz ist absolut verknallt in den kleinen Noah. Wahrscheinlich hat sie es einfach nicht mehr ausgehalten und ist auf einen kurzen Besuch ins Barton Memorial Hospital nach South Lake Tahoe gefahren.

»Hör zu, Liz, es tut mir leid. Ich brauchte etwas Zeit für mich, aber ich hätte euch Bescheid geben sollen, wo ich stecke.«

Sie schluchzt leise auf, und mein Magen verkrampft sich augenblicklich. In dem Geräusch steckt keine Erleichterung, dass ich mich wohlbehalten melde, sondern Sorge und Angst. Irgendetwas ist passiert. Mein Atem setzt aus, und Panik schnürt mir die Kehle zu. »Was ist los, Liz?« Ich zwinge mich zur Ruhe. »Wieso bist du im Krankenhaus?«

»Sam«, sagt sie nur, und es ist klar, dass etwas Schlimmes geschehen ist. Mein Blick sucht Jake im Rückspiegel, der immer noch mit der veralteten Technik meines Pick-ups kämpft.

»Was ist passiert?«, frage ich eindringlich.

»Cole und Evan sind zu Sam gefahren, um ihm die Verträge, die heute gekommen sind, zur Durchsicht zu geben. Als sie bei der Hunter-Werft eintrafen, haben sie ihn gefunden. Er lag auf der Veranda.« Sie schluchzt wieder. »Niemand weiß, wie lange schon.«

Jake war doch bis heute Nachmittag dort. Oder nicht?

»Wir können Jake nicht erreichen, und es sieht wirklich schlimm aus, Fi. Sie sagen uns nichts, weil wir nicht mit Sam verwandt sind, aber Cole meinte, er sah wirklich schlecht aus, und die Ärzte sagten, es wäre wichtig, dass Jake so schnell wie möglich herkommt.«

»Ich weiß, wo er ist«, sage ich wie betäubt und lege auf, bevor Jake mit einem Lachen die Fahrertür aufreißt. Er reibt sich die Hände und schüttelt sich Schneeflocken aus den Haaren. »Meine Güte, ist das saukalt. Ich habe die Heizung in deinem Wagen angestellt. Allerdings wird es wohl etwas dauern, bis der Dinosaurier-Wagen warm ist.« Er schaltet die Lüftung hoch, begrüßt seinen Hund, der so tut, als wäre Jake Jahre fort gewesen, und sieht mich dann an. »Alles in Ordnung?« Er beugt sich leicht vor und sieht mich von unten her an. »Fi? Du klappst mir jetzt aber nicht zusammen, oder?«

Ich schüttle den Kopf und suche nach den richtigen Worten. Dabei weiß ich, es gibt sie nicht. »Ich habe eben mit

Liz telefoniert«, sage ich leise und halte wie zum Beweis mein Handy hoch. »Dein Dad ist ins Krankenhaus eingeliefert worden.«

Abgase verwirbeln in der Kälte der Nacht und hüllen Jakes Wagen in weißen Nebel. Diese Situation erinnert so sehr an die Nacht vor fünf Jahren in Hawkins, als Jake mir von Mom und Dad erzählt hat. Meine Stimme zittert. »Cole und Evan haben ihn auf der Veranda gefunden und sofort den Rettungswagen gerufen, aber es sieht schlimm aus.«

Jake sagt nichts. Er starrt nur auf das Lenkrad in seinen Händen. Und ich tue, was er damals getan hat. Ich schließe ihn in meine Arme und versuche, ihn zu stützen. Aber Jake bricht nicht zusammen. Er fährt sich durch die Haare und löst sich sanft, aber bestimmt von mir. »Wir sollten hinfahren. Wenn sie ihn gefunden und ins Krankenhaus gebracht haben, bedeutet es, dass er lebt.«

Ich nicke und deute auf meinen Pick-up. »Ich fahre dich.«

Jake ist bei seinem Vater. Sam Hunter hatte einen schweren Herzinfarkt, und die starke Unterkühlung setzt ihm zusätzlich zu. Er kämpft um sein Leben. Wir anderen sitzen im Warteraum. Ich bin nur einmal kurz nach Hause gefahren und habe den Hund in unserem Wohnzimmer untergebracht. Er hat direkt das Sofa für sich beansprucht und mir schwanzwedelnd zugesehen, wie ich Wasser für ihn in eine von Hazels gepunkteten Müslischüsseln gefüllt habe. Ich hoffe wirklich, er lässt das Inventar heil, solange er allein in Pinewood Meadows ist.

Die Stimmung im Warteraum ist nicht mit der von gestern zu vergleichen, als wir im selben Krankenhaus beieinandersaßen. Die Geburt von Noah war etwas aufregend Wunderbares. Sams Zustand hingegen ist äußerst kritisch, und wir alle machen uns wahnsinnige Sorgen.

»Sam ist ein Kämpfer. Er gibt schon nicht auf«, höre ich Cole leise zu Liz sagen. Er küsst sie und streicht ihr die Haare aus dem verweinten Gesicht.

Evan beobachtet die Szene und sieht dann mich an. Aber in seinem Blick liegt nicht dasselbe Gefühl wie in Coles. Er möchte mich nicht trösten. Er ist wütend, und ich verstehe nicht, wieso. Aber das ist auch egal, denn das hier ist der falsche Platz, um der Frage nachzugehen, was sein Problem ist.

Er steht auf und murmelt: »Ich muss mal einen Augenblick hier raus.«

Ich frage mich, wieso er überhaupt noch hier ist. Jake zählt nicht zu seinen Freunden, und Sam ist nur ein Geschäftspartner. Er hätte wieder fahren können. Er hätte dem Rettungswagen gar nicht erst folgen müssen.

Evan verlässt den Warteraum, und ich sehe, wie er im Treppenhaus verschwindet, anstatt den Aufzug zu nehmen.

Ich erhebe mich ebenfalls und sage leise: »Frische Luft ist eine gute Idee.« Keiner der anderen nimmt Notiz davon, dass ich den Raum verlasse.

Sobald ich außer Sichtweite bin, werde ich schneller und reiße schließlich die Tür zum Treppenhaus auf, durch die er kurz zuvor verschwunden ist.

So modern das Krankenhaus ist, hell, frisch und antiseptisch rein, das Treppenhaus wirkt wie eine andere Welt. Das Licht ist dämmrig, und der Beton ist nur notdürftig mit einer fleckig weißen Farbe bedeckt.

Evan ist nirgends zu sehen. Ich warte kurz, bis sich meine Augen an das Halbdunkel gewöhnt haben, und überwinde dann die zwei Stockwerke bis zum Erdgeschoss.

Gerade als ich durch die Tür zum Ausgang gehen will, um ihn auf dem Parkplatz zu suchen, nehme ich eine Bewegung hinter mir wahr.

Ich drehe mich um und spähe die letzte Treppe hinab, die in den Keller führt. Evan steht an deren Ende an der Wand und sieht mich an. Langsam gehe ich zu ihm, bis ich unmittelbar vor ihm stehe.

»Was ist los?«, frage ich leise und ernte nur ein Achselzucken. »Evan?«, bohre ich nach.

»Nichts. Was sollte sein?«

»Sag du es mir!«

Er schüttelt den Kopf, und ein bitteres Lächeln umspielt seine Lippen, als er sich von der Wand abstößt und gehen will.

Ich halte ihn am Arm zurück.

»Lass mich los, Fi.«

»Nicht bevor du mir nicht sagst, was zum Teufel mit dir los ist.«

»Und warum genau sollte ich dir das sagen? Wir sind kein Paar. Wir haben nur die Zeit zusammen totgeschlagen, bis du wieder abhaust, oder nicht?« Er breitet die Worte kalt vor mir aus, die ich Jake gestern hier im Krankenhaus gesagt habe.

Er hat uns also doch gehört, dabei dachte ich, er würde schlafen. »Evan, ich …«

»Du musst es mir nicht erklären. Wir hatten einen Deal. Keine Bindungen. Und jetzt verstehe ich auch, wieso.«

Er ist eifersüchtig. Auf Jake. Ich bin überrascht. Verwirrt. Es kann nichts bedeuten. Evan könnte einfach ein schlechter

Verlierer sein. Oder er teilt nicht gern. Aber vielleicht bedeutet sein Verhalten auch, dass er mehr für mich empfindet, als er bisher zugegeben hat. Das würde auch erklären, was seine Laune schockgefrostet hat. Jake und ich waren den gesamten Tag verschwunden und sind dann gemeinsam hier im Krankenhaus aufgetaucht.

»Ich hoffe, du wirst glücklich mit ihm«, stößt Evan zwischen zusammengebissenen Zähnen hervor, und seine Stimme macht klar, dass er Jake stattdessen viel lieber die Pest an den Hals wünschen würde. »Er wird dich brauchen.« Er macht eine unbestimmte Handbewegung, die wohl Sams Zustand beschreiben soll.

Ich mache einen Schritt auf ihn zu und stelle mich auf die Zehenspitzen, um ihn zu küssen.

Er ist überrumpelt, schiebt mich aber mit einigen Sekunden Verzögerung von sich. »Lass das«, sagt er nicht besonders überzeugend.

»Ich war heute nicht mit Jake zusammen.« Ich sehe ihn direkt an, und Evan weicht mir nicht aus. »Ich habe versucht, mich meiner Vergangenheit zu stellen, und war deswegen in Hawkins.« Ich atme tief durch. »Ich will nicht mehr weglaufen. Jake hat mich gesucht, weil meine Schwestern sich um mich gesorgt haben. Nur deswegen war er bei mir, als ich von Sam erfahren habe.«

Ich kann sehen, wie es in Evan arbeitet. Wie er die Version des heutigen Tages von Jake und mir aus seinem Kopf mit meinen Schilderungen abgleicht und sich schließlich einen Ruck gibt. Er überwindet die Distanz, die er zwischen uns gebracht hat, und küsst mich. Es ist ein stürmischer Kuss, der die Anspannung der vergangenen Stunden in sich trägt.

Ich bin mir nicht sicher, ob er mir glaubt oder ob er einfach nur beschlossen hat, nicht kampflos aufzugeben. Auf jeden Fall schiebt er mich in den dunklen Winkel unter der Treppe.

Evan dreht mich mit dem Rücken zur Wand und stützt seine Hände links und rechts neben meinem Kopf ab, bevor er mich erneut küsst. Hungrig. Besitzergreifend.

Ich lasse meine Finger unter sein Shirt gleiten und erobere seinen perfekten Körper. Jede meiner Zellen reagiert auf ihn, als er sich gegen mich drängt.

Eine Welle der Erregung lässt mich erschauern, als er mit den Lippen meinen Hals entlangfährt und sich an mich presst. Ich erwische mich dabei, wie ich mir wünsche, er würde mich einfach hier und jetzt nehmen. Ungeachtet der Tatsache, dass wir uns in einem Krankenhaus befinden und ich mir eigentlich Gedanken über Sam und Jake machen sollte, anstatt mich in Evan zu verlieren.

Er hört auf, mich zu küssen, und lehnt seine Stirn an meine. Ganz offensichtlich ist er disziplinierter als ich. Er sieht mich an und ich ihn, während er mit seinem Daumen die Konturen meiner Lippen entlangfährt und wir langsam wieder zu Atem kommen.

»Du solltest wieder nach oben gehen«, sagt er mit einem bedauernden Grinsen. »Sie werden sich schon fragen, wo du bist.«

Ich nicke, aber jede Faser meines Körpers will hierbleiben. Bei ihm. Es kostet mich eine Weile, um einzusehen, dass er recht hat. Jake war immer für mich da. Ich sollte jetzt dasselbe für ihn tun. Und für meine Schwestern. Es wäre egoistisch, vor den Gefühlen davonzulaufen, die Sams Zustand und dessen Folgen für Jake in mir auslösen, indem ich mich von Evan ablenken lasse.

Ich atme tief durch und küsse ihn ein letztes Mal. Sanft und leicht. Ein Abschiedskuss, bevor ich mich umdrehe und Evan allein zurücklasse.

Ich schließe den Diner ab und laufe dann, die Arme um meine Mitte geschlungen, zu meinem Pick-up.

Sam liegt jetzt seit drei Tagen auf der Intensivstation. Sein Zustand ist unverändert schlecht, aber das Geschäft muss weitergehen. Also habe ich mich bereit erklärt, mit zwei unserer Aushilfen die kommenden Tage zu schmeißen. Auch weil ich der Krankenhausatmosphäre entkommen und nicht länger sehen wollte, wie Jake sich quält. Die anderen verbringen die Zeit abwechselnd bei ihm und Sam im Krankenhaus und kommen nur zum Schlafen nach Hause. Und natürlich, um sich um Mac zu kümmern. Der Hund vermisst Jake so sehr, dass er kaum frisst und apathisch wirkt, auch wenn er in Amber eine neue beste Freundin gefunden hat.

Aber wir alle sorgen uns mehr um Jake als um seinen Hund. Er isst zu wenig. Schläft so gut wie gar nicht und will nichts davon hören, das Krankenhaus zu verlassen, um zu duschen oder sich eine Weile auszuruhen. Selbst Liz kommt nicht an ihn heran. Hazel ist zur Werft gefahren, um ihm ein paar frische Sachen zu holen. Viel mehr als einfach für ihn da zu sein, können wir derzeit nicht tun.

Ich starte den Motor und lenke den Wagen in Richtung Halfmoon Bay, aber bevor die Abzweigung nach Pinewood Meadows im Licht der Scheinwerfer auftaucht, beschleunige ich. Ich will jetzt nicht allein in meinem Bett liegen und mich durch die Sorgen vom Schlafen abhalten lassen. Stattdessen fahre ich nach Sierra Shores. Durch die verschneite Stille der Nacht.

Ich habe mir gedacht, dass Cole bei Liz sein würde, atme aber trotzdem erleichtert aus, als nur Evans Mercedes auf dem Hof steht. Ich parke direkt daneben und schnappe mir meine Handtasche vom Beifahrersitz. Es ist bereits kurz vor Mitternacht, und ich bin nicht sicher, ob Evan besonders erbaut über eine Störung ist, sollte er bereits schlafen. Im Haus brennt kein Licht, und ich beschließe, wieder den direkten Weg über die Terrasse einzuschlagen. Wenn auch auf der Rückseite nirgendwo Licht zu sehen ist, werde ich einfach wieder fahren.

Meine Stiefel hinterlassen Spuren im frischen Schnee, als ich das Gebäude umrunde. Aus dem Wohnzimmer fällt ein wenig Licht auf die Terrasse. Leise Jazzmusik gesellt sich zu dem Brummen des Whirlpools, der auf dem überdachten Teil der Veranda steht und der mir schon beim ersten Besuch hier aufgefallen ist. Von dort hat man einen uneingeschränkten Blick auf die Bucht unterhalb des Hauses und ist trotzdem vor der Witterung geschützt. Nebelschwaden steigen von dem heißen Wasser auf. Evan hat seinen Kopf auf dem Rand des Jacuzzis abgelegt. Seine Augen sind geschlossen, und er wirkt vollkommen entspannt. Ein Glas Rotwein steht neben ihm, und das Wasser umspielt seinen Körper. Ich stelle meine Tasche auf einem der Deckchairs ab und schlüpfe lautlos aus meiner Kleidung. Ich werfe sie auf den Boden und nähere mich nackt dem Pool. Erst als ich das gleichmäßige Brodeln durchbreche und zu ihm ins Wasser gleite, schlägt Evan die Augen auf. Der erste Schreck dauert nur den Bruchteil einer Sekunde.

»Fi«, sagt er. Nicht mehr, aber das braucht er auch nicht.

Allein die Art, wie er meinen Namen sagt, zeigt, dass es kein Fehler war herzukommen.

Sein Blick gleitet über meine bloßen Brüste, durchbricht die Wasseroberfläche, wo er den Rest meines nackten Körpers erahnen kann, und ich sehe Begehren in seinen Augen aufflackern. Trotzdem bleibt er entspannt an den Rand gelehnt sitzen und sieht mir zu, wie ich das Weinglas nehme und einen großen Schluck trinke.

»Du wolltest mich ohne Klamotten«, flüstere ich, als ich es wieder abgesetzt habe. »Hier bin ich.«

Ich bin ihm so nah, dass ich seinen Körper spüre. Meine Finger gleiten durch Evans nasse Haare, und ich genieße, was allein diese Berührung und meine Nähe in ihm auslösen.

Sein Atem beschleunigt sich. Seine Kiefer sind fest aufeinandergepresst und seine Muskeln angespannt. Und dann schickt er die Selbstbeherrschung zum Teufel und zieht mich auf seinen Schoss. Sein Kuss ist stürmisch und fordernd. Ich spüre seinen Schwanz hart und heiß an meiner Mitte und keuche leise auf.

Ich hatte vor, ihn zu verführen. Langsam und sinnlich. Stattdessen explodiert die Lust förmlich zwischen uns, und ich kann mich nicht zurückhalten. Ich lasse ihn in mich gleiten.

Evan stöhnt, als er sich in mir versenkt. Seine Lippen schließen sich um meine Brustwarzen und saugen daran, während das brodelnde Wasser unsere Körper umspielt.

Ich spüre seine Härte in mir. Seine Hände, die meine Taille umfassen. Seinen Atem an meinen Nippel. Und die Kälte des Winters, die den perfekten Kontrast zu der Hitze im Whirlpool bildet.

»Evan«, stöhne ich unterdrückt, als ich bebend komme.

Ich bewege mich an ihm. Auf ihm. Und seine Härte stößt wieder und wieder in meine sich entladende Lust, bis Evan mir schließlich folgt.

Er presst mich an sich, wölbt mir sein Becken entgegen und zieht mich dann in einen langen Kuss.

»Schön, dass du hier bist«, sagt er grinsend, als er aus dem Sog des Verlangens wieder auftaucht.

Ich grinse ihn an und genieße, wie er meinen Hintern berührt und seine Erregung sich dadurch minimal in mir bewegt. Ich küsse ihn, und seine Zunge tanzt mit meiner, bis ich schließlich von seinem Schoß gleite und mich eng an ihn kuschle.

Er schlingt einen Arm um mich, und wir genießen eine Weile den Ausblick. Die Stille. Die Nähe des anderen.

»Du sagtest im Krankenhaus, du wärst in Hawkins gewesen«, durchbricht Evan schließlich vorsichtig die Stille. Er gibt mir genügend Zeit, um ihm zu verstehen zu geben, wenn ich nicht darüber reden will, aber ich lasse zu, dass er fortfährt. »Weil du nicht mehr vor deiner Vergangenheit fortlaufen willst.« Er küsst mich auf die Schläfe und fährt durch meine feuchten Haare, während sein Herzschlag meinen eigenen beruhigt. »Wovor bist du all die Jahre davongelaufen?«

Ich bin mir sicher, dass Liz ihm längst erzählt hat, warum ich ins Ausland gegangen bin. Er kennt die Eckdaten von Moms und Dads Unfall, aber das ist es nicht, was er meint. Er will keinen Tatsachenbericht, sondern verstehen, was diese Nacht mit mir gemacht hat. Und ich will es ihm erzählen. Das ist ein neues Gefühl für mich, und ich zögere.

Aber Evan drängt mich nicht. Er wartet einfach ab, hält mich und lässt mir meinen Rhythmus.

»Ich war ein furchtbares Kind«, beginne ich schließlich stockend. »Eine apokalyptische Katastrophe als Jugendliche, und ich bin nie richtig erwachsen geworden. Selbst dann nicht, als ich schon volljährig war und eine eigene Wohnung in Cooper Springs hatte. Mom und Dad haben sich immer um mich gesorgt, und mich hat es nie so gekümmert, wie es das sollte. Ich habe mir nie Gedanken über die Zukunft gemacht. Habe alles, was Mom und Dad uns geboten haben, als selbstverständlich angesehen.«

Ich schlucke trocken. Es tut weh, darüber zu reden, aber jetzt, da ich einmal angefangen habe, kann ich nicht aufhören. »Ich war ständig auf irgendwelchen Partys, habe getrunken und Zeugs genommen, von dem ich meistens nicht einmal wusste, was es war oder in welche Sphären es mich treiben würde, anstatt mich auf meine Ausbildung zu konzentrieren und auf die Arbeit im Diner. Eigentlich bin ich nur deswegen weggezogen, weil ich dachte, Mom und Dad würden dann nicht mehr mitbekommen, was ich so treibe, und mir nicht ständig deswegen in den Ohren liegen.«

Ich zucke die Schultern. »Aber Cooper Springs ist ein winziges Kaff. Die Leute reden, und die beiden waren immer bestens informiert. Vermutlich hatten sie nach meinem Auszug noch mehr Angst um mich, weil sie keinerlei Einfluss mehr nehmen konnten.«

Evan grinst. »Meinem Dad ging es mit Cole ähnlich, auch wenn er es mit Sicherheit nicht auf dieselbe Weise gezeigt hat wie deine Eltern.«

»Ich bin nicht sicher, ob es das besser macht. Wenn sie etwas mehr wie dein Dad gewesen wären, hätte es sich vielleicht nicht so mies angefühlt, sie zu enttäuschen. Sie haben immer an mich geglaubt, mich geliebt, und sie waren für mich da, egal, was ich getan habe.«

Und genau das hat sie getötet. Ich ziehe meine Finger durch das Wasser und starre auf die Bahnen, die meine Hände hinterlassen und die sich im Sprudeln des Jacuzzi auflösen. »Jake ist wie ein Bruder mit uns aufgewachsen.« Ich erzähle ihm von den vielen Malen, die Jake mich von irgendwelchen Partys abgeholt hat und wie sehr es ihn geärgert hat, dass mir alles so scheißegal war. »Wenn man mit Samuel Hunter aufwächst, nimmt man eine Familie wie die meine nicht als selbstverständlich.«

Evan verändert seine Position etwas, als ich von Jake rede, aber er unterbricht mich nicht.

»Der 16. November 2012.« Ich schlucke trocken. »An diesem Tag bin ich nach Hawkins gefahren. Zu einer Party von einem Typen, den ich nicht mal richtig kannte. Eigentlich hätte ich an diesem Abend im Diner helfen sollen, aber ich habe Hazel überredet, ihre Schicht mit mir zu tauschen. Bis heute wünschte ich, sie hätte nicht zugestimmt, ich hätte nicht so vehement darauf bestanden.«

»Du konntest nicht wissen, was passieren wird«, sagt Evan leise.

Er hat unrecht. Ich hätte wissen müssen, dass meine selbstzerstörerische Art irgendwann in einer Katastrophe enden würde. Evan streicht mir die Haare aus der Stirn und küsst mich sanft, bevor er mich wieder freigibt und ich weitererzähle. Davon, wie mies die Party war und wie ich getrunken habe, anstatt einfach wieder zu fahren.

»So ein Typ hat mich übel bedrängt«, sage ich leise.

Evans Muskeln spannen sich unwillkürlich an, aber ich lege ihm meine Hand auf die Brust. »Wenn ich etwas nicht will, kann ich mich wehren. Ich bin dann nicht gerade dezent. Trotzdem wollte ich nur noch da raus. Ich konnte Jake nicht erreichen und habe schließlich Mom und Dad angerufen.« Ich schließe die Augen und halte kurz inne. »Ich habe ihnen den Abend kaputtgemacht, weil ich mich nicht unter Kontrolle hatte.«

»Sie wollten dich holen«, fasst Evan ruhig zusammen, und ich nicke.

»Sie sind nie in Hawkins angekommen.« Ich verstumme, obwohl ich das Entscheidende noch nicht ausgesprochen habe.

Ich angle das Weinglas vom Beckenrand und trinke es in einem Zug leer. »Ich komme nicht mit dem Gefühl klar, sie verloren zu haben. Auch nach all den Jahren nicht. Ohne mich wären sie nie auf dieser Passstraße gewesen. Sie wären nie dort langgefahren. Da habe ich zum ersten Mal gelernt, wie gefährlich es sein kann, jemandem nahezustehen.«

Ich stocke, denn Evan ist mir längst so nah, dass er brandgefährlich ist. »Wegen des Unfalls bin ich gegangen. Deswegen wollte ich nicht bleiben. Der See und die Menschen hier sind so eng mit diesem Tag verbunden. Ich sehe Mom und Dad in Pinewood Meadows. Höre ihr Lachen, wenn ich auf dem Steg sitze, und erinnere mich an so viel Gutes, das heute einfach nur noch schmerzhaft ist. Liz könnte deswegen niemals von hier weggehen, und ich konnte nicht bleiben.«

»Du gibst dir die Schuld.« Evan sieht mir tief in die Augen. »Ich werde dir nicht erzählen, dass das Unsinn ist. Das weißt du selbst, aber es auch zu fühlen, ist etwas ganz anderes. Ich weiß das.«

Ich sehe ihn fragend an, und er verzieht das Gesicht. Dann gießt er Wein aus einer Flasche nach, die neben dem Whirlpool auf den Natursteinfliesen der Terrasse steht. Er nippt an dem viel zu kalten Rotwein und rutscht tiefer, so dass sein Atem die Wasseroberfläche streift.

»Die Beziehung meiner Eltern war schwierig, seit ich denken kann. Ich habe sie nie glücklich miteinander erlebt. Da lag so viel Frust und Unzufriedenheit zwischen ihnen, dass ich mich bis heute frage, ob sie sich jemals wirklich geliebt haben. Cole hat ihnen immer vorgeworfen, dass sie sich nicht endlich trennen und die Farce damit beenden, der ihre Ehe glich. Vielleicht hat er sie seine gesamte Kindheit und Jugend nur deswegen mit einer solchen Vehemenz in den Wahnsinn getrieben, damit sie es endlich tun.«

Evan bricht ab, grinst schief und lässt zu, dass ich seine Wange berühre, das Kinn. Wassertropfen gleiten an seiner nackten Haut hinab, als er weiterspricht. »Ich hingegen habe immer versucht, die Wogen zu glätten, meinen kleinen Mistkerl von einem Bruder in Schach zu halten, damit die Situation nicht eskaliert. Natürlich hat es nicht funktioniert.« Ein bitteres Lachen entschlüpft ihm. »Irgendwann ist Mom einfach abgehauen. Sie hat sich verpisst, ohne sich auch nur von uns zu verabschieden. Heute denke ich, dass es gut so war. Keine Tränen, keine verlogenen Liebesbekundungen. Sie wollte neu anfangen, ohne uns, und das hat sie ganz konsequent getan.«

»Wie alt warst du?«, frage ich leise.

»Siebzehn und gerade mit der Highschool fertig.« Er sagt es mit dieser Art von Distanz in der Stimme, die zeigt, wie tief das Geschehen ihn damals getroffen hat. »Ich habe sie seitdem nur zweimal gesehen. Einmal kurz bevor sie aus

Frisco weggezogen ist. Cole wurde von der Polizei aufgegriffen, und Dad war geschäftlich unterwegs. Ich war noch minderjährig und konnte ihn nicht aus dem Arrest holen. Sie brauchten Moms Unterschrift.«

»Habt ihr an diesem Abend über das geredet, was vorgefallen ist?«

Evan sieht mich durchdringend an. »Wenn sie das Bedürfnis gehabt hätte, zu reden, hätte sie es vor ihrem Aufbruch getan. Sie ist an diesem Abend Grace-Kelly-mäßig in die Polizeistation gerauscht, hat die Papiere unterschrieben und ist wieder abgehauen, bevor der Officer seine gut einstudierte Privilegierte-Eltern-Standpauke loswerden konnte.« Er lacht. »Das Gesicht von dem Typen war wirklich Gold wert.« Er wird wieder ernst und streicht behutsam an meinem Arm auf und ab. Eine Bewegung, die beruhigend wirkt. Für ihn. Und für mich. »Cole weiß bis heute nichts davon, dass sie dort war und nicht mal warten konnte, bis die Bullen ihn aus der Zelle geholt hatten. Er denkt, ich hätte unterschrieben.«

Ich lege meine Hand auf Evans Brust und spüre seinen Herzschlag. Ruhig und rhythmisch, als könnte ihm keine Erinnerung der Welt etwas anhaben. »Wann war das zweite Mal, dass du sie gesehen hast?«

Er zögert nicht. »In Südspanien. Nach meinem Universitätsabschluss. Dad hat mir angeboten, ein Sabbatjahr zu nehmen, wie es in seiner Familie üblich ist, aber ich habe dieses Angebot ausgeschlagen. Ich habe mir vor dem Eintritt in die Firma nur zwei Wochen Auszeit genommen und bin nach Südspanien geflogen. Da meine Mutter Geld von Dad für den Lebensunterhalt bekam, wusste ich, wo sie wohnte.«

Er räuspert sich und trinkt etwas Wein, bevor er fortfährt: »Ich wollte ihr zeigen, dass ich über sie hinweg war. Ich wollte ihr so viel sagen, und das meiste war nicht besonders nett, weil ich natürlich kein Stück damit durch war.«

»Aber das hast du nicht?«

Er schüttelt den Kopf. »Sie war immer taff, stark und eine Spur zu hart, als dass man sie als liebenswürdig hätte bezeichnen können, aber als ich in Spanien ankam, war sie krank. Krebs im Endstadium, sagte ihre Betreuerin. Sie lebte in einer Art Hospiz. Wie sagst du einer Sterbenden, dass sie das einzig Wichtige in ihrem Leben versaut hat? Ich hätte ihr vergeben müssen, damit sie in Frieden gehen kann, aber auch das konnte ich nicht. Sie saß auf der Veranda in so einem hässlich pinkfarbenen Liegestuhl, und ich habe sie vom Strand aus stundenlang einfach nur angestarrt. Und dann bin ich abgehauen, ohne auch nur ein Wort mit ihr zu wechseln. So wie sie Jahre zuvor aus Frisco weg ist. Drei Wochen später hat Dad uns zu sich gerufen und uns mitgeteilt, dass sie tot ist.«

»Das tut mir leid.«

»Ich hätte ihr vergeben können«, sagt er leise. »Und ich habe es nicht getan. Also, zu was für einem Menschen macht mich das?«

Ich küsse Evan, weil ich verstehe, warum er mir diese Geschichte anvertraut hat. Er fühlt sich genauso schuldig, wie ich mich fühle. Vielleicht sind wir uns so nah, weil wir nicht nur die positiven Eigenschaften teilen, sondern auch die dunklen Flecken unseres Charakters.

Evan legt seine Stirn gegen meine. »Danach habe ich Holly gebeten, meine Frau zu werden. Zu dem Zeitpunkt waren wir bereits zwei Jahre zusammen. Ich hatte sie an der Uni kennengelernt. Sie war schön, intelligent, und sie hat mir das Gefühl gegeben, ich wäre alles für sie. Sie ist ziemlich gut darin, einem dieses Gefühl zu vermitteln.«

Ich verschränke meine Finger mit Evans, und er lässt es gedankenverloren geschehen. »Etwas sagt mir, dass es zwischen euch nicht gut geendet hat.«

Evan lacht. »Könnte man so sagen. Es war eine von Dads Dinnerpartys. Stinkreiche, todlangweilige Menschen, noch langweiligere Gesprächsthemen, gutes Essen, teurer Wein, und im Grunde ging es nur ums Geschäft. Ich habe mich damit arrangiert. Cole fiel das nicht so leicht. Er hat sich an den Wein gehalten, um diese Feiern zu überstehen. An dem Abend war er schon beim Essen voll, und das wurde auch nicht besser, je später es wurde.

Ich erinnere mich, wie er in einen Streit mit einem Investor geriet und damit drohte, die Party zu sprengen. Dad war kurz davor, ihn zu enterben, und ich befand mich mitten in einem Gespräch mit einem Kongressabgeordneten, der uns den Weg zu einem Baugrund vor den Toren von San Francisco ebnen sollte. Ich hatte überhaupt keine Zeit und, ehrlich gesagt, auch keine Lust, den Babysitter für meinen kleinen Bruder zu spielen.

Holly war auch auf der Party. Sie hat so ziemlich alles an unserem Leben geliebt, was Cole gehasst hat. Die beiden konnten sich nicht besonders leiden, und sie war stinksauer, weil ich sie gebeten habe, die Feier zu verlassen und Cole in den Privatbereich von Dads Villa zu schaffen. Ich habe keinen Gedanken daran verschwendet, dass etwas zwischen ihnen passieren könnte.«

Er hält kurz inne und schüttelt kaum merklich den Kopf. »Ich dachte wirklich, ich liebe sie. Und noch viel schlimmer, ich dachte, sie würde mich lieben. Tatsache ist aber, sie war nur mit mir zusammen, weil ich etwas darstellte, das sie liebte. Ich war wie Dads Dinnerpartys. Ich ließ sie gut aussehen und entsprach ihren Erwartungen. Mehr hat sie nicht interessiert. Ich war vollkommen austauschbar.«

»Sie hat dich mit deinem Bruder betrogen?«

Er schaut mich mit seinen dunklen Augen an und zuckt mit den Schultern. »Du ziehst zumindest direkt den richtigen Schluss. Dafür habe ich Jahre gebraucht. Als ich die beiden im Arbeitszimmer meines Dads fand, hat er sie gefickt.« Das Wort klingt so hart, wie Evan es damals empfunden haben muss. »Ich weiß noch, wie ich in der Tür stand, unfähig, etwas zu sagen oder zu tun. Dabei wollte ich ihn am liebsten auf der Stelle umbringen. Komischerweise nicht sie. Nur ihn. Dabei war er so besoffen, dass er nichts mehr begriffen hat. Aber in meinem Kopf war trotzdem er schuld. Ich bin ausgerastet und habe ihn fast krankenhausreif geprügelt. Dass ich irgendwann von ihm abließ, lag nur daran, dass die Sicherheitsleute unseres Dads mich von ihm weggezogen. Cole war absolut kein Gegner. Weder für mich noch für Holly. Letzteres habe ich allerdings erst später begriffen.« Er setzt sich auf. »Meine Mom, Holly, mein Dad mit seiner pathologisch narzisstischen Art. Man braucht kein Psychologiestudium, um zu begreifen, warum ich nicht gerade ein Beziehungstyp war.«

Ich bin nicht sicher, ob er bewusst die Vergangenheitsform benutzt hat, aber er lässt mir keine Zeit, darüber nachzudenken. Er steht auf und nimmt sein Handtuch vom Beckenrand. Dann verlässt er den Whirlpool.

»Warte kurz!«, sagt er knapp und verschwindet im Inneren des Hauses. Kurz darauf kommt er mit einer Wolldecke zurück.

Ich stehe auf, und sofort schickt ein eisiger Windzug eine Gänsehaut über meinen Körper, aber Evan hüllt mich in den weichen Stoff, bevor die Kälte tiefer dringen kann. Er schlingt seine Arme um mich und hebt mich aus dem Pool. Erst im Wohnzimmer setzt er mich wieder ab und schiebt die Glastüren zu. Im Kamin brennt ein Feuer, auf das er zwei frische Holzscheite wirft. Das Handtuch hat Evan sich um die Hüfte gebunden. Sein Oberköper ist nackt, als er zur Couch herüberkommt. Er setzt sich zu mir, und ich schlinge die Wolldecke um unsere Körper.

Das Holz fängt knackend Feuer, und eine wohlige Wärme breitet sich im Zimmer aus. Ich kuschle mich eng an ihn, spüre seine nackte Haut an meiner und atme tief ein. Wir sitzen ewig einfach nur so da. Erschöpft. Stumm. Aber zufrieden. Es ist, als hätte die Offenbarung unserer tiefsten Geheimnisse die letzte Grenze eingerissen. Unsere Hände sind miteinander verschränkt, und Evan streicht sanft über meinen Arm. Es ist eine leichte Berührung, die nichts fordert und dennoch alles sagt.

Leise Jazzmusik bildet zusammen mit dem knackenden Kaminfeuer die perfekten Hintergrundgeräusche für die sanften Küsse, mit denen Evan von Zeit zu Zeit meinen Mund verschließt. Seit Stunden sitzen wir schon vor dem Feuer und genießen die Nähe zueinander.

Wir hatten ganz klischeehaft auf dem Fell vor dem offenen Kamin Sex. Evan hat mich auf dem Sofa genommen und auf der Küchenzeile, als wir uns eigentlich Sandwiches machen wollten, um nicht zu verhungern. Und obwohl wir uns in jeder erdenklichen Position geliebt haben, lässt die Intensität, mit der ich ihn will, einfach nicht nach. Ich streiche seinen nackten Oberkörper hinab und berühre seinen Schwanz.

»Hey, gönn mir ein wenig Erholungszeit«, bremst Evan mich lachend aus und zieht mich in einen langen, fast schon unschuldigen Kuss. »Außerdem bin ich am Verhungern.«

Ich mache mich los, küsse seinen Hals, seine Brust und rutsche langsam tiefer. Jeder Zentimeter seines muskulösen Körpers macht mich ein Stück süchtiger nach ihm.

»Ernsthaft, Fi. Ich brauche ein bisschen …« Der Rest seines Satzes geht in einem tiefen Stöhnen unter, als meine Zunge der Bahn seiner Muskeln bis zu seinem Schwanz folgt. Ich nehme ihn in den Mund und sauge sanft an seiner Spitze, bis er hart wird. Ein zufriedenes Lachen entschlüpft mir. Sieht nicht so aus, als bräuchte er eine Pause. Trotzdem gebe ich ihn wieder frei und stehe auf.

»Was machst du?«, fragt Evan, und seine Stimme klingt heiser.

»Du wolltest eine Pause«, erinnere ich ihn und lache, als er mich verzweifelt anschaut und die Hand nach mir ausstreckt. Ich ergreife sie nicht, sondern gehe in die Küche. Ein moderner Traum aus Granit und Edelstahl. Ich öffne den Kühlschrank, und im Gegensatz zu unserem in Pinewood Meadows ist dieser hier gut gefüllt mit den verschiedensten Leckereien. Ich ziehe eine Schale mit frischem Obst vom untersten Regal. Dazu eine Flasche mit Dessertsauce. Wir haben dieselbe im Diner, um den Lovesick-Becher in Schokolade zu ertränken. Dann klemme ich mir Sprühsahne und eine

Flasche Orangensaft unter den Arm und laufe so beladen zurück zu Evan.

»Du bist ein kleines Biest«, beschwert er sich und zieht mich in einen Kuss, der all die Leidenschaft in sich trägt, die ich eben unterbrochen habe. Seine Hände elektrisieren meinen Körper. Die Flaschen mit Sauce, Sahne und Orangensaft rutschen mir aus der Hand und kullern aufs Sofa.

»Du hast gesagt, du verhungerst. Ich habe dir etwas zu essen besorgt. Du könntest also ruhig etwas dankbarer sein.« Ich zupfe eine Himbeere hervor, von der ich mich frage, wo die Harris-Brüder sie zu dieser Jahreszeit aufgetrieben haben, und stecke sie Evan in den Mund. Er nimmt sie zwischen seine Lippen und erwischt gleichzeitig mit der Himbeere auch meinen Zeigefinger. Genüsslich saugt er an meiner Fingerkuppe und jagt damit ein Prickeln durch meinen Körper.

»Lecker«, sagt er und platziert einen Kuss auf meinem Finger. Er richtet sich auf seine Unterarme gestützt auf und setzt die Spur seiner Küsse auf meinem Arm fort. Auf meinem Schlüsselbein. Mein Atem beschleunigt sich, als er meine Brüste erreicht. Er umschließt eine meiner Brustwarzen und streicht so lange mit der Zunge darüber, bis ich ein Stöhnen nicht mehr unterdrücken kann. Ganz sanft drückt Evan mich rücklings auf das Sofa und ist dann über mir. Ich kann seinen harten Schwanz an meinem Oberschenkel spüren, seine Lippen und seine Nähe. Sonst nichts. Das Verlangen nach ihm lässt keinen Platz für anderes. Aber anstatt seiner Zunge oder seiner Hände spüre ich etwas Feuchtes, Kaltes.

Ich öffne die Augen. Er umkreist mit einer Himbeere meinen Nippel und positioniert die Frucht schließlich auf meiner Spitze. Ich lege den Kopf in den Nacken und zittere vor Erwartung, aber Evan lässt mich zappeln. Er wiederholt das Spiel mit einer weiteren Beere, die er auf der anderen Brust positioniert. Dann folgt eine Spur aus Obst, die bis zu meiner Scham führt.

»Evan«, bringe ich schwach hervor, aber er lacht nur.

»Ich habe dir gesagt, ich habe Hunger.« Sein Blick zeigt, wie hungrig er ist. Seine Iris ist fast schwarz, und ein Sturm wütet darin. Ein Sturm, der droht, mich zu verschlingen, obwohl Evan genau genommen nichts tut, außer mich anzusehen. Aber dann senkt er seine Lippen auf meine hinab und küsst mich, meinen Hals, das Tal zwischen meinen Brüsten, bevor er die Himbeere in den Mund nimmt und damit gleichzeitig meinen Nippel. Ich kann den Fruchtsaft spüren, der über meine Haut rinnt, und das Ziehen, das seine Lippen in meinem Innern auslösen. Ich vergrabe meine Hände in seinem Haar, als er auch die zweite Beere verschlingt.

Als er der Spur meinen Körper hinab folgt, bäume ich mich auf und schlinge meine Beine um ihn. Er streicht meine Schenkel hinab und erreicht gleichzeitig mit Mund und Fingern meine pulsierende Mitte. Ich stöhne auf und habe das Gefühl, in atomare Kleinteilchen zu zerfallen, aber bevor es dazu kommt, richtet Evan sich wieder auf.

»Bitte«, stoße ich bettelnd hervor. Ich bin nicht in der Lage, einen klaren Satz zu formulieren, aber Evan lacht nur und lehnt sich scheinbar entspannt zurück. Er schraubt den Deckel vom Orangensaft und trinkt die Flasche in langen Zügen halb leer. Dann hält er sie mir hin.

Ich schließe die Augen und schüttle den Kopf. Noch immer pocht Lust durch meinen Körper und verbrennt jedes andere Gefühl. Selbst Hunger und Durst. »Und du nennst mich ein Biest.«

»Ich habe nur Gleiches mit Gleichem vergolten«, bemerkt Evan und grinst schief. Ich mag den leichten Mistkerl-Unterton, der seine Stimme verdunkelt. Ich setze mich auf. Ganz allmählich kehrt die Kontrolle in meine Gliedmaßen zurück. Ich öffne die Schokoladensauce, hülle eine Erdbeere in einen sanft braunen Mantel und stecke sie in meinen Mund. Genießerisch verdrehe ich die Augen, und bevor ich sie wieder öffnen kann, verschließt mir Evan den Mund mit einem Kuss. Ich vergrabe meine Hände in seinen Haaren und erwidere das Spiel seiner Zunge, schmecke ihn und diese perfekte Mischung aus Erdbeere und Schokolade. Evans Haut riecht ein wenig nach Chlorwasser und leicht rauchig nach Kaminfeuer. Aber darunter nehme ich nur ihn wahr. Ich schiebe mich auf seinen Schoß und spüre seine Härte an meiner Mitte.

Seine Küsse werden fordernder. Ohne seine Lippen von mir zu lösen, stellt er das Obst und die Flaschen hinter uns auf den Couchtisch und zieht mich dann enger an sich. Meine Brüste berühren seinen nackten Oberkörper, seine Hände umfassen meine Taille, und unsere Lippen branden wild gegeneinander, als Evan mich leicht anhebt und in mich eindringt. Atemlos verharren wir einen Moment. Ich beiße ihm sanft in die Schulter und spüre, wie ihn der schwache Schmerz anmacht. So sehr, dass er mich in einer kräftigen Bewegung unter sich dreht und beginnt, sich in mir zu bewegen. Seine Muskeln spannen sich unter meinen Händen an, als er kurz darauf kommt. Die Explosion, die ihn erschüttert, erfasst auch mich. Wie ein Flächenbrand, der mich von innen heraus verglüht. Ich schreie leise auf und presse mich an ihn, schlinge meine Beine fest um seine Hüften und lasse jede seiner Bewegungen ein neues Feuer in meinem Inneren zünden, bis wir schließlich erschöpft und eng umschlungen liegen bleiben.

Kapitel 14

Jake und ich sitzen in der Kantine des Krankenhauses, und Jake stochert in einem welk aussehenden Salat herum. Sam liegt jetzt seit acht Tagen auf der Intensivstation, und nachdem ich mich fast eine Woche davor gedrückt habe, wieder herzukommen, bin ich heute tagsüber bei Jake. Liz und Grace kümmern sich um den Diner, und Hazel versucht, etwas Schlaf nachzuholen. Ich bin nicht sicher, ob Mac sie lässt. Seit zwei Tagen winselt er ununterbrochen. Vielleicht denkt er, wir würden ihn endlich zu Jake lassen, wenn er uns nur lange genug nervt. Aber Jake ist im Krankenhaus, und Hunde sind hier nicht erlaubt. Mac wird sich also noch gedulden müssen.

Die Unterkühlung hat Sam überstanden, aber die Schwere seines Herzinfarkts lässt keine gute Prognose zu.

Ich lege meine Hand auf Jakes Unterarm und nicke zu dem Salat hinüber. »Du musst etwas essen, sonst klappst du uns irgendwann zusammen.«

Er schüttelt den Kopf und schiebt den Teller von sich. »Ich habe keinen Hunger.«

»Dann iss, obwohl du keinen hast. Es hilft deinem Dad nicht, wenn du dich kaputtmachst.«

»Ich hätte mich mit ihm aussprechen müssen«, sagt er, anstatt auf mich zu hören. »Ich meine …« Er stützt seinen Kopf auf die Hände, als wäre dessen Last zu schwer.

»… bevor er an tausend Schläuchen hing und es zu spät war.«

Es ist schwer, Jake so zu sehen. »Noch ist es nicht zu spät. Er hört dich. Sprich jetzt mit ihm.« Ich bin verdammt schlecht darin, die richtigen Worte zu finden.

»Das habe ich, aber es ist nicht dasselbe. Ich fühle mich feige, weil ich so lange gewartet habe, bis er keine Widerworte mehr geben kann.« Er sieht auf, und ich sehe Tränen in seinen Augen. »Ich werde keine Antworten mehr bekommen. Und ich kann ihm keine mehr geben.«

»Vielleicht schafft er es«, sage ich matt und weiß genau wie Jake, dass diese Option unwahrscheinlich ist.

»Ich war so wütend auf ihn. Ich wollte, dass er den ersten Schritt macht, auf mich zugeht, aber ehrlich gesagt habe ich ihm kaum eine Chance dazu gegeben. Und Dad hätte sie wohl auch nicht ergriffen. Er ist stur wie ein Maulesel.«

Ich stehe auf und umrunde den Tisch, um mich auf den Platz direkt neben Jake zu setzen. Dann schlinge ich meine Arme um ihn. Und Jake lässt die Nähe zu, obwohl er sich sonst schwer damit tut.

»Wir haben zu lange gewartet. Ich habe nach meiner Rückkehr natürlich wieder mit ihm gestritten, obwohl ich doch zurückgekommen bin, um endlich damit aufzuhören.« Jake dreht seinen Kopf zu mir. »Aber ich war so wütend, dass er den Harris-Brüdern die Werft verkaufen will. Ich bin immer noch stinksauer, aber ich hätte das sachlich klären sollen.« Er fährt sich über die Augen und schüttelt den Kopf. »Ich verstehe ihn einfach nicht. Und jetzt werde ich dazu keine Gelegenheit mehr bekommen. Wir hätten früher über alles reden sollen. Wir hätten einen Weg finden müssen.«

Jake setzt sich auf und löst meine Arme. »Ich habe lange überlegt, ob ich dir davon erzählen soll. Ob jetzt der richtige Zeitpunkt ist und ob es mir überhaupt zusteht. Aber weißt du, im Grunde ist es dasselbe wie mit meinem Dad. Ich denke so lange über Worte nach, bis es zu spät ist, sie auszusprechen. Das darf nicht noch mal passieren.«

»Wovon redest du?«, frage ich vorsichtig, weil mir instinktiv klar ist, dass mir nicht gefallen wird, was Jake zu sagen hat.

»Ich habe viel mit Liz gesprochen, wenn sie hier war. Auch über dich. Sie ist sich sicher, du hast was mit Evan. Fi, er ist kein Beziehungstyp, er hat dich nicht verdient. Da sind Liz und ich uns einig. Ich würde sogar so weit gehen, ihn als beziehungsphobes Arschloch zu bezeichnen, aber meine Meinung ist dabei vermutlich zweitrangig.«

Er versteht nicht, wieso Evan Probleme mit festen Bindungen hat, und ich werde solche intimen Details seines Lebens nicht mit Jake diskutieren. Aber er tut Evan unrecht. Das zwischen uns ist anders. Es hat ihn verändert. Und es hat mich verändert.

»Ich sehe, wie du ihn ansiehst, Fi. Du bist in ihn verknallt.«

»Und wenn?«, frage ich trotzig. »Das geht nur mich und ihn etwas an.«

»Das stimmt nicht, und das weißt du.« Er sieht mich eindringlich an. »Ich bin nicht bereit, neben meinem Dad auch noch dich zu verlieren, weil er mit dir spielt und dir dein verdammtes Herz bricht. Und deine Schwestern sind auch nicht bereit dazu.«

»Das wird er nicht.«

»Er ist nicht ehrlich zu dir«, beharrt Jake.

Ich schüttle den Kopf, weil ich nicht verstehe. »Was soll das bitte heißen?«

Jake atmet tief durch. »Sprich mit Liz darüber!«

Was soll das bitte wieder heißen? Das ist doch irre. »Du kannst nicht erst solche Andeutungen machen und dann sagen, sprich mit Liz darüber. Sie ist nicht hier. Du schon, also sag mir jetzt, was du meinst.«

»Sie hat da etwas angedeutet, als wir neulich zusammen essen waren.«

»Könntest du bitte verdammt nochmal auf den Punkt kommen?« Obwohl ich mir fast sicher bin, dass ich nicht hören will, was Jake mir zu sagen hat, weiß ich doch, dass ich es hören muss.

»Sie sagte, dass er sie mal angegraben hat und zwar ziemlich vehement.« Jake fährt sich über das Gesicht und sieht mich dann an.

Ich bin eine Spur zu erleichtert. Ich weiß von dieser bescheuerten Racheaktion, bei der Evan versucht hat, seinem Bruder eins auszuwischen, indem er Liz angeflirtet hat. »Ach das. Die beiden hatten da so ein Brüderding am Laufen. Seine Verlobte hat Evan mit Cole betrogen. Er wollte sich revanchieren und hat ein bisschen mit Liz geflirtet. Das ist eine Ewigkeit her und hatte absolut nichts zu bedeuten.«

Jake nickt. »Das ist die offizielle Version.«

Ich bin nicht sicher, ob ich die Erweiterte hören will. Mir ist bereits eiskalt, und mein Herz schlägt viel zu laut.

»Liz hat nicht einmal mit Cole darüber gesprochen. Sie würde mir vermutlich den Hals umdrehen, wenn sie wüsste, dass ich dir davon erzähle. Aber ich denke, du solltest wissen, wie Evan wirklich ist, solange du ihm dein Herz noch nicht vollständig hinterhergeworfen hast.«

Ich bin nicht sicher, ob es dafür nicht längst zu spät ist, nicke aber trotzdem.

»Es ging nicht nur darum, seinem Bruder eins auszuwischen. Er hat Liz gestanden, dass er echte Gefühle für sie hätte. Er hat sie sogar geküsst und hat sie angefleht, Cole für ein Leben mit ihm aufzugeben.«

Meine Zunge klebt am Gaumen, und mein Puls flattert unbeständig. Das kann nicht stimmen. Das darf es einfach nicht.

Er berührt meine Locken und schüttelt traurig den Kopf. »Du bist ihr so verdammt ähnlich, und das ist es, was er gesucht hat. Und du hast definitiv mehr verdient, als nur ein Trostpflaster zu sein.« Er schließt mich in seine Arme, aber ich kann mich nicht in Jakes Trost fallen lassen. Steif mache ich mich los und schüttle den Kopf.

»Das kann nicht sein. Das hat er nicht gesagt«, flüstere ich erstickt und stolpere rückwärts.

»Fi«, ruft mir Jake hinterher, als ich mich umdrehe und aus der Kantine laufe.

Ich muss mit Evan sprechen. Ich muss hören, dass Jakes Worte Unsinn sind. Dabei ist mir längst klar, dass das nicht stimmt. Welchen Grund hätte Liz, zu lügen? Keinen. Für sie ist die Wahrheit gefährlich, denn Cole weiß nichts von diesem Kuss. Trotzdem hat sie sich Jake anvertraut. Und wenn ich eines weiß, dann, dass Jake eher sterben würde, als mich anzulügen. Er hat mich eingeweiht, bevor ich nicht nur mein Herz, sondern auch den kompletten Rest von mir an Evan verliere. *Du siehst Liz wirklich verdammt ähnlich*, hallen mir Evans Worte durch den Kopf.

Jake holt mich ein, als ich wie eine Wahnsinnige auf den Türöffner der Kardiologiestation schlage. Er umfasst meine

Hand und hält mich davon ab, mir weh zu tun. Er hält mich, und dieses Mal lasse ich seine Nähe zu. Ein Schluchzen brandet durch meinen Körper, zerschellt an seiner Brust, aber bevor ich darin versinken kann, bricht plötzlich Chaos aus.

Ein schriller Alarm aus Sams Zimmer ertönt und bringt Krankenschwestern und Ärzte dazu, herbeizueilen.

Jakes Atem wird unstet, und er taumelt gegen die Wand hinter uns, als die Geräte, an denen sein Vater hängt und die zunächst verrückt gespielt haben, einen langgezogenen Ton aussenden. Ein Ton, der begleitet, was wir alle befürchtet haben und nicht wahrhaben wollten. Sam stirbt. Und Jake steht da und sieht ihm hilflos dabei zu.

Die Ärzte tun alles, um Jakes Vater zu retten, und ich versuche, Jake in meine Arme zu ziehen, so dass er nicht hinsieht. Ich will ihm die Bilder ersparen, aber er schüttelt mich ruppig ab.

»Lass mich«, knurrt er und verschränkt die Arme. Seine Körperhaltung hält mich auf Abstand, genau wie seine Worte. »Geh, Fiona.« Ich sehe Tränen in seinen Augen, aber er ignoriert sie und starrt unverwandt ins Zimmer, wo die Ärzte um Sams Leben kämpfen.

Ich weiß nicht, was ich tun soll. Ich komme nicht an Jake heran. Ich kann ihm nicht helfen. Und ich bin vollkommen überfordert. Ich kann Sam nicht beim Sterben zusehen. Es holt all die Bilder von damals wieder hoch.

Mom und Dad waren bereits tot, als Jake mich zu ihnen ins Krankenhaus brachte. Ich durfte sie nicht sehen, aber ich erinnere mich an die Gerüche. An das Gefühl der Hilflosigkeit, das mich jetzt wie früher betäubt.

Ich taste nach meinem Handy. Es gibt nur eins, was mich

retten wird – meine Schwestern. Ich muss Liz anrufen. Sie wird kommen und die anderen mitbringen. Sie werden wissen, was zu tun ist. Ich lasse mich an der Wand hinabrutschen und spüre das kühle Linoleum unter mir, als das Freizeichen ertönt.

»Fi?«

Liz ist im Diner. Ich höre die tröstlichen, immer gleichen Geräusche aus Gastraum und Küche.

»Was gibt es?«

Sie klingt abgelenkt. Wahrscheinlich ist viel zu tun, und sie bringt gerade Teller an einen der Tische, das Telefon zwischen Schulter und Kinn geklemmt. Eigentlich verfolgt Liz eine strikte Kein-Handy-Regel im Diner. Dass sie überhaupt rangegangen ist, liegt nur an der aktuellen Situation, in der sie jederzeit erreichbar sein will. Für Fälle wie diesen hier.

Ich starre Jake an, der direkt vor der Scheibe zum Zimmer seines Vaters steht und aussieht, als würde er jeden Augenblick zusammenbrechen. Er hat seine Arme um seinen Körper geschlungen und hält sich nur mit Mühe aufrecht. Allein das Blinzeln seiner Augen, mit dem sein Körper versucht, sich vor den Bildern zu schützen, die er sich selbst aufzwingt, durchbricht seine ansonsten katatonische Starre.

»Fi?«, fragt Liz. Dieses Mal wesentlich alarmierter als zuvor. Die Umgebungsgeräusche werden leiser. Sie ist irgendwo hingegangen, wo sie ungestört ist.

»Könnt ihr kommen?« Ich schluchze, obwohl ich lieber stark wäre. Für Jake. Für meine Schwestern. Aber das war ich noch nie.

Und während ich versuche, mich wieder unter Kontrolle zu bekommen, verlassen die Ärzte das Krankenzimmer und wenden sich wieder anderen Arbeiten zu. Ein letzter Funken Hoffnung, sie hätten Sam vielleicht für den Moment stabilisiert, verglüht, als der Oberarzt vor Jake stehenbleibt und mitfühlend, aber gleichzeitig um Distanz bemüht seinen Oberarm berührt. Er redet leise auf ihn ein, und mir ist vollkommen klar, was er ihm sagt. Ich kenne diesen Blick, mit dem er Jake ansieht. Es ist die Gestik und Mimik, die Katastrophen begleitet.

»Ihr müsst kommen. Sam ist gerade gestorben«, sage ich tonlos und lege dann auf. Ich kann jetzt nicht mit Liz sprechen. Ich muss für Jake da sein, egal, wie wenig ich mir das zutraue. Ich rapple mich auf und gehe auf ihn zu. Er scheint meilenweit entfernt zu sein, obwohl er nur eine Armlänge von mir entfernt steht.

Er nickt, als würde er verstehen, was der Arzt ihm mitteilt, aber seine Augen zeigen, dass er dessen Worten nicht folgt. Sie sind auf seinen toten Vater gerichtet, der daliegt, als würde er nur eines seiner Nickerchen machen. Ich erinnere mich an den Deckchair, der seit jeher auf dem Anleger der Hunter-Werft steht und auf dem Sam während jeder Mittagspause gedöst hat. Jake und ich haben ihm dann mehr als einmal einen der Schlüssel gemopst und sind mit einem der Leihboote auf den Lake Tahoe hinausgefahren.

Ich werde aus meinen Erinnerungen gerissen, als plötzlich wieder Leben in Jake kommt. Er lässt den Arzt mitten im Satz stehen und geht an ihm vorbei in das Zimmer seines Vaters.

»Jake?«, rufe ich und will ihm folgen. Er sollte jetzt nicht allein sein. Er braucht jemanden, mit dem er den Schmerz teilen kann, aber bevor ich ihn erreiche, schließt er die Tür. Ich höre, wie er einen Stuhl heranzieht und ihn unter die Klinke schiebt. Dabei sieht er mich direkt an, und sein Gesicht ist so ausdruckslos, wie es das zuletzt nach dem Tod meiner Eltern war. Dann schließt er die Jalousie und sperrt mich und den Rest der Welt damit aus.

Ich klopfe gegen die Scheibe. Hektisch. Voller Angst, denn ich weiß: Beim letzten Mal, als Jakes Welt so erschüttert wurde, ist er fünf Jahre lang aus unserem Leben verschwunden. Er ist weggegangen, um der Trauer zu entkommen, und auch wenn ich das mehr als jeder andere verstehe, weil ich denselben Weg gegangen bin, kann ich ihn nicht wieder verlieren.

Ich sitze auf einem der Stühle im Warteraum und habe die Beine eng an meinen Körper gezogen, als meine Schwestern und die Harris-Brüder aus dem Aufzug steigen und zu mir eilen. Ich stürze mich in Liz' Arme.

»Wo ist Jake?«, fragt sie eindringlich, und ich deute auf Sams Krankenzimmer, ohne Evan anzusehen. Ich will mir nicht vorstellen, wie er Liz geküsst und in mir dann das perfekte Trostpflaster gesehen hat, weil ich ihr so verdammt ähnlich sehe. Ich kann daran keinen Gedanken verschwenden. Nicht jetzt. Es geht um Jake und Sam. Nicht um einen Mistkerl, der mein Herz geschreddert hat, weil ich ihm die Möglichkeit dazu gegeben habe.

»Er hat sich mit Sam in dem Zimmer da verbarrikadiert.« Ich seufze zitternd. »Die vom Krankenhaus sind ziemlich sauer, weil es wohl verboten ist, die Türen zu verriegeln, aber sie sind ratlos und hoffen, er kommt irgendwann von allein wieder raus.«

»Wie hat er das angestellt?«, fragt Evan. »Man kann die

Türen im Krankenhaus doch aus gutem Grund nicht abschließen.«

Ich sehe ihn nicht an, sondern Liz, als ich antworte. »Er hat einen Stuhl unter die Klinke geschoben und die Jalousien runtergelassen. Ich habe versucht, mit ihm zu reden. Ich wollte ihn gar nicht allein in das Zimmer lassen, aber er hat mich nicht in seiner Nähe geduldet.«

»Schon gut.« Liz legt tröstend ihre Arme um mich. »Das ist nicht deine Schuld.«

Dann schiebt sich mich zu Hazel und Grace. Ich bin wie versteinert. Die Zwillinge nehmen mich in ihre Mitte, und wir beobachten, wie Liz zu Sams Zimmer hinübergeht. Sie klopft an das Fenster.

»Jake?«, fragte sie leise und dann etwas lauter. »Jake? Ich bin es, Liz.« Sie tritt von einem Fuß auf den anderen und wischt sich eine Träne aus dem Augenwinkel. Cole stellt sich hinter sie, und man sieht, wie sehr ihr seine Nähe hilft.

Ich blinzle zu Evan hinüber, der nur drei Schritte von Hazel, Grace und mir entfernt steht und doch nicht länger meine Kraftquelle sein wird. Tränen sammeln sich erneut in meinen Augen, und Grace streicht mir über das Haar, während ich mir vorkomme wie eine Verräterin. Denn ich weine aus den denkbar falschen Gründen.

Es ist spät geworden. Cole ist nach Hause gefahren und hat Grace und Hazel mitgenommen, die Amber Sams Tod schonend beibringen wollen. Mir wäre es lieber gewesen, wenn Evan die beiden gefahren hätte und ich seine Nähe nicht mehr ertragen müsste. Aber Liz war der Meinung, dass

Amber in einer solchen Situation vielleicht Cole brauchen könnte. Er ist für sie zu einer festen Bezugsperson geworden, und Liz hat vermutlich recht, dass seine Anwesenheit eher helfen könnte als Evans, der für Ambs noch immer im feindlichen Team spielt.

Liz blättert lustlos in einer Illustrierten. Evan steht am Kaffeeautomaten und studiert seit einer gefühlten Ewigkeit die Preise und Angebote, die sich auf drei verschiedene Kaffeesorten und einen Einheitspreis beschränken. Er wartet, bis Liz aufsteht, um auf die Toilette zu gehen. Erst dann nähert er sich mir und setzt sich direkt neben mich.

»Wie geht es dir?«, fragt er leise, und seine Besorgnis fühlt sich einfach nur falsch an. Er fährt sich durch die Haare. »Das mit Sam tut mir wirklich leid.«

Ich kann mir das nicht anhören. Nicht von ihm. Nicht jetzt.

»Warum?«, frage ich, um Beherrschung bemüht. »Weil Jake dadurch die Werft erbt und er sie euch niemals verkaufen wird?«

Evan zuckt irritiert zurück, bleibt aber ruhig. »Nein«, sagt er. »Es tut mir leid, weil ich merke, wie nah es dir geht. Außerdem wünsche ich niemandem, dass er einen Elternteil verliert.«

Ich nicke und starre geradeaus, sage aber nichts mehr.

Evan vergewissert sich, dass Liz noch immer nicht in Sicht ist, und berührt dann meine Hand.

Seine Finger auf meiner Haut lösen dasselbe Prickeln wie immer aus. Meine Gefühle für ihn kämpfen sich an die Oberfläche. Wie kann es sein, dass ich noch immer so auf ihn reagiere, obwohl ich längst weiß, dass seine Gefühle nicht echt sind?

Ich ziehe meine Hand zurück, als hätte ich mich verbrannt, und stehe steif auf. Ohne Evan anzusehen, gehe ich zu Sams Zimmertür und klopfe, wie Liz und ich es schon zig Mal in den letzten Stunden getan haben. Nur tue ich es abermals aus den falschen Gründen.

Ich versuche, Evan zu entkommen, und rechne nicht damit, dass ich Erfolg haben werde. Umso überraschter bin ich, als Jake urplötzlich die Tür öffnet. Er sieht ruhig aus. Entschlossen. Ich hätte erwartet, er würde toben, weinen oder schreien. Ich suche nach irgendeiner Emotion, aber er schiebt sich nur an mir vorbei und steuert direkt auf Evan zu. Er wirkt so entschlossen, dass es mir Angst macht.

Evan steht auf, als Jake auf ihn zukommt, und ich sehe, wie er sich für eine Konfrontation wappnet.

Aber Jake stoppt einen Meter vor ihm.

»Dad ist tot. Die Werft gehört jetzt mir«, sagt er betont ruhig und baut sich vor Evan auf. »Die Verträge sind damit hinfällig. Ihr werdet sie niemals bekommen. Hast du mich verstanden, Arschloch?« Er sieht in meine Richtung und wiederholt sich. »Du wirst sie nie bekommen.«

Und nicht nur mir ist klar, dass Jake von mehr als nur der Werft redet.

Liz tritt aus dem Waschraum und nähert sich uns eilig. Sie will Jake in ihre Arme ziehen, aber er lässt es nicht zu.

»Niemals«, wiederholt er, und der Blick, mit dem er Evan bedenkt, ist eisig. »Ich melde mich, Liz.« Und dann dreht er sich um und verlässt mit langen Schritten den Warteraum.

Ich sehe ihm nach, wie er den Flur entlangläuft und im Treppenhaus verschwindet, als der Aufzug nicht sofort kommt. Ohne darüber nachzudenken, laufe ich ihm hinterher. Ich kann nicht länger mit Evan in diesem Raum stehen und so tun, als wäre alles in Ordnung. Ich kann mein persönliches Drama nicht über das von Jake stellen, das so viel schwerer wiegt. Aber genau das wird passieren, wenn ich hierbleibe.

»Ich fahre ihm nach«, rufe ich Liz über die Schulter zu und warte ihre oder Evans Antwort nicht ab.

Auf dem Parkplatz hole ich Jake ein. Er ist gerade dabei, ein Taxi zu rufen. Der Dodge seines Dads steht immer noch auf der Luther Pass Road, wo er mich gefunden hat. Er kommt hier nicht weg. Es sei denn, er treibt ein Taxi auf oder fährt mit mir.

»Komm«, sage ich nur und gehe voraus zu meinem Pick-up. Und tatsächlich folgt Jake mir. Er scheint instinktiv zu wissen, dass ich seine einzige Chance bin, Liz zu entkommen. Wenn er ihr in die Hände fällt, wird sie ihn dazu zwingen, über alles zu reden und sich mit dem Tod seines Dads auseinanderzusetzen. Da würde ihr jeder Psychologe recht geben. Es war das, was sie nach Moms und Dads Tod von mir verlangt hat.

Aber Jake und ich gehen mit Verlust nun mal anders um, als es Psychologen vorsehen.

Ich halte vor der Hunter-Werft. Jake hat den ganzen Weg über kein Wort gesprochen, und ich habe ihn in Ruhe gelassen.

Jetzt räuspere ich mich. »Ich packe ein paar Sachen und komme dann mit Big Mac wieder her.«

Er schüttelt den Kopf, und sein Gesichtsausdruck ist verschlossen.

»Du hast die Wahl«, sage ich leise. »Entweder lässt du mich rein, oder ich sage Liz, dass sie dir deinen Hund bringen soll, weil du dich gern mit ihr unterhalten würdest. Ich werde nur da sein. Du wirst mich kaum bemerken. Aber ich lasse dich so nicht allein.«

»Du machst das, um ihm aus dem Weg zu gehen«, sagt Jake, und ich schäme mich, weil er zum Teil recht hat.

Ich streite es nicht ab. Was hätte das auch für einen Sinn? Jake kennt mich seit unserer Kindheit. Er sieht, wenn ich lüge. »Auch«, gebe ich zu. »Ich will Evan nicht sehen, bis ich entschieden habe, was ich tun werde.«

Vielleicht fällt es Jake leichter, mir zu helfen, als Hilfe anzunehmen. Auf jeden Fall nickt er und steigt dann aus. Er streicht sich die lang gewordenen Haare nach hinten und geht dann mit geradem Rücken auf die Veranda zu, auf der sein Vater gefunden wurde.

Ich sehe ihm hinterher und wende dann rasch den Wagen. Ich will meine Sachen holen, bevor Evan in Pinewood Meadows auftaucht. Ich bin mir sicher, dass er dorthin fahren wird, um eine Erklärung zu fordern, warum ich mit Jake gegangen bin. Wieso ich so abweisend war und ihm sein vielleicht sogar ehrliches Mitgefühl abgesprochen habe.

Ich jage den Wagen viel zu schnell über die Straße, die sich von Cooper Springs aus um die Emerald Bay windet. Eine an die Witterungsverhältnisse angepasste Fahrweise sieht anders aus, und ich zwinge mich, die Geschwindigkeit zu verringern. Vom Upper Eagle Point aus sieht man bereits die Abzweigung zur Halfmoon Bay. Ich fahre den Wagen zu schnell über die ausgewaschene Schotterstraße und halte wenig später vor dem großen Blockhaus meiner Familie. Ich liebe jeden Balken dieses Hauses. Jede Schieferschindel.

Die Veranda. Den Strand. Und meinen Steg. Aber am meisten liebe ich die Erinnerungen, die hier in jedem Winkel stecken.

Ich atme tief durch, weil ich nicht darüber nachdenken will, diesen Ort wieder zu verlassen. Auch wenn diese Option vielleicht der einzige Ausweg sein wird. Ich kann unmöglich bleiben. Selbst wenn ich die Schuldgefühle wegen Mom und Dad irgendwann überwinde, werde ich Evan hier ständig über den Weg laufen, und jedes Mal werden mich sein Verrat und seine Lügen erneut von den Füßen holen.

Ich springe aus dem Wagen und laufe über den Parkplatz ins Haus. Grace und Hazel liegen in einem Haufen aus Decken und Kissen zusammen mit Amber vor dem Fernseher. Mac liegt zu ihren Füßen, erhebt sich aber, als er mich sieht, und kommt schwanzwedelnd auf mich zu. Ich fahre ihm geistesabwesend über den struppigen Kopf. Die aufdringlichen Geräusche einer Comedy-Show füllen das Wohnzimmer, aber meine Schwestern schlafen tief und fest. Man sieht Amber an, dass sie sich in die pure Erschöpfung geweint hat, bevor sie einschlief. Hazel sieht ebenfalls mitgenommen aus. Grace wirkt etwas weniger angeschlagen und liegt zwischen den beiden. Ihre Arme um die Schwestern geschlungen. Ich lasse sie allein und gehe nach oben. Nur Mac folgt mir. Unter dem Bett ziehe ich meine Reisetasche hervor und schmeiße wahllos ein paar Kleidungsstücke und meinen Kulturbeutel hinein, als mich eine Bewegung an der Tür innehalten lässt.

Mein Herz krampft sich zusammen, als ich Evan im Türrahmen erkenne. Ich weiche einen Schritt zurück, und die Wut in meinen Augen entgeht ihm nicht. Mac steht zwischen uns und nimmt die angespannte Atmosphäre wahr.

Auf jeden Fall stellen sich seine Nackenhaare leicht auf, und er blickt aufmerksam zwischen Evan und mir hin und her.

Evan sieht mich nachdenklich an, zieht sich aber nicht zurück, sondern betritt das Zimmer und schließt die Tür leise hinter sich. »Was ist eigentlich los, Fi?«, fragt er, und ich begreife nicht, wie er so ruhig sein kann.

»Was machst du hier? Du solltest gehen«, sage ich, um Distanz bemüht. »Sofort.«

Evan fährt sich ungläubig durch die Haare. »Ist das dein verdammter Ernst? Du schickst mich weg?«

Ich nicke, und sein Blick fällt auf die Tasche, die ich packe.

»Um zu ihm zu fahren?«

Es ist klar, dass er von Jake redet. »Warum nicht?«, frage ich scheinbar gleichgültig. Allerdings muss ich mich wegdrehen, damit mir der lässige Tonfall gelingt.

Evan durchquert das Zimmer, bleibt aber auf halber Strecke stehen. »Liz hat angeboten, sich um Jake zu kümmern. Sie kann ihm den Flohzirkus bringen.« Er deutet auf den Hund. »Ich verstehe, dass Jake jetzt Hilfe braucht, aber das musst nicht du erledigen. Und trotzdem packst du deine Sachen.«

Ich nicke, und er verschränkt kurz seine Arme hinter dem Kopf, als könnte er nicht glauben, was gerade passiert.

»Warum?«, fragt er noch mal und deutet auf die Tasche auf dem Bett. »Was ist verdammt nochmal los? Könntest du mich wenigstens ansehen, während wir darüber reden?«

Widerstrebend drehe ich mich zu ihm um und blicke ihm direkt in die Augen.

»Es gibt nichts, worüber wir reden müssten«, sage ich kühl. »Wir hatten Sex. Das zwischen uns war Spaß. Und es war gut. Aber das war es auch schon.« Ich höre mich scharfkantig unbeteiligt an. »Bilde dir bitte nicht ein, dass ich wegen ein paar schönen Stunden jetzt mit dir Händchen halte oder wir gemeinsam in den Sonnenuntergang reiten. Ich habe dir von Anfang an gesagt, dass es nicht das ist, wonach ich suche.«

Evan lacht tonlos auf und vergräbt die Hände in den Taschen seiner Jeans. Seine Haare sind zerwühlt, und ich muss mich zusammenreißen, um nicht in Tränen auszubrechen, weil ich ihn lieber umarmen als von mir stoßen möchte.

»Ich kann nicht mal reiten«, bemerkt er trocken, aber keinem von uns ist nach Lachen zumute. »Nur Sex also?«, fragt er und zuckt dann gleichgültig mit den Schultern. Doch in seinen Augen blitzt etwas auf, das ich nur schwer fassen kann.

Benommen starre ich auf seine breiten Arme, die mir so viel Sicherheit vermittelt haben. Ich wollte meine Ewigkeit darin verbringen. Ich habe ihm vertraut, und das war ein schwerer Fehler. Ich nicke leicht.

»Hat Jake dir irgendwelchen Müll über mich erzählt, um dich mir wegzunehmen?«

»Das kann er gar nicht«, sage ich kühl. »Weil ich dir nie gehört habe. Wir waren nie mehr als das hier.« Ich greife in eine kleine Schachtel, die auf meinem Regal steht, und werfe ihm ein Kondom gegen die Brust. Dann dränge ich mich an ihm vorbei aus dem Zimmer. Ich rufe nach Mac und zwinge mich, nicht zurückzusehen.

Ich flüchte aus dem Haus und renne zum Wagen. Die Tasche werfe ich achtlos auf den Beifahrersitz. Mac springt vor mir durch die Tür und klettert über den Fahrersitz auf die Tasche. Halb darauf liegend sieht er mich erwartungsvoll an. Sein sandfarbenes Fell verschwimmt vor meinen Augen, aber ich wische die Tränen fort und rutsche hinter das Lenkrad. Erst als ich den Pick-up die Auffahrt hinaufjage, lasse ich die Tränen zu, die meinen Körper erschüttern. Evan hat mich erschüttert. Bis in meine Grundfeste.

Kapitel 15

Jake ist draußen. In der Halle der Werft. Ich habe keine Ahnung, was er dort tut. Er redet nicht mit mir darüber. Eigentlich redet er gar nicht. Er verbringt seine Tage mit Mac in der Halle oder arbeitet in einer der zahllosen Ecken auf dem Grundstück.

Ich starre auf mein Handy und auf die sechs Nachrichten, die allein heute Nachmittag eingegangen sind. Alle von Evan. Ich lösche sie, ohne sie zu lesen.

Ich will keine Erklärungen. Und ich will mich auch nicht mit ihm treffen, um über alles zu reden. Ich bin durch mit ihm.

Auf dem Herd köchelt ein Curry mit frischem Zitronengras, Cashewnüssen und Süßkartoffeln. Das Gericht kann man gut aufwärmen, denn ich weiß nicht, wann Jake endlich aus der Halle ins Haus kommen wird. Ob er dann überhaupt etwas essen möchte. Noch immer schläft er zu wenig und isst kaum etwas. Ich mache mir echt Sorgen um ihn. Und wie immer, wenn ich mir Sorgen mache, flüchte ich mich in die Küche. Das hat auch meine emotionale Schräglage nicht verändert. Vielleicht hat die Trennung von Evan es sogar verschlimmert.

Vor mir auf der Arbeitsfläche stapeln sich bereits drei verschiedene Sorten Muffins, und im Backofen kühlt gerade eine Form mit Brownies aus, die unverschämt viel Schokolade im Teig und Karamell-Splitter obendrauf hat. Eine ähnliche Kalorienperversität wie der Lovesick-Eisbecher im Diner, den ich bei meinem ersten richtigen Liebeskummer auf die Karte habe setzen lassen.

Dunkelheit senkt sich über das Hunter-Grundstück. Die Pfähle des Bootsanlegers ragen wie dunkle Wächter gen Himmel, als Jake endlich die Tür aufdrückt, und ich höre, wie er seine Schuhe im Flur von den Füßen streift. Es sind unkontrollierte Bewegungen, die von einer Tirade verwaschener Schimpfwörter begleitet wird.

Ich gehe in den Flur und sehe ihm zweifelnd dabei zu, wie er seine Jacke auszieht. Dabei ist ihm eine Flasche Whiskey im Weg, in der noch ein letzter Schluck herumschwappt und die er trotzdem nicht aus der Hand legt. Es ist Sams Lieblingssorte.

»Nimmst du die benötigten Kalorien jetzt in flüssiger Form zu dir?«, frage ich skeptisch.

Jake sieht mich unschlüssig an. »Mein Ding, oder?«, nuschelt er.

»Ich denke nicht«, sage ich und entwende ihm die Flasche. Ich gieße den Rest in den Ausguss, während Jake sich schwer auf die Küchenbank fallen lässt.

»Was ist das?« Er zeigt auf die Berge an Kuchen und rümpft die Nase.

»Essen. Das brauchen normale Menschen von Zeit zu Zeit«, erwidere ich mit einem Lächeln.

»Du bist noch genauso küchenmanisch wie früher, wenn du Liebeskummer hast«, stellt Jake sachlich fest.

Ich gehe nicht darauf ein. »Du solltest etwas essen. Das Curry ist wirklich gut. Und mit etwas im Magen gehst du vielleicht nicht an einer Alkoholvergiftung drauf. Die Muffins gibt es als Nachtisch.« Ich fülle zwei Kellen in einen tiefen Teller und drehe mich dann um, weil kein Protest erfolgt.

Jake sitzt an die Wand hinter der Bank gelehnt und hat die Augen geschlossen. Ich stelle den Teller auf dem Tisch ab und berühre vorsichtig seine Hand.

»Jake?«

Er reagiert, indem er leise brummt. Sein Körper sucht nach einer bequemeren Position, die er auf der schlichten Holzbank mit der Wand dahinter nicht findet. Dann sitzt er wieder still. Er schläft, und ich will mir gar nicht vorstellen, wie erschöpft er gewesen sein muss, um in dieser Haltung und in der Geschwindigkeit einzuschlafen.

Ich sehe ihn noch eine Weile an. Dann schüttele ich ihn sanft, bis er zumindest einigermaßen wach ist, und hieve ihn die Treppe hinauf in sein Bett. Den Teller stelle ich in die Mikrowelle, so dass wir das Curry später aufwärmen können. Die Muffins stapele ich in drei große Plastikboxen, in denen Sam oft seine Mahlzeiten aus dem Diner geholt hat.

Dann tapse ich im Dunkeln wieder die Treppe in den ersten Stock hinauf. Ich mache mir nicht die Mühe, das Licht anzustellen. Die Tür zum Bad ist nur angelehnt. Ich schiebe sie auf und schlüpfe in den nur schwach geheizten Raum. Eilig streife ich meine Kleidung ab und stelle mich unter die Dusche. Schon nach fünf Minuten fällt die Temperatur des Wassers rapide. Der Boiler muss kaputt sein. Wie so vieles auf der Werft und hier im Wohnhaus. Wie Jake und ich.

Jake hat seinen Dad verloren und ich Evan. Auch wenn das nicht vergleichbar ist, tut es dennoch weh. Mich um Jake zu kümmern hilft mir, nicht an Evan zu denken. Aber es ist nicht genug.

Zitternd stelle ich das Wasser aus und wickle mich in ein

weiches, vergleichsweise warmes Handtuch. Ein zweites schlinge ich als Turban um meine nassen Haare. Ich will mir gerade die Zähne putzen, als ich Jake schreien höre. Es klingt, als würde ihm jemand ernstliche Schmerzen zufügen. Unterbrochen wird sein Brüllen nur von lautem Gepolter.

Ich schmeiße meine Zahnbürste achtlos ins Waschbecken und renne in sein Zimmer. Jake sitzt auf dem Fußboden. Der Nachttisch ist umgefallen und hat die Gitarre mit umgerissen, die immer daneben an der Wand lehnt.

»Jake«, spreche ich ihn an, aber er reagiert nicht. Er sieht mich nicht an. Sein Blick ist starr auf einen Punkt gerichtet, der nicht in diesem Zimmer zu liegen scheint. Seine Augen sind geweitet, und ich sehe Angst darin. Dabei habe ich Jake noch nie ängstlich erlebt. Nicht einmal als sein Vater starb. Er war erschüttert. Er hat getrauert und schließlich seine Emotionen eingefroren, aber im Gegensatz zu mir hatte er nie Angst.

Ich will ihn in den Arm ziehen, aber er weicht vor mir zurück und hebt schützend seine Hände vor das Gesicht. Sein Atem geht abgehackt, als wäre er die Strecke von Cooper Springs bis zur Werft gerannt, wie wir es als Kinder oft getan haben. Er schwitzt, aber es ist ungesunder, kalter Schweiß, der seine Haut bedeckt.

Es dauert eine gefühlte Ewigkeit, in der ich beschwörend auf ihn einrede, bis er nach und nach zurück zu mir und auf den Boden seines Zimmers findet. Er schließt die Augen, zwingt seinen Atem in einen ruhigeren Rhythmus, aber ich sehe, dass es ihn völlig erschöpft.

»Soll ich jemanden holen?«

Jake sieht mitgenommen aus, hebt aber abwehrend seine Hand.

»Geht schon«, bringt er mühsam hervor.

Mir ist klar, dass er lügt. »Jake?«, versuche ich es noch mal, aber er rappelt sich auf, bringt Abstand zwischen sich und mich und setzt sich auf die Bettkante. Sein Atem holpert noch immer. Seine Haut ist blass und sein Blick dunkel und wild.

»Lass mich dir helfen«, bitte ich ihn leise.

»Es geht mir gut, Fi.« Er atmet tief durch und nickt, als müsste er sich selbst überzeugen. Dann sieht er mir fest in die Augen. »Wirklich.«

Und obwohl ich ihm nicht glaube, nicke ich. »Ich bin für dich da, wenn du reden willst.« Ich stehe an der Tür und zögere, lasse ihn aber schließlich allein. Ich versuche seinen Wunsch zu respektieren und ihm vorerst den Freiraum zu geben, den er braucht. Egal, wie schwer es mir fällt.

Kapitel 16

Ich nehme meinen Becher Kaffee und sehe aus dem Fenster zu Jake, der seit dem frühen Morgen wie ein Besessener Holz hackt. Er hat seine Jacke und seinen Pullover ausgezogen und sie achtlos auf den stetig wachsenden Berg an Holzscheiten geworfen. Sein Shirt ist am Kragen und Rücken durchgeschwitzt, obwohl es draußen arktisch kalt ist.

Ich nippe an meinem Kaffee und stelle ihn dann achtlos zurück auf die Arbeitsfläche. Es geht Jake nicht gut. Und mir geht es auch nicht gut. Vielleicht ist die Idee, die seit gestern Abend in meinem Kopf Kreise zieht, nicht so verrückt, wie sie mir vorkommt.

Ich verlasse das Haus und schlinge die Strickjacke eng um meine Mitte. Trotzdem dringt die kalte Morgenluft unbarmherzig darunter.

Jake holt gerade schwungvoll aus und lässt die Axt auf ein Stück Holz hinabsausen, als ich neben ihn trete. Er benutzt mehr Kraft, als dafür nötig wäre.

»Was war gestern los?«, frage ich.

Er hält kurz inne und spaltet dann wortlos ein weiteres Scheit. Ganz offensichtlich hat er nicht vor, seinen Zusammenbruch zu erklären.

»Jake?«

»Was, Fi?« Seine gesamte Körpersprache drückt Unwillen aus, als er die Axt so weit sinken lässt, dass sie den Schneematsch zu seinen Füßen berührt. »Warum ist das wichtig?«

»Weil es dir nicht gutgeht.« Ich atme tief durch. »Und mir auch nicht. Weißt du …« Ich knabbere an meinem Daumennagel, wie ich es als Kind getan habe, wenn ich unsicher war. Jake macht einen Schritt auf mich zu und legt seine Hand auf meine, so dass ich gezwungen bin, damit aufzuhören.

»Vergiss den Harris-Idioten!«, rät er mir und wendet sich wieder dem Holz zu, aber bevor er weiterarbeiten kann, stoppe ich ihn.

»Das habe ich vor.« Auch wenn es schwer werden dürfte. Selbst dann, wenn ich so viel Abstand wie möglich zwischen ihn und mich bringe. »Ich denke, dass ich wieder gehen werde. Weg von hier. Von ihm. Und ich dachte, vielleicht könnten wir zusammen gehen. Du und ich.« Dann wäre ich nicht allein. Es wäre anders als damals, und vielleicht würde ich dann nicht ganz so tief fallen.

Jake erstarrt kurz, schüttelt dann aber den Kopf und fährt sich durch die Haare. »Wir beide?« Er sieht mich skeptisch an. »Meinst du nicht, dass wir darüber längst hinaus sind?«

»Als Freunde«, stelle ich klar, aber wieder schüttelt Jake den Kopf.

»Ich habe die Werft, und ich werde ein halbes Leben brauchen, um mich durch Sams Nachlass zu arbeiten. Ich kann hier nicht weg.« Jake zuckt die Schultern und stützt sich auf den Stiel der Axt.

Ich weiß, dass ich mich verzweifelt anhöre, dass ich bettle, aber ich kann nicht anders. »Dir geht es nicht gut. Wenn du mitkämst, würde sich das vielleicht ändern.«

Jake sieht mich eindringlich an. »Du hast recht, es geht mir nicht gut, aber das ist genau der Grund, aus dem ich nicht gehen kann. Dieser Ort ist der einzige, an dem ich eine Chance habe, das zu ändern.«

Sein Blick gleitet über den nahen See, und mir ist klar, dass er seine Hoffnungen nicht nur an den Ort knüpft, sondern vor allem an die Menschen, die hier leben. »Ich muss hierbleiben.« Er nimmt die Axt wieder hoch und platziert ein weiteres Stück Holz auf dem Stumpf. »Und bei dir ist es dasselbe. Du wirst dir nie vergeben, wenn du wieder abhaust, ohne dich deinen Dämonen zu stellen. Du warst an der Unfallstelle, weil du nach Antworten gesucht hast. Und ich bin ziemlich sicher, dass du genau weißt, wo du sie finden wirst.«

Jake hört sich an wie ein Glückskeks, aber er hat recht. Abzuhauen hat mich fünf Jahre lang kein Stück weitergebracht. Und ich weiß, welchen Ort er meint: Seit der Beerdigung von Mom und Dad habe ich den Friedhof mehr als alles andere gemieden. Vielleicht finde ich dort ja tatsächlich Antworten. Vielleicht sogar genug, um zu bleiben. Trotz Evan.

Ich sehe das Blau des Lake Tahoe, und eines wird mir in diesem Moment klar: Ich will bleiben. Ich bin müde, weiter zu rennen und nirgendwo zu Hause zu sein. Und wenn ich dem ersten Fluchtimpuls standhalte, wird es irgendwann vielleicht weniger weh tun. Dann könnte ich bleiben. Bei meinen Schwestern. Bei Greta und Noah. Und bei den Erinnerungen an Mom und Dad. Es gibt so vieles, für das es sich zu bleiben lohnt.

»Der Homestead-Friedhof öffnet in einer halben Stunde.« Jake zeigt auf meinen Wagen. »Jetzt fahr schon.« Er nickt mir zu und holt mit der Axt aus, um ein weiteres Holzscheit zu zerschlagen.

In einem kaum bebauten, von Parks gesäumten Areal von South Lake Tahoe in der Nähe des Community Colleges liegt der Homestead-Friedhof. Es ist still. Nur wenige Autos fahren an meinem Pick-up vorbei. Leise Musik quillt aus den Lautsprechern des Fords. Ein melancholischer Country-Song. Ich habe meinen Kopf auf das Lenkrad gelegt und versuche, genug Mut zu finden, um endlich loszugehen.

Eiskalte Luft strömt ins Innere des Wagens, als ich die Tür eine gefühlte Ewigkeit später aufstoße. Ich rutsche vom Sitz und ziehe den Schal enger um meinen Hals. Durch den gefrorenen Schnee stapfe ich zum Eingang des Friedhofs. Eine Schneewehe ist mitten in der Bewegung auf der Natursteinmauer festgefroren. Darunter prangt das Messingschild mit der Aufschrift *Homestead Cemetery*. Ich zögere und folge dann dem Hauptweg, der sich durch endlose Reihen von Gräbern windet. Einige gleichen einem liebevoll angelegten Schrein. Andere sind auffallend schlicht und strahlen Vergessen aus.

Ich berühre meine linke Seite. Zwischen der zweiten und der fünften Rippe schlägt mein Herz. Dort habe ich mir die Koordinaten von dem Ort unter die Haut stechen lassen, den ich jetzt suche. Auch wenn ich die Zahlen nicht brauche, um Moms und Dads Grabstätte zu finden. So hatte ich sie immer bei mir. Genau wie die Schuld, die ich nie vergessen wollte.

Wie in Trance laufe ich denselben Weg entlang wie bei ihrer Beerdigung vor fünf Jahren, lasse die Gedenkstätte der getöteten amerikanischen Soldaten rechter Hand liegen und biege in einen schmalen Pfad ein. Ich gehe ganz zum Ende. Dorthin, wo es still ist. Im Sommer nicht zu warm. Und im Winter vor der Witterung geschützt. Eine gewaltige Pinie steht dort und breitet schützend ihre Äste über dem Grabstein meiner Eltern aus.

Ich straffe die Schultern. Es ist nicht wie damals, als ich dachte, die Beerdigung nicht durchzustehen. Als ich das Gefühl hatte, ich müsste als Tochter, als Schuldige dabei sein, obwohl ich es kaum ertrug. Niemand zwingt mich dazu, heute hier zu sein. Ich bin hier, weil ich es will.

Als ich die Pinie erreiche, lehne ich mich einen Augenblick gegen den rauen Stamm und knie mich schließlich hin. Mein Blick fällt auf die geschwungene, in Granit gemeißelte Schrift.

Dan und Mary Carson
1962–2012

Das kostbarste Vermächtnis, das Ihr uns geben
konntet, ist die Spur Eurer Liebe, die Ihr in unseren
Herzen zurückgelassen habt. Ihr seid nicht mehr da,
aber trotzdem immer dort, wo wir sind.

In Liebe,
Elisabeth, Fiona, Hazel, Grace, Amber,
Freunde und Familie

Ich fahre jeden einzelnen Buchstaben nach und suche nach der Spur, die Mom und Dad in meinem Herzen hinterlassen haben.

Das sind Erinnerungen an Dad und sein Lachen. An Mom

und ihren Gesang. An die Wärme, mit der sie unser Zuhause gefüllt haben. Ich erinnere mich an Sternschnuppennächte unten auf dem Steg. Daran, wie wir unsere Initialen in das Holz der Kücheninsel geschnitzt haben und Dad uns feierte wie echte Künstler. Da ist der Geruch nach Marshmallows, der sich jedes Wochenende mit dem vom Feuer, dem See und dem Sandstrand mischte.

Wenn ich tief genug grabe, finde ich das schwere, glückliche Gefühl wieder, als wir alle beisammen waren und ich dachte, das würde sich nie ändern. Der Geruch nach Ölfarbe, der Mom immer umgab, steigt in meiner Erinnerung auf. Manchmal durfte ich mit ihr malen, obwohl ich nie so talentiert war wie Hazel. Trotzdem war es schön, mit ihr in dem kleinen Steghaus zu sitzen und sie ganz für mich zu haben. Ich erinnere mich an Kekse und Milch. An heißen Kakao mit warmem Mountain Apple Pie. Und meine erste offizielle Begegnung mit einer Menge Alkohol an meinem sechzehnten Geburtstag, als Dad, ohne zu murren, die Nacht mit mir im Bad verbrachte und meine Haare hielt, während ich mich übergab. Ich glaube, er hat Mom nie davon erzählt.

Dad hat sein ganzes Wissen an uns weitergegeben. Er war immer der Meinung, ein Mädchen müsste genau dieselben Dinge können wie Jungen, damit sie von niemandem abhängig sind. Das galt für uns alle fünf, auch wenn sich meine Schwestern Dads Heimwerkerunterricht erfolgreich widersetzt haben und bis heute nicht wissen, wie man einen Hammer richtig hält.

Ich wische mir die Tränen aus den Augen und lege meine Hand auf den Grabstein.

»Es tut mir so unendlich leid.«

Ich schluchze, und dieses Mal unterdrücke ich die Tränen

nicht wie sonst immer. Das muss ich nicht. Vor Mom und Dad habe ich mich meiner Tränen nie geschämt. Ich konnte ihnen immer ungefiltert zeigen, wie ich mich gefühlt habe. Sie waren mit mir glücklich. Mom hat mich getröstet und Eis direkt aus der Packung gegessen, wenn ich Liebeskummer hatte. Und Dad hat mich verlässlich aus meiner Wut geholt, indem er einen Witz riss, wenn ich am liebsten irgendeine Tür eingetreten hätte.

»Ich wäre so gern die Tochter gewesen, die ihr euch gewünscht habt«, bringe ich mühsam hervor. »Ich wünschte, ich könnte das alles rückgängig machen.«

Mir ist klar, dass sie mir nicht antworten werden. Der Wind wird nicht auffrischen und mir damit ein Zeichen geben. Es wird nicht plötzlich eine Sternschnuppe vom Himmel fallen, als Signal, dass sie mich gehört haben.

Trotzdem fühlt es sich befreiend an, die Worte auszusprechen, die seit Jahren mein Innerstes vergiften. Ich erzähle ihnen von jedem Fehler, den ich über die Jahre gemacht habe. Ich rede über den Abend in Hawkins und wie schuldig ich mich an dem Unfall und ihrem Tod fühle. Sogar von Evan erzähle ich ihnen.

Als ich fertig bin, fühle ich mich leer. Erschöpft. Aber auch leichter. Es wird Zeit brauchen, aber ganz langsam begreift mein Herz, was mein Kopf schon lange weiß und was mir jeder versichert. Ich bin nicht schuld. Ich war eine Idiotin und eine Katastrophen-Tochter, aber ich bin nicht schuld.

Kapitel 17

In der Nacht habe ich völlig erschöpft und traumlos geschlafen. Nach meinem Besuch auf dem Friedhof habe ich mit Jake zu Abend gegessen und bin dann direkt ins Bett gegangen. Ich bin froh, dass er mich nicht sofort über meinen Besuch bei Mom und Dad ausgefragt hat. Ich hänge meinen Gedanken nach, während wir still unseren Kaffee genießen.

»Der Besuch war gut?«, fragt Jake schließlich vorsichtig. »Du bist geblieben.«

Ich nicke. »Vorerst.« Noch bin ich vorsichtig, was Prognosen über meinen Aufenthalt angeht. »Es wird Zeit brauchen, und ich bin nicht sicher, ob ich es hinkriege, aber du hast recht. Wenn, dann hier. Am See habe ich euch alle, den Diner, meine Erinnerungen. Das wird helfen. Also versuche ich es.«

»Das ist gut.«

Ich sehe, dass Jake sich für mich und meine Schwestern freut, aber gleichzeitig ist da noch etwas, das er sagen will.

»Meinst du nicht, dass es besser wäre, wenn du wieder nach Pinewood Meadows ziehst?«, bringt er schließlich hervor und blinzelt mich vorsichtig von der Seite an. »Liz hat mir erzählt, wie sehr sie dich dort vermissen.« Er atmet tief durch. »Und ich komme hier auch ohne hinreißenden Vollzeit-Babysitter klar.«

Ich glaube ihm nicht und schüttle den Kopf. »Du bist noch nie allein klargekommen, Jake Hunter«, sage ich und gebe ihm einen freundschaftlichen Schlag gegen die Schulter.

»Ich habe einen lebenslangen Muffinvorrat.« Er lacht, wird dann wieder ernst und nimmt meine Hand in seine. »Ich will dich nicht rausschmeißen, aber ich brauche ein wenig Zeit für mich.«

Jake hat sein Frühstück nicht angerührt, und ich deute zweifelnd auf das Rührei mit Toast und den Muffin. Seine Lieblingssorte – Blaubeere mit Schokoguss. »Dann beweise mir, dass du allein lebensfähig bist, und iss etwas. Sonst wirst du mich nicht los«, sage ich sanft, und tatsächlich gibt Jake sich geschlagen. Er lächelt mich an und beißt gespielt begeistert von seinem Toast ab.

»Zufrieden?«

»Deine schauspielerischen Fähigkeiten sind ausbaufähig«, erwidere ich, »Aber es ist ein Anfang.« Bevor Jake mir den Ball zurückspielen kann, unterbricht uns ein Klopfen an der Tür. Es irritiert mich, weil nie jemand hier rauskommt. Und schon gar nicht so früh am Vormittag. Die Werft liegt einsam am Rand von Cooper Springs, und Sam hat mit seiner abweisend-brummigen Art dafür gesorgt, dass sich niemand freiwillig hierher verirrt. Meine Schwestern arbeiten, und Amber ist in der Schule.

Jake steht auf und geht zur Tür. Ich erwarte, dass er mit dem Gast wieder in die Küche kommen wird, aber er lässt denjenigen, der geklopft hat, nicht herein.

Ich höre, wie Jake ein knappes »Warte kurz« hervorbellt, sich Jacke und Schuhe überstreift und dann auf die Veranda tritt. Die Tür schließt sich, und die Stimmen vor dem Haus sind gedämpft. Trotzdem besteht kein Zweifel, wer gekommen ist.

Ich erkenne Evans aufgebrachte Stimme und die Wut in Jakes, die sich schließlich in einem Schrei Bahn bricht. Eilig werfe ich mir eine Strickjacke über und schlüpfe in meine Schuhe. Als ich die Tür öffne, pralle ich nicht nur an der Kälte zurück, die mir entgegenschlägt, sondern vor allem an der Szene, die sich vor mir abspielt. Jake stößt Evan die Verandastufen hinab.

»Verzieh dich«, brüllt er ihn an.

Evan stolpert, fängt sich aber wieder und bringt etwas Abstand zwischen sich und Jake. »Ich will mit ihr sprechen. Sie ist erwachsen, verdammt. Meinst du echt, sie bräuchte jemanden wie dich, um auf sie aufzupassen?« Sein Blick erfasst mich, und ich sehe zu Boden. Vielleicht bin ich nach gestern stark genug, um ihn erneut wegzuschicken, aber für diese Art von Blick bin ich es definitiv nicht.

»Fi?«, ruft er, aber ich reagiere nicht.

»Sie will dich nicht sehen. Kapier das endlich.« Jake steht noch immer auf der Veranda, aber seine gesamte Körperhaltung zeigt, dass er Evan zur Not auch mit Gewalt dazu bringen wird, zu gehen.

»Sagt wer?« Evan bietet ihm die Stirn und weicht dieses Mal nicht zurück. Es beginnt zu regnen, und das Eiswasser durchweicht Evans Pullover. Er ist zu dünn angezogen, um bei diesem Mistwetter im Regen zu stehen.

»Ich«, zischt Jake. »Das ist mein Grund und Boden. Und du wirst jetzt verschwinden.«

Evan schüttelt den Kopf. Es ist eine kalte, abschätzige Bewegung. »Noch ist es das«, erwidert er tonlos. »Noch.«

Jake zittert vor Wut und springt die Stufen hinab, bevor

er Evan bedrohlich nah kommt. »Du wirst die Werft nie bekommen. Genauso wenig wie Fiona.«

»Willst du wirklich warten, bis dir das letzte Geld ausgeht? Kein Problem, Cowboy. Aber lass Fiona aus der Sache raus. Sie kann ihre eigenen Entscheidungen treffen.«

Die beiden stehen sich jetzt unmittelbar gegenüber, und ich kann den drohenden Kampf spüren. Keiner von ihnen beachtet den Regen oder die Kälte, die ihre Haut bereits bläulich und verfroren erscheinen lassen.

»Evan, geh bitte«, flehe ich ihn an.

»Ich kriege immer, was ich will«, zischt er Jake zu, ohne mich zu beachten.

»Eigentlich nicht. Genau genommen ziehst du sogar verdammt oft den Kürzeren.« Jake lacht tonlos. »Erst bei Liz, jetzt bei Fiona.«

»Das war es also, was du ihr erzählt hast. Dass ich etwas mit Liz angefangen habe?« Ich sehe, wie Evan beginnt, die Zusammenhänge zu verstehen. Aber anstatt sich zu erklären, umgibt ihn lediglich Wut. Es stimmt also. Alles, was Jake behauptet hat, ist die Wahrheit.

»Nicht direkt«, erwidert Jake. »Aber irgendwer musste sie ja mal auf die Wahrheit stoßen, was für ein verdammtes Arschloch du bist, Harris.«

Jake weicht Evan nicht aus, als der sich auf ihn stürzt. Sie gehen krachend zu Boden, und Evans Faust schwebt drohend über Jakes Gesicht. Blut sickert aus einer Wunde an Jakes Augenbraue. Er muss sich beim Sturz verletzt haben, aber es scheint ihn gar nicht zu kümmern. Er liegt im Eisregen und lacht. Es ist ein seltsamer, trauriger Laut, und mir ist klar, dass er die Konfrontation mit Evan gesucht hat und dass dies rein gar nichts mit mir zu tun hat.

Ich zerre an Evans Schulter und erreiche schließlich, dass die beiden voneinander ablassen und Evan mich ansieht.

»Fi«, sagt er, und ich sehe, wie er nach Worten ringt, um mir die Sache mit Liz zu erklären. Um zu erklären, warum er hierhergekommen ist und Jakes Existenz nur zwei Wochen nach dem Tod seines Vaters bedroht. Aber ich will keine Erklärungen hören.

»Geh«, sage ich tonlos und wende mich Jake zu.

»Fiona, ich bin hier, weil ich mit dir reden muss.« Er klingt verzweifelt.

»Du hast genug getan.« Ich deute auf Jake, der sich gerade noch auf den Beinen hält, und auf das Blut, das in seinem Kragen versickert. Ich stütze ihn, obwohl ich das Gefühl habe, selbst jeden Augenblick zusammenzubrechen. »Geh einfach, Evan.«

Ich habe Jakes Wunde gesäubert und mit einem Pflaster versorgt. Durch den Regen sah die Verletzung schlimmer aus, als sie tatsächlich ist. Ein kleiner Cut unter der Augenbraue, der bereits aufhörte zu bluten, als ich das Verbandsmaterial aus dem Bad geholt hatte.

Wir sitzen am Küchentisch. Jakes nasse Kleidung liegt auf dem Boden, und eine Pfütze hat sich darum gebildet. Trotzdem räumt keiner von uns die Sachen weg. Ich starre auf meine Hände. Jake auf den Tisch vor sich. Er steckt in einem hellen Wollpullover und einer Jogginghose, die ich ihm nach unten gebracht habe. Er sieht noch immer verfroren aus, taut aber langsam wieder auf, während das einzige Geräusch der ständig prasselnde Regen auf dem Dach ist.

»Er sitzt immer noch da draußen«, sagt Jake plötzlich. Er tippt auf die Tischplatte. »Ich schätze ihn nicht sonderlich, aber 'ne Leiche auf der Veranda kann ich echt nicht gebrauchen.« Ein schräges Lächeln breitet sich auf seinem Mund aus und zerfällt direkt wieder. »Rede mit ihm. Sonst verschwindet er nie.«

Jake steht auf und geht ohne ein weiteres Wort zur Treppe und dann ins Obergeschoss. Ich höre, wie er die Tür zu seinem Zimmer schließt. Jetzt bin ich allein. Mit dem Regen. Und mit Evan, der seit einer halben Ewigkeit völlig durchnässt auf der Veranda sitzt.

Ich zögere. Sitze. Warte. Zweimal stehe ich auf und gehe zur Tür, drehe aber wieder um. Beim dritten Mal wird es bereits dunkel draußen. Schwaches Licht fällt durch die Fenster auf die Holzbohlen und auf Evans Rücken.

Als ich die Tür öffne, dreht er sich um und steht auf.

»Geh«, sage ich, aber ich klinge schwach und angegriffen.

»Werde ich nicht.« Evan klingt fast trotzig. Seine nassen Haare hängen ihm in die Stirn, und sein Shirt klebt am Oberkörper. Die Kälte lässt seine Muskeln unkontrolliert zittern.

»Ich will, dass du gehst. Siehst du nicht, dass du alles nur noch schlimmer machst?« Ich deute zum Haus, wo Jake verletzt in seinem Zimmer liegt. Dabei sind die Wunden, die Evan mir beigebracht hat, viel schwerwiegender.

»Lass uns reden. Bitte, Fi.«

Ich trete zu ihm in den wieder einsetzenden Regen und komme ihm so nah, dass es weh tut. Sein Shirt fühlt sich eisig an, als ich ihn trotzdem von mir schiebe.

»Du hast Liz geküsst und mich gefickt«, quetsche ich an meinen zusammengebissenen Zähnen vorbei. »Ich war dein beschissenes Trostpflaster, weil du sie nicht haben konntest. Mehr nicht. Ich wüsste nicht, worüber wir noch reden müssten. Also verschwinde!«

Aber Evan geht nicht. Er tut das genaue Gegenteil. Er kämpft. Um jeden Zentimeter Boden. Um mich. Und das trifft mich völlig unerwartet.

»Das ist es also, was du von mir denkst? Dass ich dich als Ersatz für Liz will? Hat er dir das eingeredet?« Evan verstummt.

»Das brauchte er gar nicht.« Ich schließe die Augen. »Ich bin die chaotische Liz-Version. Schon vergessen? Als du sagtest, wie ähnlich wir uns sind, habe ich dem keine Bedeutung geschenkt. Aber so ist es doch.« Es passt alles zusammen.

»Ich kann nicht glauben, dass du wirklich denkst, ich wäre ein solches Arschloch.« Er zögert, und er ist wütend, aber trotzdem gibt er nicht auf. »Du willst, dass ich gehe, aber das werde ich nicht. Weil ich das hier will. Ich will dich. Dich und uns.« Er berührt mich, und ich strecke meinen Arm aus, um ihn auf Abstand zu halten. Obwohl selbst eine Armlänge zu nah ist.

Ich fühle seinen Atem. Seinen Herzschlag unter meiner Hand. Seine Nähe, die an meinem Widerstand nagt.

»Ich will das komplette Paket«, sagt er mit einer solchen Bestimmtheit in der Stimme, dass ich ihn ansehen muss. »Ich will mich mit dir streiten. Mit dir glücklich sein. Ich will, dass du mich wahnsinnig machst, weil du wie jetzt beharrlich neben der Wahrheit liegst. Ich will dich und niemand anderen. Ein Leben lang.«

Er fährt sich durch die regennassen Haare. Er macht noch einen Schritt auf mich zu, als hätten die folgenden Worte dadurch mehr Kraft. »Liz war der erste Mensch, der mich einfach so mochte. Mich als Menschen. Sie wollte nichts von mir. Erwartete keinen Gefallen. Sie hatte kein Interesse an meinem Geld oder meiner gesellschaftlichen Stellung. Nach der ganzen Scheiße mit Holly war das unerwartet. Es hat mich verwirrt und etwas in mir zum Schwingen gebracht, das ich bis dahin nicht kannte. Ich konnte das Gefühl nicht einsortieren. Heute weiß ich, dass uns nie mehr als Freundschaft verbunden hat.« Verzweiflung überzieht sein Gesicht, als ich zurückweiche.

»Du denkst nur, du würdest mich lieben, weil ich ihr ähnlich bin.« Meine Stimme zittert, aber Evan lächelt.

»Ja, du bist ihr in manchem ähnlich und gleichzeitig vollkommen anders. Du hast mich sofort fasziniert. Und das tust du immer noch. Aber nicht, weil ich Liz liebe. Wie könnte ich das? Sie würde niemals meine völlig versalzenen Frühstückseier essen und nichts dazu sagen.«

Er sieht kurz zu Boden und dann wieder mich an. »An dir dagegen, Fi, liebe ich alles. Die Gemeinsamkeiten mit Liz, aber vor allem, was dich von ihr unterscheidet. Die Art, wie du Champignons köpfst, wenn du wütend bist. Ich liebe deine Locken, die genauso eigenwillig sind wie du. Ich liebe, wie du auf den Geruch von Schnee in der Luft reagierst, und dass du dich für mich trotzdem darauf eingelassen hast, die dunklen Erinnerungen gegen neue auszutauschen. Du bist die Einzige, mit der ich je lautstark und furchtbar schräg eine ganze Autofahrt hindurch gesungen habe und die es fast geschafft hätte, mich unter den Tisch zu trinken.

Du bist der einzige Mensch, den ich kenne, der Kontinente überwindet und sich seinen Dämonen stellt, nur weil ihn die Familie darum bittet. Dabei weiß ich, wie schwer es für dich ist. Ich liebe es, wenn du lachst und wenn du Dinge allein machst, obwohl es einfach wäre, meine Hilfe anzunehmen. Ich will dich küssen, wenn du so taff bist, dass es mir Angst macht, und wenn du so verdammt sexy Dinge tust, wie eine Ewok auszutauschen.« Er hebt die Hand, als wollte er mir die Haare zurückstreichen, lässt es dann aber. Sie fällt kraftlos gegen seinen Oberschenkel.

Seine Rede hat mich vollkommen überrascht. Ich habe ihm unrecht getan. Er sieht, was mich von Liz unterscheidet. Es fühlt sich an, als würde er tatsächlich mich sehen. Und es ist das erste Mal, dass sich meine Schwächen wie Stärken anfühlen, die jemanden an mich binden, anstatt ihn in die Flucht zu treiben.

»Du meinst, einen E-Choke«, flüstere ich und zögere. »Und ich schätze, ich liebe es, dass du absolut keine Ahnung von Autos hast«, schiebe ich erstickt hinterher, und ein zaghaftes Lächeln gleitet über meine Lippen. Es zerbricht, als Evan die letzte Distanz zwischen uns überwindet und mein Gesicht mit seinen starken Händen umschließt.

»Das ist gut«, sagt Evan, und Erleichterung entlockt ihm ein leises Lachen. »Denn ich bin absolut, vollkommen und unwiderruflich in dich verliebt, Fiona Carson. Und in niemanden sonst.«

Und ich glaube ihm. Ich weiß nicht, ob das klug oder kritisch genug ist, aber ich tue es.

»Was ist, wenn ich nicht bleibe? Wenn ich es nicht schaffe, die Vergangenheit abzuschütteln?« Ich bin zwar zuversichtlicher als früher, aber immer noch nicht sicher, ob ich den Neuanfang hier am See schaffen werde.

»Dann werde ich dafür kämpfen, dass du bleibst, und sollte es trotzdem schiefgehen, komme ich mit. Ich folge dir, egal wohin du gehst.« Er sieht mir tief in die Augen. »Ich werde nicht aufgeben, um uns zu kämpfen.«

Er senkt zögerlich seine Lippen auf meine und küsst mich zärtlich und ein kleines bisschen verwegen. Sein Kuss ruft trotz der Kälte die gewohnte Hitze hervor. Ein Prickeln, das meinen Körper erfasst, und endlich lasse ich zu, dass es bis in mein Herz vordringt und auch davon Besitz ergreift.

Epilog

Sierra Shores liegt unter einer dicken Schneedecke. Im Kamin prasselt trotz der Tatsache, dass es erst Vormittag ist, ein gemütliches Feuer. Es ist Weihnachten, und wir sind später bei meinen Schwestern zum Essen eingeladen. Jake wird auch da sein, und obwohl ich mich freue, ihn wiederzusehen, habe ich ein wenig Angst davor, wie es sein wird, wenn die Harris-Brüder und Jake einen ganzen Abend an einem Tisch zusammensitzen.

Die Spannung zwischen ihnen hat sich nicht gegeben. Sie ist eher noch stärker geworden. Die Fronten sind verhärtet, dabei bräuchten die Männer einander. Jake ist dabei, alles zu verlieren, weil er zu stolz ist, nachzugeben, und Evan und Cole finden weder ein passendes Alternativgrundstück noch einen ansatzweise so talentierten Bootsbauer wie Jake, der ihnen schnell gute Umsätze generieren würde.

Ich seufze leise und laufe dann barfuß ins Wohnzimmer. Ich trage eines von Evans Hemden, das ich locker mit drei Knöpfen verschlossen habe. Ich liebe es, wie sein Geruch in dem Stoff hängt.

Evan sitzt auf dem Sofa und brütet über seinem Laptop. Ich gehe zu ihm hinüber.

Seine Sweathose sitzt etwas zu locker auf den Hüften, und ein einfaches Shirt umspannt seinen Oberkörper, während er konzentriert arbeitet.

Ich sollte ihn nicht stören, aber trotzdem nehme ich ihm den Laptop aus der Hand, schließe ihn und werfe ihn achtlos neben uns aufs Sofa. Dann klettere ich auf Evans Schoß und küsse ihn. Er protestiert nicht, als ich meine Hände über seinen Körper gleiten lasse und ihm sein Shirt ausziehe.

In solchen Momenten bin ich sehr froh, dass Evan und ich allein in Sierra Shores sind, weil Cole quasi nur noch in Pinewood Meadows anzutreffen ist.

Evan saugt meine Lippe ein und küsst mich dann hungrig. Zwischen zwei Küssen murmelt er. »Müssen wir wirklich zu diesem Essen bei deinen Schwestern?«

Ich nicke und schließe die Augen, als seine Lippen über meinen Hals wandern und Verlangen durch meinen Körper brandet.

»Es ist Weihnachten.« Ein leises Stöhnen zerteilt meine Worte. »Und wir können uns nicht nur hier einschließen.«

Obwohl die letzten Wochen durchaus ihren Reiz hatten. Außer für die Arbeit im Diner haben wir Sierra Shores nur verlassen, um ein paar Sachen aus dem Grocery Store zu holen oder um in der Eiseskälte am Strand spazieren zu gehen.

Das Hemd, das ich trage, klafft unterhalb der Brust auf, und Evan schiebt seine Hand darunter. Er lässt sie weiter nach oben wandern, wo meine nackten Brüste unter dem fließenden Stoff liegen. Ich biege mich ihm entgegen, als er sanft über meine Spitzen streicht, und Evan lacht zufrieden. Ein leises, wohlig tiefes Geräusch.

»Ich glaube, wir könnten uns für immer hier einschließen, und mir würde keine Sekunde langweilig werden.« Seine Lippen streifen mein Dekolleté, und ich vergrabe unwillkürlich meine Finger in seinem Haar.

»Ich vermisse meine Schwestern«, sage ich, obwohl Evan

kurz davor ist, jegliche Gedanken an die Welt da draußen zu verbannen.

Er lehnt sich mit einem gequälten Augenverdrehen zurück und streicht träge über meine Schenkel. »Du lässt da nicht mit dir reden, oder?«

»Cole freut sich sicher auch, dich zu sehen«, erwidere ich.

»Ich denke, er ist ganz froh, mich nicht ständig um sich zu haben.« Evan lacht. »Ich habe ihn ziemlich in den Wahnsinn getrieben die letzten Monate. Könnte sein, dass er dir einen Orden verleiht, weil ich jetzt Besseres zu tun habe. Aber ich ergebe mich. Wir fahren hin, essen was, und danach habe ich dich wieder für mich.«

Ich nicke, berühre seine zu einem Grinsen verzogenen Lippen und fahre die Konturen seines Mundes nach, während Evan verstummt und mich fasziniert ansieht. Das Feuer im Kamin knackt, und ein Funkenregen steigt den Schornstein hinauf.

»Wenn du wirklich gehen willst, solltest du das dringend lassen«, bringt er knurrend hervor und beißt leicht in meinen Finger.

»Und was ist, wenn ich das nicht vorhabe?« Ich sehe auf die Uhr und nicke. »Wir haben noch dreißig Minuten, bevor wir fahren müssen.«

Das Braun seiner Augen wird dunkel, und seine Muskeln spannen sich an. Er schlingt einen Arm um mich und drückt sich mit dem anderen vom Sofa hoch.

Ich spüre, wie er hart wird, als er mich so zum Teppich vor dem Kamin trägt. Ein weiches, cremefarbenes Fell, das meinen Rücken streichelt, als Evan mich darauf ablegt und seine Hand dem Tal meiner Brüste über den Bauch bis zu meinem Slip folgt.

Ich keuche leise auf, als er kaum merklich über den seidenen Stoff meines Höschens fährt und ihn in der nächsten Bewegung beiseiteschiebt, um in mich einzudringen. Es macht mich an, dass er mich einfach nimmt. Ohne langes Vorspiel. Ohne den Versuch, unser Verlangen zu zügeln. Das sind wir. Explosiv. Ungezügelt. Verliebt bis über beide Ohren. Unwiderruflich und vollkommen.

Ich schlinge meine Beine um seinen perfekten Hintern und empfange jede seiner immer rauer werdenden Bewegungen, bis wir zitternd und eng aneinandergepresst kommen.

Wir haben es tatsächlich rechtzeitig zur Feier geschafft. Meine Schwestern haben das gesamte Haus mit Tannengrün und liebevoll ausgesuchter Deko geschmückt. Irgendwer hat sogar einen Tannenbaum besorgt, unter dem die Geschenke liegen, und es riecht nach einem Wahnsinnsessen, das Liz und Grace mit Hanks Hilfe zaubern. Er hat heute Freigang, wie er es nennt. Als wäre die Rehaklinik ein Gefängnis und nicht der Ort, an dem sie ihm nach seinem Unfall wieder auf die Beine helfen. Er ist noch an den Rollstuhl gefesselt und muss die Arbeit, die er lieber selbst erledigen würde, deswegen delegieren. Im Ofen brät ein Truthahn von beeindruckender Größe. Es riecht nach Thymian, Paprika und gegartem Gemüse. Auf dem Herd köchelt ein Corn-Pudding vor sich hin, und Grace schichtet gerade Dinner Rolls auf ein Tablett. Auf den Warmhalteplatten stehen bereits grüne Bohnen, Cranberry-Sauce und Süßkartoffeln.

»Ich verhungere«, stöhnt Evan und fasst sich theatralisch

an den Bauch, als wir den Wohnraum betreten. Nur widerwillig löst er seine Hand aus meiner, als ich mich losmache, um meine Schwestern zu begrüßen. Sofort hüllt mich ein Kokon aus wildem Gequatsche, Lachen und Frotzeleien ein. Greta fehlt, weil sie bei ihren Eltern feiert. Sie hofft, später noch mit Noah vorbeikommen zu können. Mein Blick wandert durch das Wohnzimmer, aber ich kann Jake nirgends entdecken, und der hat keine zuckersüße Sechs-Pfund-Ausrede, wegen der er nicht kommen kann.

»Wo steckt Jake?«, wende ich mich an Liz. Sie zuckt mit den Schultern.

»Er kommt vielleicht später.«

»Oder auch gar nicht«, meldet sich Cole zu Wort. »Was?«, fragt er, als Liz ihm einen vielsagenden Blick zuwirft. »Du hast selbst gesagt, du gehst nicht davon aus, dass er kommen wird.«

»Wie geht's ihm?« Ich habe Jake zwar angerufen, aber obwohl er mir immer wieder versichert, dass es ihm gutgeht, glaube ich ihm nicht ganz.

»Mach dir nicht ins Hemd.« Amber tritt neben mich, angelt sich zwei Bohnen vom Teller und lässt sie in ihrem Mund verschwinden. Kauend ignoriert sie Liz' Ermahnung, nicht mit den Fingern im Essen rumzuwühlen, und schnappt sich noch eine Bohne. »Liegt nicht an dir, Fi. Er redet mit niemandem.« Sie verdreht die Augen. »Das mit Sam ist ja scheiße, aber er benimmt sich echt wie eine Diva.« Sie tätschelt mir die Schulter und grinst breit. »Und wie läuft es mit dem Harris-Idioten?«

»Nenn Evan nicht so!« Er steht mit dem Rücken zu uns und begrüßt gerade seinen Bruder, der Wein aus dem Keller geholt hat. Amber sorgt noch dafür, dass dieses Weihnachtsessen im Desaster endet, aber ganz zu meiner Überraschung scheint Evan die Beleidigung zu amüsieren.

»Lass sie doch.« Er dreht sich zu uns um und mustert Amber mit einem Grinsen. »Idiot ist doch ganz okay. Immerhin war Cole monatelang das Arschloch und hat es trotzdem geschafft, das Wohlwollen unserer kleinen Goth-Prinzessin zu erlangen. Meine Chancen stehen also gar nicht so schlecht.« Damit lässt er uns stehen und hilft Liz, das Ungetüm von Truthahn zu filetieren.

»Der Idiot kapiert schnell«, gluckst Amber und wird dann urplötzlich ernst. Wir stehen vor der breiten Fensterfront von Pinewood Meadows, und das schneebedeckte Ufer des Sees bildet einen hellen Gegensatz zu dem dunkelgräulich wirkenden Wasser. »Was ich da neulich gesagt habe …« Ambs bricht ab.

»Dass ich Schuld an dem Unfall habe? Oder dass ich wieder verschwinden soll.« Ich atme tief durch.

»Ich hab's nicht so gemeint«, sagt Ambs leise, und ich spüre die Verletzlichkeit, die meine kleine Schwester in sich trägt und die sie so oft unter zentnerweise Schminke und ihrer rauen Schale verbirgt.

»Ich weiß«, sage ich und blicke auf den See. »Deswegen bin ich noch hier.«

Die Frage, ob ich bleiben werde, schwebt zwischen uns, ohne dass einer sie ausspricht. Bis vor kurzem wusste ich keine Antwort darauf, aber jetzt ist alles anders. »Ich bin hier, und ich werde bleiben.«

Es dauert einen Augenblick, bis Ambs begreift, was ich gerade gesagt habe, aber dann fällt sie mir um den Hals. Sie quietscht und hüpft, so wie es sonst nur Grace tut – in bester stürmischer Labradormanier. Ich halte sie im Arm, während

Evan und ich uns durch den Raum hinweg anblicken. In seinen Augen sehe ich unsere Zukunft, und zum ersten Mal seit langem bin ich einfach nur glücklich.

Mia Williams

Pure Desire – Dir nah

Band 3

Hazel liebt Jake, seit sie denken kann. Doch der hat in ihr nie mehr als eine gute Freundin gesehen. Nach fünf Jahren kehrt er endlich an den Lake Tahoe zurück, aber sein Hilfseinsatz im Ausland hat ihn stark verändert. Er weigert sich, über seine Erlebnisse zu sprechen, und lässt niemanden an sich heran. Bis auf Hazel. Je mehr Zeit die beiden miteinander verbringen, desto stärker spürt Hazel, wie es zwischen ihnen knistert. Aber die Bilder der letzten fünf Jahre lassen Jake nicht los. Um ihm Raum zu geben, macht Hazel ihm ein gewagtes Angebot: nur Sex, keine Verpflichtungen. Da könnte sie die Rechnung allerdings ohne ihr Herz gemacht haben …

272 Seiten, Klappenbroschur